Ein
ENGEL FÜR
Jule

Liebesroman

Jo Berger

Band 1

Hinweis:

Dieses Taschenbuch ist eine aktualisierte Ausgabe.

Bibliografische Informationen der Deutschen Nationalbibliothek:
Die Deutsche Nationalbibliothek verzeichnet diese Publikation in
der Deutschen Nationalbibliothek; detaillierte bibliografische Daten
sind im Internet unter http://dnb.d-nb.de abrufbar.

©2015, 2018 Jo Berger
Herstellung und Verlag:
BoD – Books on Demand, Norderstedt

ISBN: 978-3- 7528-5509-8

Ein Engel
für Jule

Liebesroman
Jo Berger

Impressum

Taschenbuch 3 Auflage, Aug 2018

Copyright © 2018 by Jo Berger,

Jo Berger
c/o Papyrus Autoren-Club
Pettenkoferstr. 16-18
10247 Berlin
kontakt@jo-berger.com

Alle Rechte vorbehalten.
Lektorat: Susanne Pavlovic
Umschlaggestaltung von Casandra Krammer
unter Verwendung von

Depositphotos(c)© vtorous_21906725
Shutterstock | Valery Sidelnykov - 162828284, Vasilius - 64262065

Viel Freude mit Elisa wünscht
Jo Berger

Anfang

»Gabriel?«

»Ja, Herr?«

»Sieh dir das bitte an.«

»Wo ist das?«

»In Deutschland, genauer, in Mannheim.«

»Oh, das kenne ich. Aber was soll ausgerechnet ich …«

»Frag nicht, sieh hin!«

Gabriel verfolgte das Geschehen auf dem Monitor. Im Verlauf verdunkelte sich seine Miene und er verschränkte mit zusammengekniffenen Lippen die Arme vor dem Körper. Die Szene war kurz und doch genügte sie, die Tragweite zu erfassen.

»Gut, ich habe hingesehen. Warum zeigst du mir das?«

»Ich habe meine Gründe. Wie schätzt du die Situation ein?«

»Nicht schön …«

»Nicht schön? Unterirdisch ist das!«

»Wie lange geht das schon so?«

»Zu lange. Der Ausgang verheißt nichts Gutes. Schätze, wir müssen eingreifen. Was meinst du?«

»Definitiv!«

»Also dann, lass Elisa kommen.«

»Elisa? Aber ich dachte, du würdest mich … ich meine, Elisa hat doch noch nie … es wäre …«

»Das erste Mal. Ja. Und du wirst ihr von hier aus behilflich sein.«

Feierabend

War das zu viel verlangt? Sie wollte doch nur gefragt werden. So richtig romantisch mit Ring und Kerzenschein und all dem Zeug.

Juliane unterbrach das Tippen, nahm seufzend die Brille von der Nase und streckte sich. Mit einer Hand massierte sie ihren Nacken mit sanftem Druck, in der Hoffnung, das Ziehen an den Schläfen würde sich auf diese Art vertreiben lassen. Dabei schloss sie die Augen und senkte den Kopf auf die Brust. Das tat verdammt gut.

Dieser Morgen kam daher wie jeder Morgen: Am gegenüberliegenden Ende des geräumigen Büros trommelte Ulrike in gleichmäßiger Geschwindigkeit auf die Tastatur, das Radio dudelte dezent vor sich hin, und vom Spielplatz schräg gegenüber drang gedämpftes Kinderlachen zu ihr hinauf.

Allmählich ließ das Ziehen nach. Erleichtert rückte sie ihren Zopf zurecht, stand auf und öffnete das Fenster. Sofort schob sich ein Hauch warmen Augustwindes in das Büro.

Eine Weile versank Juliane in dem friedvollen Anblick der spielenden Kinder und fragte sich, wie es wäre, selbst auf einer dieser Bänke zu sitzen und ihren eigenen Kindern beim Spiel zuzusehen. Vor Freude jauchzende, dunkelhaarige Mädchen mit glänzenden Augen. Winzige Patschehändchen, die sich um ihren Hals schmiegten, Haarflusen, die sie in der Nase kitzelten, und deren einzigartigen Duft sie in sich einsaugen konnte. Zwei kleine Simonmädchen mit stahlblauen Augen. Sie spürte etwas, das sich anfühlte wie Sehnsucht und kniff die Lippen zusammen.

Seit zwei Jahren waren sie und Simon nun ein Paar und wohnten immer noch in getrennten Wohnungen. Auch seiner Mutter hatte er sie noch nicht vorgestellt, wie er es schon oft versprochen hatte in den letzten Monaten. Jedes Mal war etwas dazwischen gekommen. Ein Infekt, eine seiner unzähligen Geschäftsreisen, kurzfristige Besuche von irgendwelchen Freunden, und so weiter.

Juliane presste die Lippen aufeinander, schloss das Fenster und plumpste in ihren Stuhl zurück. Heute Abend würde sie es ansprechen. Jawohl, das würde sie. Und diesmal konnte er ihr mit seinen Ausführungen über Eigenständigkeit, Freiheit und dem Bewahren des Prickelns in einer Beziehung gestohlen bleiben.

Vor einem halben Jahr hatten sie ihren neunundzwanzigsten Geburtstag auf den Malediven gefeiert, ein Geburtstagsgeschenk von Simon. Das Miniaturgläschen mit Maledivensand stand als Erinnerungsstück in einem Regal neben einer Reihe anderer Gläser mit Sand unterschiedlichster Beschaffenheit und Färbung. Alle waren sie sorgfältig beschriftet und feinsäuberlich mit einer Fotografie des jeweiligen Strandes versehen. Unaufhaltsam raste das dreißigste Lebensjahr auf sie zu. Der nächste Schritt musste ein gemeinsamer sein. Alles Weitere würde sich dann ergeben. Natürlich führte dieser Schritt nach ihrer Meinung in die einzig wahre Richtung. Der Wegweiser zeigte eindeutig auf Hochzeit, Kinder und, ja, auch ein Familienauto mit Platz für zwei bis drei Babys.

Julianes Fingerspitzen schwebten bewegungslos über der Tastatur. Simon und Juliane Grasser. Welche Namen würden sie für ihre Mädchen auswählen? Ihre Mädchen, wunderhübsche, nein, bezaubernde Töchter mit dunklen Locken und blauen Augen, die wissbegierig in die Welt blickten. Simons Augen. Vielleicht eine Bella und eine Lenia?

Julianes Blick suchte sich einen Punkt in der Ferne und blieb am Wandkalender hängen. Daneben eine Uhr. Sie tickte. Heute Abend würde sie ihn fragen, wann er sie jetzt endlich seiner Mutter vorzustellen gedenke. Und überhaupt, Simons Wohnung bot Platz genug für zwei Familien. Okay, vielleicht war sie nicht ganz kindgerecht ausgestattet. Die Penthouse Terrasse müsste zusätzlich gesichert werden, und das Musikzimmer, vollgestopft mit CDs, einem Bose-Soundsystem sowie einem ledernen Ruhesessel in der Mitte des Raumes, einem Kinderzimmer weichen, aber Raum genug wäre da.

Noch knapp zwei Stunden bis zu ihrer Verabredung.

»Was macht das Protokoll für die Geschäftsleitung, Frau Lobenstein?«

Juliane zuckte zusammen. Ihr Boss stand mit verschränkten Armen vor ihr und beobachtete stirnrunzelnd, wie sie hektisch die durcheinandergeratenen Blätter neben der Tastatur ordnete. »Moment. Gleich. Ah, hier. Sehen Sie, Herr Brenner, nur noch eine Seite. Fünfzehn Minuten?« Sie wedelte mit einem Blatt Papier und registrierte, wie sich seine markanten Gesichtszüge verdunkelten. Rasch fügte sie hinzu: »Gut. Okay. In zehn Minuten haben Sie das Protokoll. Zehn Minuten. Versprochen.«

»Aber spätestens, Frau Lobenstein«, brummte er unwirsch und drehte sich zur Tür.

Juliane setzte sich wieder an ihren Schreibtisch und fuhr mit ihrer Arbeit fort. Sie blickte ihm nicht nach, wusste auch so, dass Martin Brenner steifen Schrittes das Büro verließ und vor der Tür sein Sakko zurecht-rückte, das er selbst bei größter Hitze trug. Trotzdem musste sie zugeben, dass er heute hervorragend aussah. Die leichte Bräune, die noch von seinem Urlaub auf Formentera stammte, stand ihm ausgesprochen gut. Sie unterstrich das an den Schläfen schimmernde graue Haar. Ein bisschen wie George Clooney schoss es ihr durch den Kopf.

In diesem Moment atmete ihre Kollegin Ulrike Reh-bach am anderen Ende des Büros hörbar auf.

»Was ist los, Ulli?«, Juliane schielte über den Bild-schirm.

Entgegen der unausgesprochenen Kleiderordnung, die den Mitarbeitern unifarbene Kostüme, Anzüge oder ähnlich Langweiliges empfahl, bestand Ulli stets auf Bluejeans und Shirt. Immer. Casual passte in der Tat wesentlich besser zu Ullis zahnstocherkurzem Blond-schopf als Business Style. Nur selten trug Ulli eine Blu-se, wahrscheinlich dann, wenn alles andere in der

Wäsche lag. Bei dieser Figur könnte Ulli jedoch alles tragen, schoss es Juliane durch den Kopf. Sie beschloss, ab morgen Sport zu treiben und ohne Umwege ihrer Stimme etwas Energisches zu geben. Wenn Ulli sprach, schwieg alles. Sogar der Boss. Liebend gerne hätte Juliane ein winziges Stück dieser natürlichen Autorität, die keinen Widerspruch duldete, für sich selbst abgezweigt.

»Mensch, Jule!«, donnerte Ulli vom anderen Ende des Büros. »Geht es nicht noch ein bisschen unterwürfiger?«

»Du hast gut reden. Mit dir spricht er so nicht.« Jule stand auf, zog den dunkelgrauen Rock ein Stück herunter und holte sich aus dem gegenüberliegenden Regal ein Glas und füllte es mit Wasser aus dem Spender.

»Das sollte er mal. Dann könnte der Brenner seinen Personalstamm selbst im System anlegen. Pah! Der hat einfach zu viel Testosteron, der Typ. Und wir …«, sie schnaubte wie ein Pferd am straffen Zügel, »und wir können schließlich nichts dafür, dass ihn seine Frau verlassen hat!« Sie schnaubte erneut und Jule hörte ein gemurmeltes »Selbst schuld, schrittgesteuerter Honk«.

»Sie haben sich auseinandergelebt, oder bin ich falsch informiert?« Sie stellte das Glas ab, setzte ihre Brille auf und schielte über den Rand zu Ulli.

»Jaha, das sollen wir glauben. Jetzt mal ehrlich, Jule.« Ulli klatschte sich mit der Hand an die Stirn. »Mal ehrlich. Wir sind doch nicht doof. Die hat ihn verlassen, weil er fremdgegangen ist. Er ist Mitte vierzig. Midlife-Crisis. Noch Fragen?«

Jule seufzte, setzte sich und rückte die Brille zurecht, bevor sie erneut auf die Tastatur einhämmerte. Das Privatleben ihres Vorgesetzten interessierte sie in ähnlichem Ausmaß wie Heidi Klums Menstruationszyklus. Ob die überhaupt noch einen hatte? Egal, sie musste das verdammte Protokoll fertigstellen, wenn sie nicht Brenners Missmut auf sich ziehen wollte.

Kurze Zeit später und fast auf die Minute pünktlich klickte sie auf Senden und atmete auf. Siebzehn Uhr. Jule schaltete den Computer aus und kippte das Fenster, damit über Nacht ein wenig der nächtlichen Kühle in die Büroräume gelangen konnte.

»Du willst doch nicht etwa schon Feierabend machen?«

»Doch. Es ist Freitagnachmittag. Schon vergessen?« Sie wollte noch hinzufügen, dass es ihr leidtue, dass niemand auf Ulli wartete, und Überstunden sie in dieser Richtung nicht weiterbringen würden. Doch sie mochte Ulli sehr und solche Worte wirkten mit Sicherheit verletzend, würde sie sie aussprechen, also schluckte sie hinunter, was auf der Zunge lag.

Sorgsam rückte sie das Mousepad und die Schreibtischunterlage zurecht. Stifte, Büroklammern und Prospekthüllen wanderten an die vorgesehenen Plätze zurück. Mit spitzen Fingern entfernte sie ein loses Haar von der Tastatur. Es musste alles seine Ordnung haben.

»Halloho? Das war ein Spaß, Jule. Hast du heute noch etwas vor?«

»Ja, ich treffe mich mit Simon im Lindbergh.« Sie nuschelte es mehr, als dass sie es geradeheraus aussprach, weil sie Ulli nicht unnötig auf das Thema Zweisamkeit bringen wollte, und sah auf die Uhr. Es blieben ihr keine anderthalb Stunden. Eine Viertelstunde benötigte sie nach Hause, danach knappe dreißig Minuten von Heidelberg nach Mannheim. Das hieß fünfundvierzig Minuten Schönheitspflege, vielleicht sogar ein Bad für die verspannte Muskulatur. Vorausgesetzt, an der Neckarbrücke wäre nicht wieder Stau.

»Na, dann viel Spaß. Bei den Temperaturen käme mir ein kühles Blondes im Biergarten auch recht.« Ulli bog ihren Rücken nach hinten und verschränkte die Hände hinter dem Kopf. »Ihr habt euch schon eine Weile nicht mehr gesehen, oder?«

»Ja.« Jule schob den Tesafilmabroller von rechts nach links und wieder zurück. »Fast zwei Wochen. Er hatte viel zu tun. Aber heute ist Freitag und er kommt früher aus dem Büro raus. Die Planung für sein Großevent steht. Jetzt hat er endlich etwas mehr Zeit.« Sie freute sich so sehr, dass die Euphorie aus ihr heraussprudelte, bevor sie dieses Glücksgefühl zurückhalten konnte.

Ulli hob eine Augenbraue an. »Viel zu tun. Klar.«

»Wir sehen uns Montag, Ulli. Schönes Wochenende wünsch ich dir.« Jule ignorierte die Worte ihrer Kollegin. Sie hätte sich ja ein bisschen mitfreuen können. Nur ein kleines Bisschen. Sie eilte aus dem Gebäude und sprang beschwingt in ihren Golf.

Unterwegs steuerte sie spontan den Parkplatz eines Discounters an. Sie brauchte dringend Zahncreme. Die letzte Tube hatte sie am Morgen zerschneiden müssen, um noch eine ausreichende Menge auf die Zahnbürste zu bekommen. Sie musste sich beeilen. Kurz bedauerte sie, dass durch die zeitliche Verzögerung ein längeres Schaumbad ausfallen musste. Nun, eine Dusche erfüllte auch ihren Zweck. Vielleicht würde sie heute Abend zusammen mit Simon ein entspannendes Vollbad genießen. Sie seufzte in wohliger Vorfreude auf.

Da! Eine freie Lücke. Sie riss das Lenkrad herum. Zu knapp, sie musste noch einmal zurücksetzen. Eilig legte sie den Rückwärtsgang ein, gab Gas. Im selben Moment hörte sie einen kurzen Schrei, trat erschrocken auf die Bremse und blickte über die Schulter nach hinten. Mist! Beinahe hätte sie einen jungen Mann mitsamt Einkaufswagen umgefahren. Sie hob eine Hand, zog die Schultern hoch und ließ das hintere Fenster hinunterfahren, um ihm eine Entschuldigung zuzurufen, doch er hatte bereits einen Bogen geschlagen, und eilte Richtung Eingang. Kurz schloss sie die Augen, befahl ihr immer noch vor Schreck klopfendes Herz zur Ruhe und steuerte den Wagen langsam, sich nach allen Seiten umschauend, in die Parklücke. Sollte sie dem Typ im Discounter begegnen, würde sie sich persönlich entschuldigen. Du liebe Güte, nicht auszudenken, wenn sie seinen Schrei nicht gehört hätte. Okay, es war weniger ein Schrei, als ein überraschtes »Hey« gewesen, aber … Ach, wenn sie es nicht gehört hätte.

Ihr Handy klingelte. Umständlich zog sie es aus der Handtasche und erkannte mit ausgestrecktem Arm und zusammengekniffenen Augen die Nummer ihrer Freundin Maike. Verdammt, sie hatte die Verabredung vergessen.

»Maike, verzeihe mir. Ich hab uns total verschwitzt. Simon hat sich gestern gemeldet. Sein Projekt ist eher abgeschlossen, als geplant.« Jule seufzte, die Erklärung fiel ihr schwer. Wie sie es hasste, Maike zu versetzen.

»Wieso war mir das klar, Julchen. Das kennen wir ja mittlerweile. Von mir aus triff dich mit deinem Simon. Ich werde schon nicht in Einsamkeit versinken. Wir können ja morgen telefonieren.«

Im Laufen steckte sie das Handy in die Tasche zurück und stolperte über einen Gegenstand, der mit Getöse umfiel. Heute schien sich alles gegen sie verschworen zu haben. Sie hatte das Gefühl, Millionen von Augenpaaren auf sich gerichtet zu sehen, entschuldigte sich murmelnd in alle Richtungen und blickte vor sich auf den Boden. Sie hatte den Kleingeldbecher eines Bettlers umgestoßen. Der Alte kauerte seitlich am Eingang, den Kopf auf die Brust gesenkt und hatte offensichtlich im Gegensatz zu dem Rest der Menschenmasse nichts von ihrem Malheur bemerkt. Sofort wurde sie von dem Gefühl überrollt, etwas gutmachen zu müssen. Der Mann schien blind zu sein. Oder taub. Oder beides. Oder er schlief. Erbärmlich sah er aus. Ausgemergelt. Und trotz der Hitze trug er einen verschlissenen Parka, der in seinen besten Zeiten dunkelgrün gewesen sein musste. Jetzt war er ausgeblichen, abgewetzt und an unzähligen Stellen zerrissen. Seine Stoffturnschuhe, oder besser, das, was davon übrig war, hinterließen einen ähnlich kläglichen Eindruck. Eine Sonnenbrille mit gesprungenem Glas saß ihm auf der Nase. Er tat ihr unendlich leid. Aus ihrem Portemonnaie fischte sie ein paar Münzen, sammelte die Centstücke vom Boden auf und legte alles zusammen in den Becher zurück. Leise. Schließlich wollte sie ihn nicht wecken. Außerdem stank er wie Fleischabfälle nach zwei Tagen auf dem Kompost bei dreißig Grad im Schatten. Irgendwie überkam sie das Gefühl, mit dieser unerheblichen Spende auch den Beinaheunfall mit dem jungen Mann wieder in Ordnung gebracht zu haben.

Schlagartig hob der armer Schlucker seinen Kopf, als hätte eine unsichtbare Hand ihn an den Haaren nach oben gerissen, und brüllte wie von Sinnen: »Egoistisch und verachtenswert! Dumm und unaufmerksam! Unwissend und verlogen! Ein Mensch ohne Menschenliebe, was hilft dem die Form? Glatte Worte und einschmeichelnde Mienen sind selten gepaart mit Sittlichkeit. He, was kann man mit solchen anfangen? Sag´s mir, Mädel. Konfuzius war ein schlaues Kerlchen. Ja, ja, ja.« Vor Schreck sprang Jule einen Schritt zurück und presste ihre Handtasche an sich. Der zuvor gebrechlich wirkende Mann steckte mit ungelenken Bewegungen den Becher in seine Jackentasche, stemmte sich überraschend wendig hoch und humpelte mit kurzen Schritten davon.

Sie starrte ihm hinterher, als wäre ihr Al Pacino als der Leibhaftige aus »Im Auftrag des Teufels« persönlich begegnet. Wild gestikulierte der Alte mit erhobenem Zeigefinger. »Tugendloses Pack, Widerwärtiges. Immer nur satt werden wollen. Pah! Zum Kotzen ist das.«

Sie verzichtete auf ein Handtuch nach der Dusche und genoss die erfrischende Kühle der verbliebenen Wassertropfen auf ihrer Haut. Der verrückte Alte war vergessen, jetzt zählte nur noch Simon. Mit gesenkten Lidern bewegte sie sich wiegend zur Musik von Café del Mar, Nr. 19, nur so lange, bis der feuchte Film auf ihrer Haut verflogen war. In der Nase noch den Geruch des Duschgels nach Malve und Zitrus verteilte sie eine großzügige Menge Kokosmilchlotion gleichmäßig auf ihrem Körper und massierte sie mit kreisenden Bewegungen ein. Simon liebte den Duft von Kokosmilch auf ihrer Haut. Es erinnerte ihn an Kho Samui, wusste sie. In diesem Urlaub hatten sie sich gegenseitig mit Kokosöl eingerieben. Bei diesem Gedanken lächelte sie und glaubte einen sachte flatternden Schmetterling in der Magengrube zu spüren. Heute würde sie zum ersten Mal ihr Geburtstagsgeschenk tragen. Simon hatte es mit Bedacht ausgewählt und ihr damals ins Ohr geflüstert, das wäre etwas Besonderes für besondere Abende. Nun, heute sollte so ein Abend werden.

Sie befreite das kostbare Stück Unterwäsche aus hauchzartem Seidenpapier, in dem es frisch gewaschen auf seinen Einsatz wartete, und streichelte mit den Fingerspitzen über den feinen Spitzenbesatz am Beinabschluss. Ein Vermögen hatte diese winzige, champagnerfarbene Panty gekostet, mindestens zwei, wenn nicht drei Tankfüllungen. Gut, sie war da ein wenig rational, würde sich selbst niemals so einen unverschämten Hauch von Nichts leisten wollen, und trotzdem fühlte es sich verdammt gut an. Allein, diesen Slip in den Händen zu halten verbreitete wohliges Prickeln, wenn sie daran dachte, wie Simon ihr das exklusive Teil heute Abend ausziehen würde. Vorsichtig schlüpfte sie erst mit dem linken, dann mit dem rechten Bein hinein und ließ die feine Leavers-Spitze - das hatte ihr Simon erklärt - über die sanfte Wölbung ihres Hinterns nach oben gleiten. Dieser Slip aus feinstem Gewebe und einer Ahnung von Bund schmiegte sich an ihren schlanken Körper wie eine zweite Haut und gab ihr das Gefühl, unwiderstehlich zu sein. Dann griff sie zum zweiten Päckchen und zog den passenden BH heraus. Unglaublich, ihre winzigen Brüste, die mit Mühe und Not Körbchengröße B akzeptierten, wirkten in diesem Büstenhalter voller, voluminöser. Dabei hatte sie nicht einmal das Gefühl, etwas auf der Haut zu tragen, und das war ausgesprochen angenehm. Sie drehte sich vor dem Spiegel und kam aus dem Staunen nicht mehr heraus. Dieses bisschen Stoff verwandelte, nein, verzauberte sie und Juliane streckte sich automatisch.

Kurze Zeit später stand sie vor dem Kleiderschrank und nagte auf der Unterlippe herum. Das Einzige, was dieser Spitzenunterwäsche gerecht würde, war ein Kleid. Sie hatte jedoch Lust auf Jeans. Außerdem waren sie in einem Biergarten verabredet. Sie schüttelte den Kopf und zog kurzerhand ein leichtes Sommerkleid heraus, weiß mit Stickereien. Nein, doch lieber etwas anderes. Das Schwarze? Nein, passt nicht zur Leavers-Spitze. Doch Jeans?

Sie entschied sich für ein gerade geschnittenes Baumwollkleid in olivfarbenem Kolorit. Eine helle, längere

Kette darüber und flache Schuhe, denn sie würde über Kies laufen müssen. Ein prüfender Blick in den Spiegel bestätigte ihr, dass sie durchaus wirkte wie eine normale Biergartenbesucherin. Darunter allerdings ... Sie grinste und band sich einen Zopf, legte eine getönte Feuchtigkeitscreme auf, einen Hauch Wimperntusche und helles Lipgloss. Sie schaltete das Licht im Badezimmer aus, und wieder an, runzelte die Stirn und zog sich das Gummiband aus den Haaren. Fertig!

»Darf ich Ihnen die Karte bringen?« Der Ober lächelte freundlich. Er schien einer von der allwissenden Sorte zu sein und legte ihr gleich zwei Speisekarten auf den Tisch. Jule bedankte sich und sah auf die Uhr. Sie war zu früh. Immer war sie zu früh. Maike hatte sich darüber bereits einige Male erheitert und die Behauptung aufgestellt, Jule sei ein gänzlich untypisches Weib, Männer müsse man auf die Folter spannen. Ach ja, musste man das? Jule sah das anders. Pünktlichkeit gehörte zu ihren Prinzipien. Was konnte sie dafür, dass sie fünf bis zehn Minuten Pufferzeit einrechnete und konstant fünf bis zehn Minuten zu früh eintraf? Sie entschied sich für einen Aperol Spritz, schließlich musste sie heute nur noch als Beifahrer in einen Wagen steigen. Entweder in Simons oder eben in ein Taxi.

»Möchten Sie vielleicht eine Kleinigkeit zu essen bestellen?«

Jule glaubte, aus der Stimme des Kellners einen leicht mitleidigen Tonfall herauszuhören. »Nein, danke. Ich warte noch auf jemanden.« Unwillkürlich straffte sie sich. Ihr Magen brummte zwar, doch sie wollte auf Simon warten. Obwohl, eins, zwei Baguettescheibchen mit Aioli …

»Noch einen Aperol Spritz?«

»Kaffee, bitte. Mit viel Zucker. Ohne Milch. Und einen Aperol Spritz.«

»Gerne.« Er nahm das leere Glas mit. Jetzt sah der Tisch aus, als wäre sie eben erst angekommen. Tatsächlich saß sie mutterseelenallein und bereits fünfundzwanzig Minuten hier. Er würde sich ein paar Minuten verspäten, da war nichts dabei. Der Verkehr in Mannheim nahm an einem Freitagabend eher zu als ab, die Parkhäuser in der Innenstadt füllten sich. Kein Wunder, das Thermometer an der Hauswand zeigte zu dieser Stunde immer noch 25 Grad und bei diesen Temperaturen trieb es die Menschen verständlicherweise aus den Häusern. Er würde sicher gleich eintreffen.

HeavensTube

»Gott sieht alles«, ulkte Gabriel. »Wenn die wüssten …«

»Wen meinst du mit *die* und was wäre, wenn sie *was* wüssten?«

»Gut, dann sage ich es anders.« Gabriel holte Luft und gab seiner Stimme die Erhabenheit, die von einem Engel erwartet wurde, auch wenn dieser erst kurz im Himmel weilte.

»Wenn die Menschheit auch nur ahnte, dass ihr hochgepriesenes Internet und darin unter anderem ihr Youtube in den göttlichen Gefilden bereits seit Millionen Jahren existiert, würde das ihre Vorstellung vom Paradies auf die Probe stellen.« Dabei drehte er sich mit ausgebreiteten Armen einmal um seine eigene Achse.

Kaum zu glauben, aber das hier war nur der Raum für Deutschland. Er hatte die Größe eines Fußballplatzes und die Monitore hingen dicht an dicht. Für jedes Land gab es einen Raum, für manche Länder mehrere, wie zum Beispiel für Amerika, und in jedem saßen ein oder mehrere Engel, die ausschließlich im Innendienst beschäftigt waren, um das Geschehen zu beobachten. Bei Bedarf durften sie eingreifen, bei kniffligen Dingen mussten sie Rücksprache mit ihm halten, problematische Fälle entschied der Herr persönlich. Erst letzte Woche hatte Gott mit einem Fingerschnipsen einen

Meteoriten gesprengt, der über die Ausmaße mehrerer Ambosswolken verfügte, sodass Teile in die Erdatmosphäre eingedrungen und dort verglüht waren. Er lächelte in sich hinein und rief sich den seligen Gesichtsausdruck eines englischen Mädchens in Erinnerung, wie sie sich beim Anblick einer Sternschnuppe, wie die Erdbewohner die verglühenden Brocken nannten, einen Kuss vom Nachbarsjungen wünschte.

Heute war Gott für Deutschland eingeteilt, richtiger, er teilte sich selbst ein. Im Moment hatte er an Deutschland den Narren gefressen. Nun, es war dessen Entscheidung und Gabriel schätzte es sehr, dass sein Chef sich noch an die Basis begab und sich nicht nur berichten ließ, wie es viele andere tun würden, wären sie an Gottes Stelle.

Gott lachte und schlug sich auf den Oberschenkel. »Ja, haha, das würde es wohl.« Er stoppte die Liveübertragung in HeavensTube an Bildschirm Nr. 124. Das, was jetzt folgte, musste man nicht unbedingt sehen. Fleischeslüste waren Menschensache. »Hast du schon Elisa informiert?«

»Sie ist auf dem Weg.« Gabriels Miene verdunkelte sich. Ob ausgerechnet er Elisa eine geeignete Hilfe sein mochte? Aber Gott hatte entschieden. Wie durfte er, ein frischgebackener Betaengel, dies in Zweifel ziehen?

»Gut.« Gott spulte zurück, bis zu der Stelle, als Simon Grasser den Wagen parkte und zum Telefon griff.

»Ah, Elisa.« Fast lautlos war der blonde Engel in den Raum getreten und hatte sich mit gefalteten Händen zu ihnen gesellt. Gott winkte ihr zu. »Komm näher, komm näher. Elisa, sieh dir das bitte an und sage mir, was du fühlst.« Während die Aufnahme ablief, beobachtete er sie mit ernstem Blick aus den Augenwinkeln.

*

Gedankenverloren rührte Jule zwei Würfelzucker in den Kaffee und blickte um sich. Der Biergarten am kleinen Flughafen in Mannheim war bis zum letzten Platz besetzt. Ein In-Treff. Wer etwas auf sich hielt, kam an einem Sommerabend in den Lindbergh-Biergarten. Ihr schräg gegenübersaß ein Pärchen. Sie hielten sich an den Händen und die Frau weinte. Sofort überfiel Jule Mitleid für diese Frau. Womöglich teilte ihr Partner ihr in diesem Moment mit, dass er eine andere gefunden hatte. Aus seinem Gesicht sprang die Verlegenheit geradezu heraus. Sicher hatte er nicht mit einem derartigen Ausbruch gerechnet. Wie schrecklich, die arme Frau! Ein warmer Sommertag, der sich dem Ende neigte und die Landschaft orangerot einfärbte, wie gemacht für die Liebe, nicht für eine Trennung. Es drängte Jule, die Frau in den Arm zu nehmen und zu trösten. Schon wollte ihr selbst eine Träne aus dem Augenwinkel entschlüpfen, als sie die nächsten Worte vernahm: »Oh, Jens, welch ein wunderbarer Ring. Ja. Aus vollem Herzen, ja!« Und dann heulte die blöde Kuh los.

Jule bestellte sich noch einen Kaffee. Dann noch einen. Beim Vierten überkam sie leichte Übelkeit. Vielleicht hätte sie doch etwas essen sollen. Das Pärchen am Nebentisch hatte bereits beim zweiten Kaffee die Lokalität eng umschlungen verlassen. Es würde Simon doch nichts passiert sein? Hastig zog sie ihr Handy aus der Tasche und just, als sie die PIN eintippte, klingelte es. Auf dem Bildschirm erschien Simons sonnengebräuntes Gesicht, die dunkelbraunen Haare gescheitelt und streng zurückgekämmt, den oberen Knopf des hellblauen Hemdes geöffnet, die Krawatte gelockert. Sie liebte diese Fotografie von ihm.

»Simon, ist was passiert?« Sie hielt die Luft an.

»Ach, meine liebe Jule … Stell dir vor, der arme Steffen. Er hat seinen Job verloren. Fristlos. Ich trinke mit ihm ein, zwei Bier und versuche, ihn aufzumuntern. Das verstehst du doch sicher.«

Der Kaffee bahnte sich einen Weg nach oben und hinterließ einen bitteren Nachgeschmack, als sie die säuerliche Brühe hinunterschluckte. Gerne hätte sie ihm das Gebräu auf sein gestärktes Hemd gespuckt. Ihr Hals war wie zugeschnürt.

»Jule? Bist du noch da? Du verstehst, dass Steffen mich jetzt braucht, oder?«

»Wer ist Steffen?« Noch nie zuvor hatte sie diesen Namen gehört, und wenn sie ehrlich war, interessierte sie nicht die Spur, wer er war. Dieser Steffen hatte sie um einen schönen Abend gebracht, ihre Vorfreude mit Füßen getreten.

»Na, mein Arbeitskollege. Habe ich dir nicht von ihm erzählt? Steffen hat erst vor vier Monaten in der Firma angefangen.« Er legte eine kurze Pause ein und seufzte. »Und jetzt so etwas. Irgendjemand muss ihm jetzt beistehen. Das siehst du doch genauso, Jule, oder?«

»Ja«, presste sie heraus, »Ja, tu ich. Ich …« Ach, er hatte ja recht. Wie würde es ihr ergehen, wenn sie eine fristlose Kündigung bekäme? Mit hoher Wahrscheinlichkeit würde Ulrike sie in die nächste Kneipe zerren. Nichts anderes als genau das tat Simon für einen Arbeitskollegen. Das war ehrenvoll und verdiente ungeteilten Respekt.

»Wusste ich es doch. Braves Mädchen. Ich melde mich morgen. Frühstück? Ich besorge Brötchen, die mit den Kürbiskernen. Die magst du doch so gerne. Bis morgen, mein Schatz.« Er hauchte einen Kuss durch den Äther, bevor sie das Klacken hörte. Aufgelegt.

»Noch einen Kaffee?«, sagte der Ober mitfühlend, so als wolle er ihr jeden Moment seine Hand tröstend auf die Schulter legen.

»Wie? Äh, nein. Nein, danke. Zahlen, bitte.« Jule lief hochrot an und rutschte ein Stück zur Seite. Das Mitleid des Kellners war ihr unangenehm, sie wollte seine Anteilnahme nicht, selbst wenn diese sehr dezent zum Ausdruck gebracht wurde. Sie wollte jetzt nicht einmal mehr hier sein, wollte keine Pärchen sehen müssen, sie wollte auf der Stelle Alkohol, und zwar direkt aus der Flasche. Jule zahlte und ging mit steifen Schritten zu ihrem Golf. Weinen wäre jetzt gut, dachte sie, das befreit und löst. Doch die Tränen wollten nicht kommen, sammelten sich in ihrem Hals und bildeten einen Kloß. Sie drehte den Zündschlüssel um, der Wagen schnurrte sofort. Ach, wenigstens auf dich kann ich mich verlassen, dachte sie und stütze einen Moment die Stirn auf dem Lenkrad ab. Augenblicke später fuhr sie los. Nach Hause. Die Leavers-Spitze kratzte sie im Schritt.

»Steffen.« Jule spie das Wort wie ein knorpeliges Stück Fleisch hinaus, schleuderte die Handtasche in eine Flurecke, schüttelte die Schuhe von den Füßen und warf sich aufs Sofa. Zwei Wochen hatten sie sich nicht gesehen, und jetzt verbrachte sie abermals einen Abend ohne Simon.

»Steffen braucht mich jetzt«, äffte sie nach, umarmte das Sofakissen und schloss die Augen. Dann kamen die Tränen. Sturzbachartig flossen sie aus ihr heraus, selbst als sie das Kissen auf ihr Gesicht presste, strömten sie unaufhörlich weiter. So gab sie sich der Enttäuschung hin und schluchzte hemmungslos. Es befreite tatsächlich.

Ach, sie sollte nicht egoistisch sein, dieser Steffen hatte Beistand in diesem Moment nötiger als sie. Jule zog sich ein Tuch aus der Packung mit Kosmetiktüchern, die immer griffbereit auf einem Beistelltisch lag, schnäuzte sich, atmete durch und griff zum Telefon. Hastig wählte sie Maikes Handynummer.

»Das ist jetzt nicht wahr. Sag, dass das nicht wahr ist!« Die Freundin kläffte in den Hörer, als wäre nicht sie, sondern ein wütender Pinscher am anderen Ende der Leitung.

Maikes Entrüstung kam ihr leicht übertrieben vor, sie beschloss jedoch, nicht darauf einzugehen. »Doch, leider. Ach, Maike, Schwamm drüber. Eigentlich waren ja wir beide heute verabredet. Tja, das war dann wohl

28

meine Strafe. Erst habe ich dich versetzt, dann ging es mir genauso. Hast du noch Lust? Wir könnten was trinken gehen. Allerdings irgendwo in meiner Nähe, ich kann nicht mehr fahren, hatte schon zwei Aperol Spritz.«

»Ähm, Jule, sorry. Ich bin in Frankfurt und … nicht alleine. Nach unserem Gespräch vorhin habe ich mich gleich anderweitig verabredet. Ich fürchte, auch ich darf mich jetzt nicht mehr in den Wagen setzen. Mensch, das ist aber auch zum Haareraufen. Dieser dämliche … Wir reden morgen darüber. Aber es ist ja nicht so, dass ich dir noch nie gesagt hätte, was ich von …«

»Maike, das mag ich jetzt nicht hören, wirklich nicht.« Sie wusste, dass Maike Simon nicht mochte, ihn noch nie gemocht hatte, von Anfang an nicht. Damit konnte sie leben. Auch sie konnte nicht allen Menschen um sich herum nur Positives abgewinnen, wie zum Beispiel … Okay, ihr fiel momentan keiner ein, aber …

»Tut mir leid für dich, Jule. Sorry. Ich rufe dich morgen an, sobald ich zu Hause bin. Um die Mittagszeit schätze ich. Einverstanden? Hey, Kopf hoch. Es kann nur noch besser werden.«

Kaum hatte Jule aufgelegt, tat es einen Schlag, und nebenan schrie eine Frau kurz auf. Der Schreck ließ sie zusammenfahren. Noch ein Schlag, diesmal etwas gedämpfter. Darauf folgte ein Männerlachen. Offenbar zog jemand in die neben ihr unbewohnt leer stehende Wohnung ein. Na, dann war es jetzt wohl aus mit der Ruhe.

*

Ein dunkelhaariger Mann, circa Mitte dreißig, tippte eine Telefonnummer in sein Blackberry und blickte erst angespannt auf die Uhr, dann durch die Scheibe nach draußen. Gott runzelte die Stirn. Er hatte sich diese Aufnahme bereits ein paar Mal angesehen, und er spürte immer noch die gleiche Verachtung für diesen Mann wie beim ersten Mal.

»Ach, meine liebe … Stell dir vor, der arme Steffen. Er hat seinen Job verloren. Fristlos. Ich trinke mit ihm eins, zwei Bier und versuche, ihn aufzumuntern. Das verstehst du doch sicher?«

Er registrierte, wie Elisa arglos das Geschehen verfolgte, und schaltete auf Splitscreen. Der Bildschirm teilte sich in zwei Bereiche, rechts erschien eine enttäuscht nickende Jule, links sah man Simon in seinem Wagen sitzen. Er lächelte in einer Art, die nicht von innen kam, als benötige er es zur Bekräftigung seiner Worte.

»Wusste ich es doch. Braves Mädchen. Ich melde mich morgen. Frühstück? Ich besorge Brötchen, die mit den Kürbiskernen. Die magst du doch so gerne. Bis morgen, mein Schatz.«

Elisa hob die Brauen, sagte jedoch kein Wort. Gott wechselte zurück in den Einbildmodus. Das, was jetzt passierte, wussten nur zwei Menschen und zwei Engel. Elisa würde es gleich erfahren.

Sie verfolgten, wie Simon mit einem schrägen Lächeln das Handy in die Hemdtasche steckte. Kurz darauf öffnete sich die Beifahrertür und allem voran schob sich ein sonnengebräuntes Frauenbein langsam und auf Wirkung bedacht in den Innenraum des Wagens. Dem folgte eine attraktive Schwarzhaarige in einem dunkelblauen Seidenkleid, dessen Saum sich beim Einsteigen hochschob und halterlose Strümpfe erkennen ließen. Ihre dunkelroten Lippen leicht geöffnet, die Lider leicht gesenkt, warf sie Simon einen mehr als lasziven Blick zu. Simons Hand schob sich unter ihr Kleid. In seinem Gesicht stand nichts anderes als der Wunsch nach Befriedigung und Fleischeslust.

An dieser Stelle beendete der Herr das Video und registrierte, wie Gabriel ein unschönes Wort zischte. Er beschloss, dies zu ignorieren. »Und? Was sagst du dazu?« Er drehte sich zu seinem weiblichen Engel um. Elisa hatte die Szenerie zuletzt mit weit geöffneten Augen verfolgt und eine Hand vor den Mund geschlagen. Jetzt senkte sie den Arm, damit sie sprechen konnte, was ihr augenscheinlich schwerfiel. Eine Träne kullerte ihr die Wange hinab. »Die … die arme Frau!«

Gott nickte gefällig. »Sie tut dir leid, hm?«

»Ja, oh ja!« Elisa nickte eifrig und umfasste ihren Körper mit den Armen. »Das muss … das muss furchtbar für sie sein. Sie weiß es nicht, oder? Sie weiß es nicht. Oh, wenn sie es wüsste, was würde es sie schmerzen. Das Herz würde es ihr herausreißen.«

»Sie ist die Richtige für den Job«, nickte Gabriel.

»Die Richtige für was?« Elisa blickte fragend von Gabriel zu Gott und wieder zurück.

»Elisa.« Der Herr lehnte sich im Drehstuhl zurück und sah sie unverwandt an. »Wie schätzt du diese Situation ein? Bitte nur die erste Empfindung.«

Elisas Blick glitt zur Zimmerdecke, als läge dort die Antwort.

»Bestürzt, glaube ich. Ja, ich war bestürzt, weil, sie ist so … ahnungslos und alleine. Es ist nicht das, was er tat, sondern mehr ein Gefühl für Jule. Sie liebt den Mann und ich meine, sie sollte sich von ihm schmerzfrei lösen können. Aus innerer Überzeugung. Am besten, ohne dass sie je erfährt, was er ihr antat.«

»Und weiterhin antun wird«, ergänzte Gott den Satz. »Wunderbar. Genau das ist mein Plan, und du wirst ihn umsetzen.«

»Was? Ich?« Sie zog das *Ich* in die Länge, legte eine Hand auf ihre Brust und trat einen Schritt zurück. Dabei stolperte sie über ihr bodenlanges Gewand und landete in Gabriels Arm, der sie im letzten Moment auffing. Lächelnd stellte er sie auf ihre nackten Füße zurück.

»Entschuldigung, Verzeihung. Tut mir leid.« Sie warf ihm einen scheuen Blick zu, hob den Stoff etwas an und wandte sich erneut Gott zu. »Wie soll ich … ich, meine, was …« Ihr fehlten die Worte. Zum einen vor Entsetzen, zum anderen vor Überraschung. Immer, wenn sie aufgeregt war, entwickelten ihre Flügel ein Eigenleben. So auch jetzt. Zwei hektisch ausgeführte Flügelschläge warfen Gabriel auf der Stelle zu Boden, und Elisa riss vor Schreck die Hände zum Mund, drehte sich um zu Gabriel, stammelte eine Entschuldigung und wieder holten ihre Flügel aus und …

»Stopp!« Die Stimme des Herrn ließ Elisa sofort innehalten. Eingeschüchtert wandte sie sich um, während Gabriel umständlich auf die Beine kam.

Gott stand auf, legte dem Engel seine Hände auf die Schultern und blickte tief in Elisas blaue Augen. Er musste seinen Kopf senken, sie reichte ihm gerade mal bis zum Bartansatz, was nicht hieß, dass Elisa klein gewachsen war. Gott maß über einen Meter fünfundneunzig. Alle blickten zu ihm auf. Auch Elisa. Einen kurzen Moment überkam ihn Zweifel. War Elisa die richtige Wahl? Unsinn, klar war sie das. Sie wartete schon viel zu lang auf ihren ersten Einsatz. Dieser hier schien ihm nicht sonderlich schwierig und Gabriel war die beste Hilfe, die er sich vorstellen konnte. Außerdem sagten alle, Gottes Wege wären unergründlich und weise. Also.

»Du wirst Jule Lobenstein auf den erforderlichen Weg bringen. Denn solch einen künftigen Ehemann hat sie nicht verdient. Und wenn wir nicht erfolgreich sind, wird sie ihn heiraten - alle Engel mögen dagegen ansingen - und geradewegs in ihr Unglück rennen. Gabriel wird dir von hier aus unterstützend zur Seite stehen.«

Elisa erstarrte vor Stolz und Ehrfurcht. Trotzdem, sie fühlte sich wie eine winzige Maus vor der Falle mit dem köstlichsten Käse der Welt und versteifte vollends, als der Herr weitersprach.

»Hiermit erteile ich dir erstmals den offiziellen Auftrag, als ein von Gott gesandter Engel auf der Erde zu wirken.«

*

Das Herz hämmerte ihr bis zum Hals. Wo gab es denn so etwas? Auf dem Sofa einschlafen, also wirklich. Verwirrt schälte Jule sich aus den Polstern und griff zum klingelnden Telefon. Simon?

»Jule. Hör mal. Mein Lover ist im Moment duschen, und ich wollte dir nur schnell sagen, dass du dir nicht so viele Gedanken machen sollst. Aber meinst du im Ernst, dass der Typ tatsäch ...«

»Der Typ heißt Simon, Maike. Und lass gut sein. Ich liebe ihn und er liebt mich. Verstehe doch bitte, wir gehören zusammen. Manchmal kommt eben was dazwischen. Und mal ehrlich, dieser arme Steffen, also wenn ich ...«

Am anderen Ende der Leitung brummte es verhalten. Sie sah Maike förmlich vor sich, den Kopf gesenkt, die Stirn gerunzelt.

»Hör mal, Jule«, kläffte Maike los, »wie oft hat er das schon gemacht? Zu oft! Nein, sag jetzt nichts. Du glaubst natürlich an die Geschichte mit dem Kollegen, dessen Namen du vorher noch nie gehört hast. Natürlich, du hast ihm auch die anderen Storys abgekauft, die dein lieber Simon zum Besten gab, wenn er dich mal wieder versetzt hat. Du nimmst dieser Bordsteinkante einfach alles ab. Merkst du es nicht oder willst du es nicht merken? Und überhaupt, Jule, also ich wäre erstens zu spät im Lindbergh gewesen und zweitens hätte ich ihn nach allerspätestens der Hälfte des zweiten Kaffees angerufen! Entschuldige, aber ich kann meine Klappe einfach nicht halten, das weißt du. Für was hat man Freunde, wenn diese einem nicht die Wahrheit sagen? Ach, was tu ich da … bei dir redet man ja gegen eine Wand.« Ein erregter Seufzer begleitete Maikes Schlusssatz.

Das war Maike, wie sie leibte und lebte. Immer mit der Schnute voran, das Herz auf der Zunge. Jule liebte die bisweilen ausgesprochen direkte und doch herzliche Art ihrer Freundin. Sie nahm es ihr nicht übel. Ihr kam der Gedanke, es könnte möglicherweise speziell diese Eigenart sein, vor der Männer zurückwichen und die eine dauerhafte Beziehung zu einem Mann verhindern konnte.

»Du weißt doch gar nicht, ob es die Wahrheit ist, Maike. Du stellst Vermutungen an, nichts weiter. Ich finde das nicht fair von dir! Nur, weil du ein paar Mal reingefallen bist, musst du nicht glauben, dass Simon mich belügt. Simon würde mich nie belügen.« Sie brüllte es fast in den Hörer, und die Tränen brachen sich erneut Bahn. »Und betrügen sowieso nicht. Das würde er nicht tun. Nicht Simon!« Jule presste die Lippen aufeinander. Maike sah nie diese Zärtlichkeit in seinem Blick, wenn er sie, Jule, ansah. Da sprach Liebe aus ihm, sie konnte es fühlen, wenn sie zusammen waren. Ihr Simon würde sie nicht betrügen. Höchstens mit seinem Job, und das konnte sie verschmerzen. Und Maike? Sie suchte immer noch ihren Traumprinzen. Jules Zorn verebbte. »Wenn du ihn nur mit meinem Herzen sehen könntest, Maike, dann wüsstest du, dass er mich liebt, dann wüsstest du es.«

»Ach, Süße …«, Maikes Stimme klang jetzt etwas sanfter, »ich möchte dir doch nur helfen. Natürlich kann ich es nicht wissen, aber ich spüre es.«

Mechanisch räumte Jule ein paar herumliegende Zeitschriften zusammen, schlüpfte in ein Nachthemd und latschte lustlos ins Badezimmer. Sie hatte sich auf ein sinnliches Schaumbad mit Simon gefreut. Ihre eigene Badewanne gähnte ihr einsam und unromantisch entgegen. Der Gewohnheit folgend schminkte sie sich ab und bürstete anschließend ihr Haar. Dies alles absolvierte sie schweigend und suchte dabei nach einer Regung in sich. Irgendeiner. Doch da war nichts. Kein Groll auf Maike wegen ihrer harten Worte, nicht die Spur von unruhiger Verunsicherung, aber auch keine zufriedene Ruhe. Da gähnte nur eine dumpfe Leere in ihrem Herzen, ein seltsam luftleerer Raum, der sich gleichzeitig mit einer Emotion paarte, die sie jedoch nicht zuordnen konnte. Irgendetwas war nicht so, wie es sein sollte. Irgendetwas stimmte nicht, fühlte sich falsch an, doch sie konnte diese absonderliche Empfindung nicht greifen. Dieses Gefühl hinderte ihre Gedanken daran, einer klaren Ordnung zu folgen. Wie aufgeschreckte Äffchen sprangen sie durch ihren Kopf, hüpften einen Moment in der Vergangenheit herum, hockten sich auf die Gegenwart, nur um zugleich wieder zu verschiedenen Erinnerungsnebeln zurückzustürmen, sich dort zu schütteln und erneut aufzubrechen. Jule hatte das Bedürfnis, diese Affen in ihrem Kopf zu betäuben, und ging in die Küche.

Mit einem Glas Scotch und der Packung Kosmetiktücher bewaffnet plumpste sie einen Moment später in den Liegestuhl auf dem Balkon. Maike würde schon sehen, dass Simon nicht nur eine ehrliche Haut war, sondern, und bei dem Gedanken kribbelte es wohlig in der Magengegend, einen wunderbaren Ehemann und einen liebenden Vater abgeben würde. Ganz bestimmt. Nachdenklich starrte sie in den Himmel, nippte am Scotch und schloss die Augen. »Was hatte Maike vor ein paar Tagen gesagt? Es kann nur noch besser werden.«

*

Elisa blickte fasziniert um sich. So viele Kleider, so viele Farben. Gabriel hatte sie zu einem der Räume für Erdbewohnerkleidung geleitet und mit der Bitte, sie solle sich mithilfe des Vorbereitungsengels etwas aussuchen, in dem sie sich wohlfühle, in einen riesigen Saal geschoben.

Sie war alleine, kein anderer Engel weit und breit. Nur Kleider in allen Formen, Farben und Größen. Nachdem sie sich an diesen neuartigen Anblick gewöhnt hatte, schritt Elisa beeindruckt die langen Reihen der Kleiderständer und Regalfächer ab. Sie waren gefüllt mit Stoffen verschiedenster Farben, Größen und Qualität und die Auswahl überforderte sie. Verzweifelt blickte Elisa an sich hinunter. Das weiße Gewand schien ihrer Meinung nach das Einzige zu sein, das ihrem Wesen entsprach, aber damit konnte sie nicht unter Menschen. Was hatte Gabriel gesagt? Suche nach der Größe S, allenfalls noch M. Elisa zuckte mit den Schultern. Gut, sie wusste zwar nicht, was das bedeutete, aber es würde schon seine Richtigkeit haben.

Vor einem Regal mit unzähligen Fächern blieb sie stehen. Ohne lange zu überlegen, griff sie nach einem rosafarbenen Rock, der praktischerweise auf Blickhöhe lag und ihr ausgesprochen gut gefiel, und schlüpfte hinein. Er reichte ihr beinahe bis zu den Knien und bauschte sich um sie herum auf wie Schäfchenwolken. Wie entzückend! Im selben Fach lagen eine weiße Strumpfhose und eine Art Obergewand mit langen Ärmeln, das sie später anprobieren würde. Die zwei silbernen Hüllen legte sie ebenfalls zurück. Sie wusste nicht, was sie hätte damit anstellen sollen. Aber sonst? Ja, diese Kleidung entsprach ihr. Sie drehte sich im Kreis und fühlte sich wie eine gute Fee. Fehlte nur noch der Zauberstab. Wenn die Erdlinge wüssten, dass die Märchen alle der Wahrheit entsprachen. Sie lächelte, doch kaum einen Augenblick später runzelte sie die Stirn. Dem Oberteil fehlten die Ausschnitte für ihre Flügel. Wie in Gottes Namen - entschuldige, Herr - sollte sie das anziehen?

Elisa zuckte zusammen, als unvermittelt die Tür aufging und eine kleine Person eintrat.

»Oh, verzeih mir, ich bin etwas spät. Ich bin Josie, der Vorbereitungsengel, eigentlich Josepha, aber ich bevorzuge Josie. Hast du dir schon ...«, Josie schloss die Tür hinter sich und blieb wie angewurzelt stehen. Ihr Blick taxierte sie amüsiert. »Wie ich sehe, hast du schon. Nun, ich denke, das ist ein klein wenig unpraktisch. Außer, du möchtest als Ballerina auf eine Bühne. So etwas«, sie zeigte auf Elisas Rock, der aus mehreren Schichten Tüll bestand, »So etwas tragen Tänzerinnen in einem Schauspielhaus. Die Menschen kennen es unter dem Begriff *Tutu*. Aber das konntest du ja nicht wissen.« Josie packte sie am Arm. »Komm, ich zeige dir das richtige Regal.

Du stehst vor *Künstler und Schausteller*«. Elisa wurde von der quirligen Josie mitgezogen und blickte über die Schulter zum Regal zurück. Da stand es tatsächlich, in mannsgroßen Lettern und für jedermann sichtbar. Nur, sie hatte es übersehen. Sie rollte die Augen. Typisch.

Kurze Zeit später stapelten sich über Elisas ausgestreckten Armen Berge verschiedenartigster Kleidungstücke, deren Namen sie sich nun wirklich nicht alle merken konnte, und Josie schob sie hinter einen Paravent. »Probiere einfach mal alles durch. Ich gehe und suche nach einem adäquaten Bürooutfit und Schuhwerk. Bin gleich wieder da.«

»Einem was?« Elisa lugte über den Rand der Abtrennung. Sie erhielt jedoch keine Antwort. Seufzend breitete sie die Kleidungsstücke auf dem Boden aus und schlug nervös mit den Flügeln.

»Hier!« Wie aus dem Nichts war Josie neben ihr, streckte ihr ein buntes Kleiderbündel entgegen, legte seltsame Hüllen dazu, und neigte den Kopf zur Seite. »Irgendetwas stimmt nicht«, murmelte sie und verschränkte die Arme.

»Ja, das Gefühl habe ich allerdings auch.« Elisa beschrieb mit der Hand einen Kreis über den Kleidern. »Ich habe keinen Schimmer, wie …«

»Nein, nein«, lachte Josie plötzlich und schlug sich mit der Hand vor die Stirn. »Deine Flügel! Du hast ja noch deine Flügel. Haha, wie gedankenlos von mir. Entschuldige, ich bin noch nicht so lange in dieser Abteilung.«

Sie hob den Arm und streckte den Zeigefinger nach unten, als wolle sie von oben auf Elisas Flügel zeigen.

»Dreh dich um, bitte.«

»Aber ... »

»Umdrehen.«

Elisa spürte einen kleinen Schmerz, gerade so, als würde ihr einmal in jedes Schulterblatt gezwickt. Sie zuckte zusammen und schlug automatisch mit den Flügeln, doch sie registrierte nur die Bewegung ihrer Muskeln, das leichte Rauschen blieb aus, ebenso der sanfte Lufthauch. Weg. Ihre Flügel. Fort. »Bekomme ich die wieder?«

»Nach erfolgreichem Einsatz schon.«

»Und wenn ich nicht erfolgreich bin?«

»Dann liegt das im Ermessen des Herrn. Wahrscheinlich wirst du ein paar Jahre Wolken putzen müssen, um sie dir wieder zu verdienen. So steht es geschrieben. Oder du wirst auf die Erde verbannt, für immer, ohne Zauberkräfte, als Mensch. Schrecklich. Glaub mir, ich weiß, wovon ich rede. Brrrrr.«

»Das ist jetzt nicht wahr.« Elisa wurde seltsam zumute.

»Habe ich jemals geflunkert?«

»Woher soll ich das wissen? Im Ernst, Josie, das Letztere ist erfunden. Gib es zu.«

»Vielleicht. Vielleicht aber auch nicht. Ach, du weißt noch so vieles nicht, junger Alphaengel. Okay, ihr habt einige Vorteile. Aber ein Betaengel, wie ich einer bin, weiß, wie der Hase auf der Erde läuft. Deswegen bin ich auch hier eingesetzt. Schade, dass wir nicht mehr zurückdürfen.« Sie seufzte und Elisa glaubte, einen Schatten über ihr Gesicht huschen zu sehen. Nur einen Moment, dann war er verschwunden, und Josie strahlte wieder. »So, probiere jetzt die Sachen an, entscheide dich für ein Outfit und lege alles das, was du mitnehmen möchtest, auf einen Stapel. Ich lasse dich nun allein.« Josie zwinkerte ihr zu und verließ sie.

Was zur Hölle - Verzeihung, Herr - war ein Outfit? Elisa schüttelte den Kopf und machte sich zögerlich mit den fremden Gewändern und seltsamen Beinkleidern bekannt. Letztere waren sehr unbequem, dennoch gefiel sie sich darin. Nur ein Paar der Schalen, in die sie ihre Füße stecken sollte, war absolut inakzeptabel. X-beinig stand sie in diesen schwarzen, engen Hüllen mit harten, fingerlangen Stängeln am Fersenende, vor dem Spiegel, und wagte nicht einen Schritt. Das nennt man Schuhe, hatte Josie erklärt. Umständlich schlüpfte sie aus den nachtschwarzen Folterinstrumenten, stellte sie zur Seite, entschied sich für ein hellblaues Kleid und eine weiße, hauchdünne Strickjacke. Ihr Füße steckte sie in flache, zartblaue Schalen. Die Farben des Himmels. Na, ging doch. Sie drehte sich vor dem Spiegel und fand sich … verdammt attraktiv. Nur ihre Flügel vermisste sie. Und überhaupt, wie sollte sie fliegen, so ganz ohne Flügel?

»Gar nicht.« Gottes Stimme hallte durch den Raum, und Elisa zuckte zusammen. »Deswegen brauchst du Schuhe. Auch die Unbequemen.« Der Herr lachte. »Auch das gehört zum Menschsein, Elisa. Sie quälen sich gerne, zwängen sich in Kleider, die ihnen nicht entsprechen, sagen Dinge, die sie nicht meinen und laufen auf Schuhen, die sie behindern. Du kannst also weder ausschließlich bequem noch barfüßig auf Erden wandeln. Nur manchmal.«

»Manchmal?« Sie verstand gar nichts mehr. Die Menschen mussten sehr seltsam sein.

»Wenn du fertig bist, komm zu mir. Wir haben noch zwei, drei Dinge zu besprechen.«

Hastig legte sie ihre Auswahl ordentlich auf einen Stapel und eilte zum Herrn. Zusammen mit Gabriel saß er an einem langen Tisch. Sie spielten Eiszapfenmikado und an dem Gesichtsausdruck Gabriels konnte sie ablesen, dass er im Begriff war zu verlieren. Er strahlte ihr entgegen. Dies schob sie weniger auf die Freude, sie zu sehen, als mehr der willkommenen Unterbrechung des Spiels. Gott stand sogleich auf, griff zu einer Damenhandtasche aus feinstem hellbraunen Leder und reichte sie ihr. »Hier drin findest du Ausweispapiere, Führerschein, Krankenkassenkarte, Hausschlüssel und etwas Geld. Keine Sorge, das Geld - auch Euro genannt - wird dir niemals ausgehen.«

Elisa zog einen Behälter aus der Tasche und öffnete ihn. Sie sah sich die Geldscheine, die Münzen, die verschiedenen Karten an und staunte. Was man auf der Erde alles brauchte. Es kam ihr so … unnötig vor. Nun, sie hatte entfernt von all diesen Dingen gehört, und sogleich wieder vergessen. Wenn ihr jemand vor knapp dreihundert Jahren gesagt hätte, dass sie auf die Erde ginge, pah, ausgelacht hätte sie ihn. Und jetzt war es soweit. Auf einem dieser seltsamen Plastikdinger prangte ein Foto von ihr. Nicht sehr gelungen, wie sie meinte. Die Elisa auf dem Bild lächelte nicht und blickte wie eingefroren drein. Daneben stand ein Name. Ihr Name. Elisa Siebenwolk. Siebenwolk? Ach bitte, was sollte das denn? Ein Scherz? So ganz privat von Gott zu Engel? Missbilligend blickte sie von der Karte zu Gott, hinüber zu Gabriel, der inzwischen aufgestanden war, mit verschränkten Armen an der Wand lehnte und ein Lachen unterdrückte.

»Sehr witzig.«

»Sehr passend will ich meinen«, schmunzelte der Herr, und klatschte in die Hände. »Los geht´s, Elisa. Dein erster Einsatz. Darf ich bitten?« Vor ihnen öffnete sich aus dem Nichts ein Fahrstuhl, Gabriel stellte zwei Koffer hinein und von Gott erhielt sie einen Messbecher mit grellroter Flüssigkeit.

»Was ist das?«

»Deine Erinnerungen, dein Wissen. Wir können dich schließlich nicht ohne die leiseste Grundahnung auf die Menschheit loslassen.« Er zwinkerte, bevor er fortfuhr. »Trink es jetzt gleich. Du wirst danach einschlafen und auf der Erde aufwachen. Keine Angst, es wird dir alles bekannt vorkommen. Trink jetzt. Und …«, die Fahrstuhltür schloss sich, der Herr und Gabriel winkten ihr zu, »viel Erfolg auf deiner Reise, kleine Elisa.«

Kleine Elisa! Immerhin war sie schon über dreihundert Jahre alt und ein Alphaengel. Im Gegensatz zu den B-Engeln, die einmal Menschen gewesen waren, entstanden A-Engel direkt im Himmel und hofften, wie auch sie, auf einen Erdeinsatz. Und der ließ mitunter viele hundert Jahre auf sich warten. Manche kamen nie in den Genuss, die Erde besuchen zu dürfen. Zu den Auserwählten zu gehören ließ sie beinahe vor Stolz platzen. Schnell setzte sie sich auf den Hocker und stürzte den Trank hinunter. Der Fahrstuhl ruckte und noch bevor er die Dimension wechselte, fielen ihr die Augen zu.

Spuren auf Granit

Mit geschlossenen Augen überlegte Jule, welcher Tag heute war, und seufzte erleichtert auf.

Samstag. Als Nächstes fiel ihr der gestrige Abend ein und sie drehte sich aufstöhnend zur anderen Seite, umschlang das Kopfkissen und beschloss, weiterzuschlafen. Moment! Wie spät war es? Ruckartig schoss sie in die Höhe und pflückte den Wecker vom Nachttisch. Zehn nach zehn. Gleich würde Simon eintreffen. Grundgütiger, jetzt aber schnell!

Aus dem Badezimmerspiegel blickte ihr eine verknitterte Endzwanzigerin entgegen, deren Haarpracht wirkte, als hätten Vögel versucht, sich ein Nest darin zu bauen, es aber aufgegeben, da mit den dünnen Fädchen kein Zurechtkommen gewesen war. Sie hauchte in ihre Hand, verzog angewidert das Gesicht, griff zur Zahnbürste und stieg unter die Dusche.

Kurze Zeit später saß sie in Shorts und einem T-Shirt mit der Aufschrift »n´ Scheiß muss ich!«, ein Geschenk von Maike, auf dem Balkon, die nackten Füße auf dem Geländer und eine Tasse Kaffee in der Hand. Nachdenklich zupfte sie zwei lose Haare vom Shirt und schnippte sie über die Brüstung. Wo blieb Simon? Für ein Frühstück war es jetzt beinahe zu spät und ihr Magen verlangte brummend nach Nahrung. Sie gab dem

Efeu, der unermüdlich die Sichtschutzwand auf der rechten Seite des Balkons emporkletterte, Wasser, und zupfte ein paar vertrocknete Blättchen ab. Unschlüssig sah sie auf die Uhr, wässerte die verblühte Clematis an der anderen Balkonseite, holte sich eine Tasse Kaffee, und wählte schließlich seine Nummer. Sie hatte lange genug gewartet.

Sie landete in der Mailbox. Bei ihm zu Hause sprang der Anrufbeantworter an. Im Büro informierte sie die Ansage, dass sie außerhalb der Geschäftszeiten anrief. Nun, es hätte ja sein können, dass sein Projekt ihn brauchte. Jule probierte erneut alle Nummern durch, verzichte nach kurzem Zögern auf eine Nachricht, legte auf und starrte auf die imposante Birke im Nachbarsgarten, deren Äste sich sanft der Sommerbrise beugten. Sicher war es spät geworden gestern Abend, mit Steffen. Sicher hatte er nur verschlafen und war bereits auf dem Weg zu ihr. Oder er schlief immer noch. Gut. Wenn Simon nicht zu ihr kam, musste sie eben zu ihm fahren. Aber was, wenn sie sich verpassen würden? Es machte sie irrsinnig, sie konnte nichts tun, nur warten. Nein, sie würde sich jetzt auf den Weg machen. Basta.

Kaum war der Entschluss gefasst, erreichte sie eine SMS.

Guten Morgen, mein Herzblatt. Bin noch bei Steffen in Mannheim. Viel getrunken. Schleppe mich jetzt nach Hause. Ich stinke und muss duschen. Kommst du zu mir? Bring Brötchen mit. Kuss. Dein Simon.

Fassungslos ließ sie das Handy sinken. Das hätte sie sich gleich denken können. Wenn Männer gemeinsam

Bier tranken … und Steffen hatte mit größter Wahrscheinlichkeit mehr als nur eines zu sich genommen, ging das nie gut aus, behauptete zumindest Ulrike. Sie musste ihr zerknirscht Recht geben.

Eilig schlüpfte Jule in flache Sandalen, griff sich Geldbeutel, Autoschlüssel und eine Jutetasche für die Brötchen. Die zwei Stockwerke nach unten nahm sie wie ein Boxer im Trippelschritt, sprang ins Auto, ließ den Motor an und stellte fest, irgendein Depp hatte sie zugeparkt. Na toll! Erst der Beinaheunfall und der seltsame Kauz am Discounter, dann versetzt werden und jetzt war kein Fortkommen. Prüfend blickte sie nach vorne, dann zurück. Hinter ihr der Begrenzungspfosten, vor ihr ein fremder Wagen, den sie in dieser Straße noch nie gesehen hatte. Er stand so dicht an ihrem Golf, dass sie das Kennzeichen nicht sehen konnte. *Herr im Himmel, du stellst meine Geduld massiv auf die Probe! Mit der Jule kann man es ja machen.*

Sie stieg aus, um den Abstand besser einschätzen zu können. In ihr keimte Wut auf den unbekannten Fahrer des fremden Wagens auf. Ein Golf. Der Mann hatte Geschmack. Wie kam sie auf Mann? Egal. Und was für ein Golf! Ein VW-Golf Variant, und auch noch aus der Reihe Comfortline 1.6 Blue TDI. Erst kürzlich hatte sie sich diesen Wagen in einem Prospekt angesehen, denn er eignete sich hervorragend als Familienauto. Nur, in diesem konnte sie keine Kindersitze finden. Sie beugte sich zur Seite, um das Kennzeichen lesen zu können. Wer weiß, vielleicht parkte er sie über kurz oder lang erneut zu und dann könnte sie … Nein. Überrascht hob sie die Brauen. Der Rahmen des Nummernschildes war CI-Konform in den Farben ihrer Firma, blau und orange, gehalten und am unteren Rand erkannte sie den dünnen Schriftzug ihrer Firma. *DUG Vertriebs- und Marketing GmbH.* Es musste sich um eine männliche Vertretung ihrer Spezies handeln, denn erstens bekamen nur Vertriebsmitarbeiter oder Führungskräfte Dienstwagen, und die waren in diesem Männer dominierenden Unternehmen ausschließlich männlich, und zweitens würden Frauen ein anderes Auto niemals derart unverschämt zuparken.

»Na, Herr Kollege, dann wollen wir mal.« Sie fischte einen Notizblock und einen Stift aus dem Handschuhfach und notierte das Kennzeichen. Ein anderes Blatt mit den Worten »*Danke fürs Zuparken, Herr Kollege! J. Lobenstein - Personalabteilung*« klemmte sie hinter den Scheibenwischer. Nach langem Rangieren fuhr sie los, beglückwünschte sich zu ihren sachlichen Worten auf dem Notizzettel und ärgerte sich kurz darauf über sich selbst. Jetzt wusste er, wer sie war. Mist. Und ... Dessen ungeachtet, vielleicht hatte er lediglich händeringend einen Parkplatz gesucht und sich dann umständlich in die Lücke quetschen müssen, nicht ahnend, dass die Besitzerin der niedrigeren Golfklasse hinter ihm generell Probleme hatte, aus oder in Parklücken zu gelangen. Was war nur in sie gefahren?

*

»Hey.« Simon öffnete die Tür und frottierte sich mit einem weißen Handtuch die Haare. Ein Zweites hatte er um die Hüfte geschlungen. Bei seinem Anblick zog es Jule beinahe schon schmerzhaft das Herz zusammen, und wenn sie ehrlich war, die Lendengegend ebenfalls. Wassertropfen benetzten seine trainierte Bauchgegend, die Muskeln unter seiner unbehaarten Brust, zwei flache, wohlgestaltete Vierecke, zuckten, als wären sie erregt. Unverschämt weiße Zähne blitzten mit dem strahlenden Blau seiner Augen um die Wette und all das zusammen ließ sie an Ort und Stelle erstarren. Sah so jemand aus, der die Nacht durchgesoffen hatte?

»Habe nur noch schnell geduscht.« Er trat auf sie zu und drückte ihr einen sanften Kuss auf die Stirn.

»Das sehe ich«, hauchte Jule und drückte die Brötchentasche an sich. Dieser unglaublich attraktive Mann gehörte zu ihr.

Simon drehte ihr den Rücken zu und federte in die Wohnung zurück. Seine nackten Füße hinterließen feuchte Spuren auf dem schwarzen Granit. Als ihm das Handtuch über die Hüften rutschte, hielt sie die Luft an, huschte in den Flur und zog hastig die Tür hinter sich zu. In der Küche schüttete sie die Brötchen in einen Brotkorb, registrierte eine Kanne frisch gebrühten Kaffees, Tassen, zwei Teller, Orangensaft, Marmelade, Parmaschinken und Joghurt.

»Spät geworden gestern?«, rief sie über die Schulter. Natürlich spät geworden, gab sie sich selbst die Antwort, sonst wäre er ja zu mir gekommen. Welch eine törichte, welch eine überflüssige Frage.

Statt einer Antwort trat er nackt in die Küche, vergrub seine Nase in ihrer Halsbeuge, knabberte zärtlich an ihrem Nacken und begann, sie auszuziehen. Hatte sie Hunger? Oh ja, sie hatte Hunger. Auf Simon. Ein ganzes, kurzes Wochenende lang. Ach, wie sehr sie diesen Mann liebte.

*

Elisa drückte ihre Nase in die Wolke und umschlang sie mit einem wohligen Seufzer. Moment. Stirnrunzelnd betastete sie ihre Wolke. Wolke? Etwas stimmte nicht. Schlagartig setzte sie sich auf. Keine Wolke. Kein Himmel. Sie saß in einem Bett, auf einer brettharten Matratze und die Morgensonne hüllte das vollends in Weiß gehaltene Schlafzimmer in überirdisches Licht.

Elisa war auf der Erde angekommen.

Kritisch sah sie sich in dem Raum um. An der gegenüberliegenden Wand stand ein Monitor auf einem weißen, mit Ornamenten verzierten Schreibtisch, davor ein Stuhl. Daneben ein eintüriger Schrank mit einem mannshohen ovalen Spiegel an der Front, ein Schuhregal mit sechs, nein mit acht Schuhpaaren und ein einbeiniger Kleiderständer, bepackt mit Kleidungsstücken. Elisa wunderte sich. Die Namen dieser Gegenstände schienen ihr geläufig, dabei hatte sie sie vorher niemals gehört, geschweige denn gekannt. Spiegel, Kleiderständer, Schuhregal, der Wecker auf dem Nachttisch neben ihrem Bett, die Hausschuhe aus weißem Plüsch davor. Uhrzeit? Ja, sie wusste sogar die Zeit abzulesen. Es war sechs Uhr morgens und Montag. Ihr erster Auftrag. Sie freute sich darauf und gespannte Erwartung kribbelte in ihren Gliedern. Elisa kicherte, schwang sich aus dem Bett und zog die Vorhänge beiseite. Vorhänge. Die Erdbewohner hatten seltsame Begriffe. Warum nicht Zuhänge? Schließlich hängte man sich mit diesem weichfließenden, mit vanillefarbenen Blümchen bedruckten Stoff die Löcher im Zimmer zu.

Sie blickte auf sanft erhabene Hügel, dicht bewachsen mit Bäumen in unterschiedlichsten Grüntönen, dazwischen thronten zwei Burgen und streckten majestätisch ihre Türme Richtung Himmel. In den Senken zwischen den Hügeln weilte Morgennebel und streichelte mit zarten Fingern die Baumkronen. Schön. Elisa machte einen Schritt nach vorne und prallte gegen die Fensterscheibe. Verblüfft wich sie zurück. Was …? Oh, natürlich, Fenster. Die Menschen hatten Fenster. Sie hatten Jahreszeiten. Es konnte regnen, schneien, stürmen, kalt sein und unerträglich heiß werden. Sie hatten Fenster, um das Wetter draußen zu halten.

Unvermutet vernahm sie ein Klingeln, wie das Klingeln der Glöckchen aus dem Himmel, wenn zum Morgengebet gerufen wurde, und drehte sich um. Gabriel erschien auf dem Bildschirm. »Guten Morgen, Elisa. Hast du gut geschlafen?«

Elisa verzog das Gesicht und rieb sich die Stirn. Gabriel grinste. »Fenster?«

»Witzbold.« Sie zog den Stuhl heran und setzte sich an den Schreibtisch. Gabriel legte ohne Umschweife los. »Du wirst um neun Uhr deinen Job als kaufmännische

Sachbearbeiterin antreten, dein Arbeitsvertrag steckt in der Aktentasche im Flur. Bitte unterschreibe ihn und gebe ihn heute ab. Dein Auto steht vor dem Haus auf dem Parkplatz mit der Nummer Sieben. Du wirst den Weg wissen, sobald du im Auto sitzt, mach dir also keine Sorgen. Du solltest etwas … Seriöses tragen. Ein Kleid, ein Blazer, halbhohe Schuhe. So etwas in der Art. Aber bitte kein Rosa. Möchtest du Schmuck tragen, wähle etwas Dezentes, aber trage in jedem Fall eine Uhr an deinem Handgelenk. Zeit ist den Menschlingen von großer Bedeutung. Und steck dir die Haare zusammen oder binde einen Zopf. «

Wie auf Stichwort griff sie sich in die langen Locken. Zum Teufel … »Was ist mit meinen Haaren geschehen, Gabriel? Das darf doch nicht …«

Kurz. Abgeschnitten. Ihre gestern noch beinahe knielange Pracht fiel ihr jetzt bis zu den Schultern.

»Ich höre ein Fluchen, selbst wenn es nur gedacht wird, Liebelein.« Gabriel hob den Zeigefinger und schmunzelte. »Ja, natürlich abgeschnitten. Du musst dich anpassen. Das gehört dazu. Sie werden nach Auftragserfüllung wieder lang sein, wenn dich das tröstet.«

Elisa schob die Unterlippe vor und nickte. »Gabriel, wie erreiche ich dich, wenn ich Fragen habe und nicht hier in diesem Raum bin?«

»Ach so, ja.« Gabriel lächelte und breitete die Arme aus. »Eigentlich überall. Du hast ein Handy. Zeichne ein G mit den Fingern auf das Display und die Verbindung steht. Das gilt ebenso für Computerbildschirme, Fensterscheiben und Spiegel.«

»Ein G wie Gabriel?«

»In den meisten Fällen schon. Aber eigentlich ist Gott gemeint, Elisa.« Gabriel klatschte in die Hände. »Auf geht´s, Engel. Dein Job wartet.«

*

Jule gähnte, zupfte ihre Bluse zurecht und wartete in der Abteilungsküche vor der Kaffeemaschine, die mit Gedröhne Kaffee in die Tasse beförderte.

Was machte es schon, ohne Simon am Frühstückstisch gesessen zu haben, die vergangene Nacht im Herzen und seine Berührungen auf ihrem Körper, die in unzählig kribbelnden Punkten nachglühten? Gar nichts. Überhaupt nichts. Sie hatte das wunderbarste Wochenende seit Langem erlebt. Mit Simon im Bett, den ganzen Samstag lang und den Sonntag ebenfalls. Sie hatten gemeinsam gekocht, Bäder genommen, sich gegenseitig massiert, Videos angesehen, sich mit Schokolade und Feigen aus der Dose gefüttert. Und sich zwischendurch immer wieder geliebt.

Jule seufzte auf, als ihr die Erinnerung ein wohliges Sehnen in den Schoß schickte und ihr Herz streifte.

Heute hatte sie sich spontan für ein legeres Bürooutfit entschieden. Als sie auf dem Weg zum Büro bei sich zu Hause Halt gemacht hatte, war es bereits spät gewesen. Sie hatte die Jeans anbehalten und lediglich das T-Shirt durch eine Bluse ersetzt. Dann war heute eben Casual Monday. Auch gut. Ulli trug immer Jeans. Und wenn Ulli das konnte, konnte sie es auch. Brenner würde vielleicht die Nase rümpfen, aber das war ihr egal. Einer Frau, die so geliebt wurde, ging die Kleiderordnung am Steiß vorbei. Sie fühlte sich attraktiv und die Jeans betonte ihren Hintern. Ihren wohlgeformten, knackigen Apfelarsch, wie Simon geraunt hatte, bevor er ihr zärtlich einen Klaps gegeben und ihr das Kokosnussöl mit kreisenden Bewegungen auf dem Körper verteilt hatte. Überall. Du liebe Güte, überall. Bei dem Gedanken kribbelte es ihr im Magen, als würden Tausende von Ameisen Samba tanzen.

Lächelnd schlenderte sie durch den endlosen Flur Richtung Büro. Simons Zettel steckte in ihrer vorderen Jeanstasche und bei jedem Schritt spürte sie das Knistern von Papier. Zwei Herzchen hatte er darauf gemalt, sich für seinen frühen Aufbruch entschuldigt und sie gebeten, sich den Sonntag in zwei Wochen freizuhalten. Er wolle sie seinen Eltern vorstellen. Endlich.

Sie bog um die Ecke und passierte Brenners Büro. Jule vernahm den Klang seiner Stimme. War er schon da? Um diese Uhrzeit? Ungewöhnlich. Normalerweise war sie die Erste, die eintraf, und wenn Brenner im Ausnahmefall früher zu arbeiten gedachte, dann begegnete sie ihm zumeist in der Küche, hilflos mit dem Kaffeeautomaten herumhantierend. Heute nicht. Die Küche war dunkel gewesen und die Maschine ausgeschaltet. Sie runzelte die Stirn. Dagegen brannte in ihrem und Ulrikes Büro Licht und es war ein Poltern und Rumpeln zu vernehmen, als würden Schränke abgeschlagen. Jule beschleunigte ihre Schritte und der Kaffee schwappte in der Tasse. Sie versuchte noch im Gehen, nichts von der kostbaren Brühe zu verschütten, und ärgerte sich, als es doch passierte. Was war heute nur los? Nichts folgte seinem Gang, seinem typischen Montagsablauf. Sie blieb in der Tür stehen, nippte an ihrem Kaffee und entdeckte Hausmeister Grinch, der seinen Gehilfen anwies, die eine Seite des Schreibtisches zu halten, damit er auf der anderen das L-Stück anbringen konnte.

Ein dritter Schreibtisch? Was ein Montag. »Guten Morgen, die Herren. So früh schon fleißig? Was wird das hier eigentlich?«

»Ah, morgen. Neuer Mitarbeiter heute. Vergessen?« Grinchs Stärke lag im Zusammenbauen von Schreibtischen, nicht in dem von Worten.

Jule schüttelte den Kopf. »Nicht gewusst träfe es besser.« Obwohl … hatte Brenner nicht Anfang letzten Monats erwähnt, dass …? Es wollte ihr nicht einfallen. Manic monday. Sie stellte die Kaffeetasse ab, schaltete die Schreibtischleuchte ein und ließ sich in den Stuhl fallen.

»Guten Morgen.« Ulli donnerte die Worte auf ihre typisch burschikose Art in den Raum hinein, sodass selbst Grinch leicht zusammenzuckte, aufsah und nur ein verschüchtertes Nicken zustande brachte. »Ah, die neue Kollegin kommt heute. Hatte ich total vergessen.« Sie schleuderte ihren Rucksack unter den Schreibtisch und streckte sich, die Arme über den Kopf erhoben, aus. »Dann wollen wir mal wieder, was? Aber erst mal Kaffee. Maschine schon an, Jule?« Ohne eine Antwort abzuwarten, stapfte sie hinaus, und Grinch murmelte »Was ein Weib …!« Jule schaltete ihren Computer an.

Keine Stunde später stand der Schreibtisch fertig aufgebaut und inklusive allem, was für die tägliche Büroarbeit benötigt wurde, zwischen ihrem und Ullis. Jule bedauerte, dass nun eine Unterhaltung quer durchs Büro nicht mehr möglich sein würde, wollten sie nicht über den Kopf der Neuen hinweg reden.

»Hey.« Ulli balancierte die Kaffeetasse und setzte sich mit einer Pobacke auf Jules Schreibtisch. Sie deutete auf Jules Beine. »Du trägst Jeans? Was ist passiert?«

Jule zupfte ein blondes Haar von Ullis T-Shirt. »Ein Spitzenwochenende mit wenig Zeit zum Umziehen ist passiert.« Sie schnippte das Haar in den Abfalleimer und schmunzelte. Zu ihrer Überraschung verzog Ulli das Gesicht. Die Reaktion verunsicherte sie. »Eines der Schönsten überhaupt«, schob sie nach.

»Echt?« Ulli stand auf und ging an ihren Schreibtisch. Jule sah ihr hinterher. Vielleicht hätte sie das nicht erwähnen sollen. Ulli war sicher das Wochenende alleine mit sich selbst gewesen, oder mit einer Freundin, oder mit Liebesfilmen, Kosmetiktüchern und Schokolade. Sie biss sich auf die Lippe. Sie hätte ihre Klappe halten sollen. »Sorry, Ulli, ich …«

»Hey, kein Thema, Jule.« Sie winkte ab und lächelte. Ein seltsames Lächeln, aber wie auch immer, Ulli konnte lächeln? »Ich mach mir nur so meine Gedanken. Aber das weißt du ja.«

Ulrike machte sich Gedanken? Über sie? Das war ihr neu. Jule richtete sich innerlich auf. Jetzt wollte sie es genau wissen. »Du machst dir was?«

Die Tür ging auf.

Einen Moment glaubte Jule geblendet zu sein. Sie musste Grinch Bescheid geben, die zu grelle Beleuchtung im Flur auszuwechseln. Brenners angegrauter Schopf schob sich durch die Tür. Im Schlepptau die neue Kollegin in einem vanillefarbenen Kostüm. Jule schätzte sie auf Mitte zwanzig. Unter dem kurzarmigen Blazer trug sie eine blaue Bluse, die beinahe den Farbton der Augen traf. Die blonde Mähne der Frau schien sich gegen die Haarklammer, die fahrig ins Haar gesteckt wirkte, zur Wehr zu setzen. An den Seiten lösten sich einige Strähnen heraus und fielen ihr bis auf die Schultern. Jules Blick glitt nach unten und fast musste sie laut herauslachen. Die neue Kollegin trug Badelatschen. Okay, schöne Badelatschen, goldene Badelatschen mit einer künstlichen Blume darauf, aber es waren Badelatschen.

Sie unterdrückte das Lachen. Okay, die Schuhe lockerten das elegante Outfit auf, und trotz dieses modischen Fehlgriffes strahlte diese Person etwas aus, Jule konnte nicht bezeichnen, was es war. Präsenz? Nein. Oder doch. Freundlichkeit? Güte? Ein Hauch Unangepasstheit? Eine Mischung aus allem. Sie mochte sie sofort.

Ulli schien es nicht anders zu ergehen. Sie erhob sich und ging auf Brenner und die Neue zu. »Sie müssen unsere künftige Kollegin sein. Herzlich willkommen im Team, Frau …?«

»Siebenwolk«, vervollständigte Brenner.

Jule bemerkte, dass sein Blick etwas länger als üblich auf Ulli haftete und ihre Kollegin angestrengt versuchte, ihm auszuweichen.

Nanu? Hatte Ulli etwas verbockt, ihr es nur noch nicht gesagt?

Jule trat ebenfalls zu Brenner und ihrer neuen Kollegin und schüttelte ihr die Hand. »Schön, Sie bei uns begrüßen zu dürfen, Frau Siebenwolk.« Sie konnte schwören, noch niemals so einen Namen gehört und definitiv niemals zuvor in ein Blau solcher Augen gesehen zu haben. Da konnte man auch über Badelatschen im Büro hinwegsehen.

»Elisa, bitte, wenn es nichts ausmacht.«

»Du machst dir doch nicht etwa Gedanken über mich, Ulli?« Jule lehnte an der Wand neben Ulrikes Schreibtisch und flüsterte. Kurz überlegte sie, ob ihr Verhalten auf Frau Siebenwolk, Elisa, unhöflich wirken könne. Doch diese hatte sich mit dem Rücken zu ihnen in das Pamphlet über die Firmenphilosophie vertieft und schien nichts um sich herum wahrzunehmen. Dennoch ... sei´s drum. Es drängte Jule, zu erfahren, was in Ulrikes Kopf vonstattenging.

»Klar mach ich mir Gedanken. Eine Frage, Jule. Wie war denn der Freitag im Biergarten? Ich bin später auch noch mit einer Freundin ins Lindbergh gefahren, habe dich aber nicht gesehen. Die Jeans stehen dir im Übrigen hervorragend. Solltest du öfter tragen.«

Jule sackte innerlich zusammen und verschränkte die Arme. Hätte Ulli das nicht etwas leiser sagen können?

»Simon konnte nicht.«

»Hä?« Ulli legte eine Hand an ihr Ohr und beugte sich zu ihr.

»Simon ist nicht gekommen«, presste Jule hervor.

Ulli lehnte sich im Stuhl zurück. »Er hat dich also schon wieder versetzt.«

Jule nestelte an ihrer Brille herum. »Einem Kollegen von ihm wurde an diesem Freitag gekündigt. Simon ist spontan mit ihm in eine Kneipe gegangen. Der Mann hatte den Beistand nötiger als ich, Ulli. Außerdem hatten wir ab Samstag eine tolle Zeit.« Sobald sie die Worte ausgesprochen hatte, bemerkte sie, dass sie sich verteidigt hatte. Warum eigentlich? Sie musste doch keine Rechenschaft ablegen? Unwirklich reckte sie das Kinn vor. Ulrike grinste. »Geile Zeit, meinst du. Das Wochenende durchgevögelt?« Sie winkte ab. »Ich gönne es dir ja, Jule. Aber dieser Simon … Mensch, der verarscht dich doch. Mal ehrlich. Du merkst es nicht, oder?«

Jule schnappte nach Luft und schielte zu der blonden Kollegin hinüber, die zumindest so tat, als höre sie nichts. Bei Ullis Lautstärke war es jedoch beinahe unmöglich, dass die Neue kein Wort verstanden hatte. Auch das noch. Jetzt wusste die frischgebackene Kollegin bereits am ersten Tag, was mit ihr los war. Toller Eindruck, den sie bekommen musste. Moment. Was sollte schon mit ihr los sein und welchen Eindruck vermittelte sie?

»Du verstehst nicht, Ulli. Wieso sollte er das tun? Wir lieben uns, wollen heiraten. In zwei Wochen lerne ich seine Eltern kennen. Er ist sehr beschäftigt, weißt du, er hat einen verantwortungsvollen Job, viele Projekte. Ich finde es lobenswert, wenn er sich auch noch um seine Kollegen kümmert und für sie da ist. Besonders für diesen armen Familienvater, den sie entlassen haben. Und außerdem hättest du, wenn du ehrlich bist, dasselbe für mich getan. Würde mir Brenner heute kündigen, Ulli, dann würdest du mich trösten wollen. Ist doch so, oder? Außerdem hab ich deutlich die Blicke zwischen dir und Brenner bemerkt. Hast du was angestellt?«

Ulli schüttelte mit offenstehendem Mund den Kopf.

»Hm, geht mich ja auch nichts an.« Sie wartete Ullis Antwort nicht ab, ging zu ihrem Schreibtisch zurück, nickte Elisa zu, versuchte ein Lächeln und zuckte zusammen, als Ulli unvermittelt neben ihr auftauchte.

»Mittagessen heute auf der Terrasse des Restaurants hier um die Ecke. Ich will mit dir in Ruhe reden. Kommst du?«

Das war keine Frage, sondern ein Befehl. Zumindest so kam es bei Jule an. Offenbar meinte es Ulli Ernst, sie hatte sich noch nie mit Kollegen verabredet, nicht einmal in der Mittagspause, die sie meistens für eine Walkingrunde nutzte. Sie schielte zu Elisa Siebenwolk. Es war unhöflich, sie an ihrem ersten Tag im Büro in der Mittagspause sich selbst zu überlassen. Sie würden sie mitnehmen, wie sich das gehörte. Jule beglückwünschte sich zu ihrem Einfall, der ihr die Möglichkeit gab, das Gespräch mit Ulli zu umgehen.

»Mittagessen?« Elisa wurde rot. »Oh, das tut mir leid. Ich bekomme heute Mittag ein Päckchen und ich muss den Empfang bestätigen. Schade. Aber morgen gerne.«

Gegen zwölf Uhr öffnete Jule das Fenster. Auf dem Spielplatz riefen Mütter ihre Kinder zu sich und flüchteten vor der Mittagshitze. Ein Schwall warmer Luft schob sich in das klimatisierte Büro. Kurz nach zwölf schwebte Elisa aus dem Raum, mit der Versicherung, bis dreizehn Uhr wieder am Platz zu sein. Jule griff zur Handtasche. Dann würde sie sich mal anhören, was Ulli zu sagen hatte. Im Prinzip wusste sie es bereits. Sie wollte ihr Simon ausreden und über Männer im Allgemeinen schimpfen. Es wurde Zeit, dass auch Ulli einen netten Mann kennenlernte. Vielleicht verlor sie dann ihr Misstrauen. Genau. Sie würde das Gespräch einfach umkehren und auf Ulli selbst zu sprechen kommen. Bravo, Jule, famoser Einfall.

Ihr Telefon klingelte. »Hey Freundin. Mittagessen? Ich habe heute spontan freigenommen, bin einmal durch den See geschwommen und nun könnte ich ne halbe Kuh verspeisen. Im Restaurant bei deiner Firma? Wie heißt es noch gleich? *Zum Sterbenden Schwan*? Na, egal, ich bin schon auf dem Weg.«

Maike. Dieser Montag war nicht normal. Jule fuhr sich mit der Hand über den Kopf. »*Zum Goldenen Lamm*, aber das geht nicht. Ich gehe schon mit einer Kollegin …«

»Mit dieser Ulli? Oh, die wollte ich schon immer mal kennenlernen. Super, ich freu mich. So, bin da. Und ein Tisch ist auch noch frei. Bis gleich, Süße.«

Aufgelegt.

*

Elisa lenkte den himmelblauen Micra ans Heidelberger Neckarufer. Sie fragte sich nicht mehr, wieso sie einen Wagen fahren konnte, wieso sie ein Navigationsgerät bedienen könnte, wenn sie wollte und warum ihre Füße von sich aus Gas- und Bremspedal zu unterscheiden wussten. Selbst ihre Hand legte zielsicher die notwendigen Gänge ein. Bei Rot blieb sie an der Ampel stehen, bei Grün fuhr sie und das Stoppschild schien ihr so vertraut, als gehörte es zu ihrem Leben dazu wie das morgendliche Zähneputzen, was auch neu war. Alles das gab es im Himmel nicht und alles das war über alle Maßen interessant und aufregend. Sie musste jetzt eine Weile für sich sein. Aufatmen. Luft holen. Mit Gabriel reden.

Im Schatten einer Brücke stellte sie den Wagen ab und schlenderte hinunter an den Fluss. Die Sonne stand hoch. Elisa hob eine Hand an die Stirn und kniff die Augen zusammen. An der anderen Uferseite schmiegte das Heidelberger Schloss sich in die bewaldeten Hänge über der Stadt, und ringsherum tummelten sich Touristen aus aller Welt. Heidelberg. Stadt der Romantik. Und Stadt der Studenten, dachte sie. Um sie herum bevölkerten junge und junggebliebene Menschen das Grün am Fluss, lagen auf Decken, spielten Federball oder vertieften sich in ihre Unterlagen. Manche hatten die Augen geschlossen und schienen zu schlafen, andere unterhielten sich angeregt. Wie herrlich, wie ungezwungen. Die warmen Strahlen der Sonne streichelte ihre Haut. Es fühlte sich gut an, es duftete gut, es schmeckte gut. Die Erdlinge konnten sich glücklich schätzen, an solch einem wunderbaren Ort leben zu dürfen. Elisa schlüpfte aus den Schuhen und schlenderte am Ufer entlang bis zu einer einsamen Bank. Sie setzte sich und zeichnete ein *G* auf das Display ihres Handys. Augenblicklich stand die Verbindung mit Gabriel.

»Gabriel. Es ist wunderschön hier. Aber musste dieser Name sein? Siebenwolk. Jeder grinst, wenn er ihn hört.«

»Und jeder mag dich, wenn er dich sieht.« Gabriel hob die Hände und seine Lippen verzogen sich gespielt süffisant nach oben.

»Lass das Theater, du Komiker.« Jetzt musste sie lächeln, wurde jedoch sogleich wieder ernst. »Mein Kopf platzt. All diese ungewohnten Dinge, Gabriel, ich komme ja aus dem Staunen nicht mehr heraus. Und ich hätte die Gelegenheit gehabt, mit Jule und ihrer Kollegin essen zu gehen.« Sie schnaufte aus, lehnte sich zurück und schloss kurz die Lider. »Das ist alles ein bisschen viel für einen Tag, und es ist erst Mittag. Und dann musste ich auch noch schwindeln. Kein guter Start, wenn du mich fragst.«

»Das war schon in Ordnung, Elisa. Die drei Frauen müssen reden, und zwar zunächst ohne dich. Heute ist dein erster Tag. Orientiere dich, höre zu, verschaffe dir einen Überblick. Alles andere geschieht.«

Sie schloss die Augen und genoss das Kitzeln des sanften Windes auf ihren Wangen. Zeit für den Rückweg.

*

»Das war gut, was? Einfach lecker hier. Sollte öfter herkommen.« Maike lehnte sich zurück und zog eine Zigarette aus der Packung. Sofort sprang ein Kellner herbei und gab ihr Feuer. Ihre Freundin bedankte sich mit einem etwas zu koketten Augenaufschlag, fand Jule, und beobachtete, wie sich der Ober an die Theke zurückzog und Maike aus der Entfernung mit den Augen verschlang.

»Na, dem bereitest du aber jetzt schlaflose Nächte«, frotzelte sie.

Maike richtete sich auf und grinste. »Meinst du?« Ihr Busen quoll über den Rand des knappen Bikinioberteils, kaum versteckt durch das tiefausgeschnittene Baumwollkleid mit Spaghettiträgern.

»Männer!« Ulli spuckte das Wort verächtlich aus und warf einen vernichtenden Blick Richtung Theke.

»Was wären wir nur ohne sie«, antwortete Maike und blies den Zigarettenrauch langsam in die Luft.

Jule lachte, schob den letzten Rest der Pasta Gorgonzola an den Tellerrand und legte die Hände auf den Bauch. Bei über dreißig Grad im Schatten lag eine Käsesahnesauce definitiv zu schwer im Magen. Darüber hatte sie nicht nachgedacht.

»Lasst uns ein paar Schritte gehen, Mädels. Ich platze gleich.«

Seite an Seite schlenderten sie durch den an der Firma angrenzenden Park. Jule registrierte staunend, wie die ungleichen Frauen neben ihr hitzig diskutierten und sich trotz der unterschiedlichen Meinungen hervorragend zu verstehen schienen. Sie beschloss, zu schweigen, denn bisher war Ullis Kelch an ihr vorübergegangen. Im Innern dankte sie Maike für ihr spontanes Erscheinen.

»Und nun zu dir, Jule.« Ulli kickte einen zerfledderten Tennisball zur Seite und steckte die Hände in die Hosentaschen. Oh nein, bitte nicht. Jule schickte ein stummes Gebet gen Himmel und öffnete den Mund, um ihrer Kollegin zu sagen, dass jetzt weder das Wetter noch die Stimmung noch der richtige Zeitpunkt sei, über Simon zu reden, und …

»Hab ich was verpasst?«, erkundigte sich Maike und legte Jule eine Hand auf den Arm. Gerade noch rechtzeitig, um sie im nächsten Moment daran zurückziehen zu können. Eine riesige Dogge stürmte vor ihnen vorbei, dem Tennisball hinterher. Ein Schritt mehr und das Vieh hätte sie erwischt. Dahinter folgte ein fluchender Mann mit ausgestrecktem Arm. Da erst bemerkte Jule, dass an dem Tier nicht nur eine Leine, sondern auch ein Mann hing. Brenner? Seit wann hatte ihr Chef einen Hund? Gleich darauf ertönte ein Schrei. Dunkel, entsetzt. Jule sah zur Seite. Die Dogge war über eine Parkbank gesprungen, auf der ein blonder Mann saß und in diesem Moment wohl in ein Brötchen gebissen hatte. Das Papier hielt er entgeistert in der Hand, der Rest lag auf dem Boden. Brenner schaffte es eben noch, der Bank auszuweichen, brüllte eine Entschuldigung und stolperte weiter hinter dem Riesenhund her.

»Das ist aber ein Schnittchen.« Maike pfiff anerkennend durch die Zähne. Jule starrte Brenner hinterher. Der und ein Schnittchen? Selbst Ulli hatte ihre Sprache verloren. Jule erklärte ihrer Freundin, wer dieser Mann war, und erst als die Dogge mit Brenner um eine Wegbiegung verschwand, erwachte Ulli aus ihrer Starre. »Dieser Vollpfosten? In tausend kalten Wintern wird das keine Sahneschnitte. Den könnste mir eingeölt und nackt auf den Bauch binden, und sogar dann würde Sahara im Schritt herrschen, sag ich dir.«

»Doch nicht der«, winkte Maike ab, »Ich meine den Hübschen auf der Bank.«

Jule gluckste und dankte dem Schicksal, das ihr nicht nur Maike, sondern auch Brenner geschickt hatte. Sie blickte auf die Uhr. Noch zwanzig Minuten Pause, da lohnte ein Gespräch nicht mehr. Zum Glück. Sie hatte darauf absolut keine Lust. Schon gar nicht im Beisein von Maike. Ihre Freundin konnte Simon nicht ausstehen und ihre Kollegin hatte seit der Trennung von ihrem untreuen Freund ein generelles Problem mit der männlichen Gattung. Die beiden würden sie in die Zange nehmen und nicht eher aufgeben, bis sie auf ihre Spitzenunterwäsche schwor, Simon den Laufpass zu geben. In der Ferne sichtete sie das graue Flachdach der Firma.

»Also«, begann Maike wie auf Kommando, hakte sich bei Jule unter und bremste ihren Schritt, »was hab ich nun verpasst, Jule?«

»Ach, nichts, wir wollten nur …«

»Über Simon reden«, vervollständigte Ulli, die sich ebenfalls bei ihr unterhakte. Na, wunderbar. Jetzt war sie gefangen in der verbalen Übermacht ihrer Kollegin und ihrer besten Freundin. Und das alles auf Pasta Gorgonzola und ballverrückte Hunde. »Ich will nicht über Simon reden«, entschied sie knapp und nagte an der Innenseite ihrer rechten Wange. Mit etwas Stolz stellte sie fest, dass in ihrer Stimme die Festigkeit mitgeschwungen hatte, die sie sich schon immer wünschte, Ullis striktem Tonfall sehr ähnlich.

»Papperlapp.« Mit einer Handbewegung wischte Maike ihren Einwand brüsk zur Seite, und Jules ausdrucksstarke

Errungenschaft fiel wie ein misslungenes Soufflee in sich zusammen. »Ich finde, das ist eine hervorragende Idee. Schieß los, Ulli. Du zuerst. Auf mich hört sie nämlich nicht.«

Schritt für Schritt für Schritt folgte sie schweigend dem Schlagabtausch, schnappte zwischendurch einzelne Brocken auf und wünschte sich, woanders zu sein. Als wäre sie nicht vorhanden, erhitzten die Zwei ihre Gemüter. Mehrmals fiel der Name Simon in Verbindung mit Begriffen wie Evolutionsbremse, Chauvinist und schrittgesteuerte Notleuchte. Sie wollte das nicht hören.

Bravo. Danke, Schicksal. Da hast du dir ja einen schönen Spaß erlaubt. Jule senkte den Blick auf ihre Füße. Knirschender Kies, hin und wieder ein Stückchen Holz, ein kleiner Ast, hauchdünne Zerbrechlichkeit.

»JULE.« Sie fühlte sich abrupt abgebremst. Beide sahen sie an. Freundlich, bestimmt, erwartungsvoll. »Hörst du überhaupt zu?« Ulli baute sich vor ihr auf und stemmte die Hände in die Hüften. »Also, was hältst du von dem Vorschlag?«

»Vorschlag …« Gut. Jetzt schämte sie sich. Wie konnte sie nur glauben, dem zu entgehen, indem sie sich einfach ausklinkte? Aber das mussten die beiden ja nicht wissen, oder? Nein, mussten sie nicht. Sie zupfte mit spitzen Fingern ein loses, feuerrotes Haar von Maikes Kleid und sagte: «Klar. Toll. Einverstanden.«

»Klar? Toll? Einverstanden?« Maikes Brauen hoben sich, und Jule zuckte mit den Schultern. »Ja, warum nicht? Erklärt mir nur genau, was ich tun soll.«

Ulli schnaubte. »Das haben wir eben doch breit …«

»Bitte nochmal«, lächelte Jule. »Mir ging das ein bisschen zu schnell.« Mist. Was hatte sie sich da nur eingebrockt. Eine Lüge ist wie ein Schneeball. Mit jeder Umdrehung vergrößert sich der Umfang. Da kam sie jetzt nicht mehr raus. Und sie hatte nicht den Hauch einer Ahnung, was die beiden ausgeheckt hatten. Maikes Mimik verriet ihr, dass die Freundin ihr zwar kein Wort glaubte, es sich jedoch nicht anmerken ließ. Dankbar zwinkerte sie ihr zu.

»Wir fangen morgen an. Heute geht nicht«, sagte Maike, tippte auf ihrem Handy herum und warf einen prüfenden Blick auf das Display. »Wunderbar. Passt. Keine Termine morgen.«

Anfangen? Mit was bitte? Jule warf einen scheuen Blick zu Ulli, die über das komplette Gesicht grinste, und sie kam nicht umhin, darin eine Spur Hohn zu entdecken. Was zum Teufel …?

»Ich … ich kann morgen nicht«, sprudelte sie hervor. »Ich hab was vor. Etwas Wichtiges, ich …«

»Ja ne, ist schon klar, Jule.« Ulli klopfte ihr auf die Schulter. »Morgen ist Dienstag, oder? An diesem Tag geht doch dein Simon ins Fitnesscenter. Jede Woche, Jule, jede Woche höre ich mir an, dass du die Dienstage immer zu Hause bist.«

»Eben«, warf Maike ein und zwinkerte, »Und all die anderen Wochentage verbringst du auch meistens alleine. Oder mit mir. Bis der Herr sich mal wieder bequemt, dich aufzusuchen.»

»Maike, bitte …« Jule schoss die Röte ins Gesicht. Das konnten sie doch nicht mit ihr tun? Warum machten sie

69

das? Verstanden sie nicht, dass sie liebte, und diese Liebe ein Geschenk war? Eines, das eine Frau nur einmal im Leben bekam? Waren sie so sehr von den Männern enttäuscht, dass sie ihr dieses Glück nicht gönnten?

»Ihr seid neidisch, glaube ich.« Prompt bereute sie ihre unüberlegten Worte. »Sorry, war nicht so gemeint. Es ist nur so, dass ich … dass ihr … ach, wir sollten zurückgehen. Die Pause ist um.« Sie fühlte sich schrecklich. Ihr Innerstes wand sich offen und wund auf dem nackten Asphalt und Maike warf soeben einen glühenden Zigarettenstummel hinterher.

»Komm, Süße.«

Im nächsten Moment fand sie sich in fester Umarmung ihrer Freundin. Zum ersten Mal seit ihrer langjährigen Freundschaft konnte sie diese Umarmung nicht erwidern. Als wäre Maike ein abstoßendes Insekt, hielt Jule ihre Arme nach unten gestreckt. »Wir wollen dir doch helfen. Mach einfach mit. Und wer weiß, vielleicht gefällt es dir ja?« Maike ließ endlich von ihr ab, und Ulli drängelte, dass die Pause seit mindestens fünfzehn Minuten überschritten sei.

»Was soll mir gefallen?«

»Wirste schon sehen. Ich ruf dich an. Halte dich morgen Abend bereit.« Damit verschwand Maike mit wehendem Kleid um die Ecke.

Käffchen?

Elisa legte die Mappe mit der Firmenphilosophie zur Seite. Sie würde sie später erneut aufschlagen müssen, um den Anschein der vertieften Leserin zu erwecken.

Ein Mensch befände sich erst bei der Hälfte der vorgegebenen Lektüre. Maximal. Diese Information hatte ihr Gabriel als Textnachricht auf ihr Handy gesendet. Zum Glück, denn niemand hatte sie vorab darüber in Kenntnis gesetzt, dass sie Informationen in einer Schnelle aufzunehmen vermochte, die einem Erdling wie eine göttliche Gabe vorkommen mochte. Was letztendlich auch stimmte und unter allen Umständen geheim gehalten werden musste. Engel hatten Flügel, schwebten über allem Irdischen, und weilten stets unsichtbar bei ihren Schützlingen. Eine von Gott gewollte und verankerte Vorstellung.

Elisa schlug die Mappe auf, als Jule und Ulli schweigend den Raum betraten, sich an ihre Schreibtische setzten und sofort mit der Arbeit begannen. Sie runzelte die Stirn. In der Stille schwang die Atmosphäre des Ungewöhnlichen. Elisa spürte es. Sie blickte zu Jule hinüber, die mit leerem Blick vor dem Computer saß. Die Lippen zusammengepresst rieb sich Jule alle paar Sekunden die Nase, als schien diese zu jucken. Oder zu brennen, dachte Elisa. Sowas taten Nasen, wenn Tränen unterdrückt wurden.

Der Drang, Jule in den Arm zu nehmen, wuchs. Trösten wollte sie, Jule sagen, dass jetzt alles gut werden würde, denn sie wäre ja jetzt da, um ihr zu helfen. Sie schlug die Mappe zu, stand entschlossen auf. In diesem Moment öffnete sich die Bürotür und Brenner steckte den Kopf herein. Spontan verschob Elisa ihr Vorhaben und setzte sich wieder. Allerdings nicht auf den Stuhl. Zu spät bemerkte sie, dass der Bürostuhl sich nicht an vermuteter Position befand, sondern einige wenige Zentimeter dahinter. Schon plumpste sie mit einem spitzen Schrei auf den Boden vor ihrem Schreibtisch. Nein wie peinlich. Und das an ihrem ersten Tag.

Brenner zog die Brauen hoch. »Alles in Ordnung, Frau Sieben ...?«

»Siebenwolk. Ja, alles bestens.« Elisa versuchte ein Lächeln, zog sich hoch, zupfte den Rock nach unten, setzte sich und schlug die Unterlagen erneut auf.

»Dann ist ja gut.« Er wandte sich Ulli zu. »Frau Rehbach? Kommen Sie bitte zum Termin? Wir müssen die Neueinstellungen und Aushänge besprechen. Und bringen sie sich einen Kaffee mit. Kann länger dauern.«

Ulli suchte hektisch Unterlagen zusammen, klemmte sich zwei Akten unter den Arm, nahm einen Schreibblock in die Hand und stürmte aus dem Zimmer. Im nächsten Moment schluchzte Jule auf und verbarg den Kopf in den Händen. Ihre Schultern zuckten und Elisa meinte, mitweinen zu müssen. Stattdessen zog sie eine Packung Taschentücher aus ihrer Handtasche und trat an Jules Schreibtisch.

»Hier«, sagte sie leise.

»Dank ... danke«, presste Jule heraus, nahm das angebotene Taschentuch, schnäuzte sich lautstark und blickte Elisa an. »Hast du dir weh getan?«

Elisa verneinte knapp, sie wollte die Peinlichkeit nicht noch thematisieren. Jule putzte sich erneut die Nase und nuschelte dabei ein *Gottseidank*.

»Zuviel Arbeit?« Elisa zog sich einen Stuhl heran.

Jule schüttelte den Kopf und tupfte ohne aufzublicken die Nässe am unteren Wimpernrand ab. Sicher, dachte Elisa, es ist ihr unangenehm. Schließlich kannten sie sich erst ein paar Stunden.

»Oh, nein.« Elisa schlug die Hand vor den Mund. »Es wird doch ... es ist niemand gestorben, oder? Es ist doch niemand gestorben, oder schwer krank? Ach, warum nur kann ich meinen Mund nicht halten? Verzeih mir, ich wollte nicht indiskret sein.«

Sie erhob sich, tat so, als ob sie zu ihrem Platz zurückwollte, hielt jedoch inne, als Jule leise auflachte und erneut den Kopf schüttelte. Elisa setzte sich wieder neben sie und faltete die Hände im Schoß. Da endlich blickte Jule hoch und sah sie an. »Nein. Nein, es ist niemand gestorben. Niemand krank.« Den Satz schloss sie mit einem tiefen Atemzug.

Elisa legte die Hand auf das Dekolleté, seufzte gespielt auf und zwinkerte. »Na, Arbeit ist es nicht, gestorben ist keiner, krank auch nicht. Meine Liebe, dann kann es sich nur um einen Mann handeln.«

Angriff ist die beste Verteidigung. Nein, eher das Sorgenkind beim Schopfe gepackt. Sie hatte nicht viel Zeit. Wie würde Jule mit dieser direkten Konfrontation umgehen? Elisa hielt die Luft an. Die nächsten Sekunden entschieden möglicherweise über Erfolg oder Misserfolg ihres Auftrages. Blockte Jule ab, musste sie einen anderen Weg finden. Sie hoffte, Jule würde ihr Vertrauen schenken.

»Ja.« Jule verzog ihr Gesicht zu einem gequälten Lächeln. »Es sind immer die Männer, nicht wahr? Immer. Aber nicht bei mir.« Beinahe trotzig zuckte ihr Kinn nach vorne und sie zerknüllte das Taschentuch in der Hand.

Eine harte Nuss, diese Juliane Lobenstein. »So? Was ist es dann?«

»Meine Freundinnen. Sie verlangen von mir, dass … Ach, das interessiert dich nicht, Elisa. Lass mal. Lieb von dir, aber …« Sie zog ein zweites Taschentuch aus der Packung.

»… du einen Mann verlässt«, ergänzte Elisa und erschrak. Das hatte sie nicht sagen wollen, es war unkontrolliert aus ihr herausgeplatzt. Jule blickte sie ungläubig an und Elisa ergriff ihre Hand. »Wenn Freundinnen Druck machen, ist entweder ein Mann im Spiel oder die Planung einer massiven Typveränderung. Im schlimmsten Fall beides auf einmal.«

Jule nickte mit offenstehendem Mund.

»Nein«, tat Elisa entrüstet. »Doch nicht etwa …?«

Jule nickte erneut. »Beides«, flüsterte sie, und alles an ihr schien nach Hilfe zu schreien.

»Gut«, beschloss Elisa, »wir reden. Aber dazu brauche ich einen Kaffee. Du auch? Ich hole welchen. Bin gleich wieder da.«

Elisa lehnte an der Küchentheke. Aus dem Automaten tropfte schwarze Brühe in zwei Kaffeetassen. Insgeheim dankte sie Gabriel für die lange Besprechung Brenners. Sie wusste genau, dass sie ihm diesen zupasskommenden Zufall zu verdanken hatte. Sie lächelte und hoffte, vertrauenserweckend zu wirken, als sie Jule die Kaffeetasse vor die Nase stellte. »Und jetzt erzähl.« Und Jule erzählte. Sie musste ihr nur zuhören, das spürte sie. Jule benötigte jemanden Neutralen, einen Menschen, der sie nicht kannte. Eine unparteiische Frau. Einen Engel.

*

Der Verkehr schlängelte sich den Schlierbacher Weg entlang wie eine träge Schlange. Vereinzelte Strahlen der Abendsonne spiegelten sich auf der Wasseroberfläche des Neckars, der zu Jules Linken ähnlich geruhsam dahinfloss, wie sich die Autos auf der Straße vorwärts schoben. Das Nadelöhr zwischen Heidelberg und Neckargmünd zwang sie täglich zur Geduld. Und es gab keinen Alternativweg, der sie zügiger nach Hause brachte. Kaum zu glauben, dass es erst Montag war. Jule fühlte sich wie Mittwoch und wünschte sich den Freitag herbei. Der erste Tag der Woche zog sich wie der Verkehr auf dieser endlosen Straße. Langsam, quälend, unabänderlich.

Ihre Hand huschte an die Hüfte. Er war noch da, der Zettel von Simon, das Knistern in der Hosentasche beruhigte sie. Am liebsten wäre sie jetzt zu ihm gefahren. Warum eigentlich nicht? Die Uhr am Armaturenbrett zeigte jedoch kurz nach Fünf und Jule seufzte auf. Viel zu früh. Um diese Zeit saß Simon gewöhnlich in einer Besprechung oder brütete über irgendeinem aktuellen Projekt. Frühestens um neunzehn Uhr würde er das Büro verlassen und dann könnte sie … Hinter ihr hupte es. Ein Blick in den Rückspiegel zeigte ihr einen Mann, der die Augen verdrehte und mit der Hand wedelte.

Ja, ok, ist ja schon gut, dachte sie und fuhr die fünf Meter bis zur nächsten Stoßstange weiter, nur um erneut zum Stehen zu kommen und zu warten, bis es weiterging. Der Abzweig nach Schlierbach lag geschätzte fünfhundert Meter vor ihr, sie sah bereits die Ampel. Jule legte beide Hände an das Steuer und wich dem Vordermann nicht mehr vom Heck. Ihr Blick huschte zum Rückspiegel. Der Schnösel hinter ihr telefonierte jetzt, dabei hielt er den Ellenbogen abgespreizt, die anderen Hand lag auf dem Lenkrad. Sie beobachtete, wie er seinen Kopf zurückwarf und lachte, sich mit der Hand anschließend durch die kurzgehaltenen, blonden Haare fuhr. Anzug, Krawatte, selbst bei vierzig Grad im Schatten, schickes Auto. Golf? Irgendwie erinnerte seine Haltung an Simon. Nur in Blond. Jetzt beendete er das Gespräch, steckte das Handy weg, blickte nach vorne und zog ungläubig die Brauen hoch, bevor er auf die Hupe drückte.

Was? Bitte nicht schon wieder. Jule hob zur Entschuldigung eine Hand, spürte, wie sie rot wurde, und schloss zum Vordermann auf. Verbissen starrte sie vor sich. Erleichtert atmete sie auf, als sie schließlich in den Mühlenweg einbog und direkt vor dem Haus mit den sechs Mietwohnungen einen Parkplatz fand.

Nachdem sie ihre Schuhe ausgezogen und die Handtasche ordentlich an ihren Platz gehängt hatte, stand Jule eine Weile unschlüssig herum und überlegte, ob sie zuerst kalt duschen und danach aufräumen sollte, oder umgekehrt. Im Wohnzimmer sah es unmöglich aus. Auf der dunklen Kommode konnte sie mit einem Finger einen Staubstreifen ziehen. Die Kissen lagen zerknautscht in einer Sofaecke, verknitterte Taschentücher auf dem Tisch davor und ihre Pflanzen auf dem Balkon hängten die Köpfe.

Jule schlüpfte in Shorts und T-Shirt, bevor sie sich an die Arbeit machte. Unordnung bereitete ihr körperliches Unbehagen und Beschäftigung schien immer noch das beste Mittel gegen unsinnige Gedanken. Sie öffnete alle Fenster, wässerte ihre Gerberas, Schneeflocken und Geranien und zupfte vertrocknete Efeublätter ab. Anschließend wirbelte sie mit dem Staubwedel über Möbeloberflächen, klopfte die Sofakissen auf, sortierte Zeitschriften, brachte den Müll nach unten und ging zum Schluss mit dem Staubsauger durch alle zwei Zimmer nebst Küche und Bad. Zwei Stunden später fiel sie frisch geduscht und erschöpft auf den Liegestuhl und leerte eine komplette Flasche Wasser, ohne abzusetzen.

Sie hatte Elisa tatsächlich alles erzählt. Alles. Wie kam sie dazu? Was hatte diese Frau an sich, die sie gerade mal ein paar Stunden kannte? Elisa war einfach da gewesen und hatte gesagt »Erzähl«. Und wie auf ein Stichwort war es aus ihr herausgeplatzt, als wäre Elisa der einzige Mensch, der sie verstünde. Sogar von ihrem Vater hatte sie ihr erzählt, wie er damals ihre kleine Familie verlassen hatte, wegen einer jüngeren Frau. Und wie er und seine Geliebte kurz darauf bei einem Autounfall ums Leben gekommen waren, auf dem Weg in ein Skigebiet. Und wie ihre Mutter darunter gelitten, es nie verwunden hatte und zwei Jahre später an Krebs gestorben war. Bauchspeicheldrüse. Wie lange war das jetzt her? Neun Jahre. Eine Ewigkeit und doch nur ein Augenzwinkern.

Hastig wischte Jule diese Erinnerung beiseite. Der Schmerz, den ihre Mutter zu dieser Zeit verspürt hatte, war ihr noch präsent. Damals hatte sie sich geschworen, dass ihr das niemals passieren sollte.

Elisa hatte ihr nur die Hand auf den Arm gelegt und sie angesehen, der Blick angefüllt mit Güte und ehrlichem Mitgefühl. Und dann hatte sie Jule einfach in den Arm genommen. Selbst jetzt noch war Jule, als könne sie Elisas zarten Duft von Vanille wahrnehmen. Sie wünschte, sie wäre jetzt bei ihr, würde sie wohlwollend mit sanften blauen Augen ansehen, wie vorhin im Büro, als Jule ihr sagte, dass eine Liebe wie ihre zu Simon besonders wäre, einzigartig in ihrer Art und Beschaffenheit.

Jule holte sich eine weitere Flasche Wasser und schmierte sich ein Nutellabrot, das sie hastig verschlang. Putzen machte hungrig, und seltsame Begebenheiten erforderten Unmengen an Süßzeug.

Eigentlich hatte sie Simon mit einem Besuch überraschen wollen, doch die Uhr zeigte bereits kurz nach acht. Sie überlegte einen Moment und entschied sich dagegen. Er würde müde sein von einem harten Arbeitstag. Diesen Satz hörte sie öfter von ihm. Und wenn sie es sich eingestand, fühlte sie sich selbst erschöpft, weniger körperlich als geistiger Natur. Sie sollte den Abend gemütlich ausklingen lassen. Oder Wäsche waschen. Ihre Jeans hatte es dringend nötig.

Sie sprang vom Liegestuhl auf und befüllte einen Korb mit Buntwäsche. Danach klemmte sie ihn zwischen Hüfte und Arm und steckte den Haustürschlüssel in den Hosenbund, weil die Shorts keine Taschen hatten. Mit der freien Hand zog sie die Tür hinter sich zu.

Im nächsten Moment tat es einen Schlag und sie wurde derb an die Wand katapultiert. Nur mit Mühe konnte sie das Gleichgewicht halten, doch der Korb fiel ihr aus den Händen. Zu allem Überfluss rutschte der Schlüsselbund in die Shorts und gleichzeitig krachten mehrere Bretter mit Getöse neben ihr zu Boden, ihr direkt vor die Füße. In diesem Moment bahnte der Schlüssel sich seinen Weg durch die Shorts, fiel ihr auf den Fußspann und gemeinsam mit dem stechenden Schmerz bemerkte sie zeitgleich, dass ein Slip aus dem Korb gefallen war und an ihrem großen Zeh hing. *Aua! Was zum Teufel ... verdammt.*

»Können Sie nicht aufpassen?« Ein Mann stand vor ihr, sah sie erschrocken an und begann, die Bretter aufzusammeln. Eines davon war in der Länge gerissen. »Na Mahlzeit«, grummelte er, »jetzt muss ich nochmal los. Danke auch.«

»Tut mir leid«, nuschelte Jule, pflückte hastig den Slip vom Zeh, und sammelte die im Treppenhaus zerstreute

Kleidung auf. »Ich habe Sie nicht gesehen, ehrlich nicht. Verzeihung.«

Er reichte ihr die Jeans, die auf einem Brett lag. »Ich Sie auch nicht. Tut mir ebenfalls leid. Da hatte ich wohl Bretter vorm Kopf, was?«

Sie nahm die Jeans entgegen, wobei Simons Zettel aus der Hosentasche rutschte. Du liebe Güte, fast hätte sie ihn mitgewaschen. »Ja«, lächelte sie, »und ich Wäsche vorm Hirn.«

»Ist das Ihr Schlüssel?«

Sie nickte und nahm ihn entgegen.

Schöne Hände, mit großen Monden auf gepflegten Fingernägeln.

Seine Hand griff die ihre. »Hallo, ich bin Daniel. Ihr neuer Nachbar. Die Bretter sind für den kleinen Abstellraum neben der Küche gedacht. Sie haben sicher auch so einen. Die Wohnungen hier sind vermutlich baugleich.«

Sie schüttelte seine Hand. »Ja. Ja, sie sind baugleich. Aber die Wohnung neben mir, also ihre, hat drei Zimmer. Ich hab nur zwei. Jule, Juliane Lobenstein. Angenehm.«

»Schöner Name, Frau Lobenstein. Können wir auf ein lockeres Du wechseln? Ich denke, wir sind im gleichen Alter, oder?« Er ließ ihre Hand los und lehnte die Bretter an die Wand zwischen ihren beiden Wohnungstüren. In diesem Moment öffnete sich die Tür neben ihr.

»Daniel? Ist was passiert?« Eine dunkelhaarige Barbie im Blaumann und mit Haaren bis zum Hintern trat in den Flur hinaus. Daniel versicherte der Schönen, dass keine Verletzten zu verzeichnen wären, nur ein Brett hätte das Zeitliche gesegnet, weswegen er erneut in den Baumarkt müsse.

Schneewittchen lachte und winkte ihr zu. »Na, Gott sei Dank. Hallöchen Frau Nachbarin. Ich bin Stella. Da bin ich ja froh, dass alle heil sind. Kommst du, Daniel? Ich hab noch einen Zettel geschrieben, es fehlt Farbe, die kannst du bei der Gelegenheit mitbringen.« Mit wehender Mähne verschwand sie wieder in der Wohnung.

»So, dann werde ich mal«, lächelte Daniel sie an. »Jule?«

»Juliane«

»Ich sage Jule, wenn ich darf. Na, dann bis demnächst mal.«

»Ja, bis demnächst. Daniel.« Jule wuchtete den Wäschekorb hoch und stieg vorsichtig die Stufen bis in den Keller hinab. Der Fuß tat nur ein kleines Bisschen weh. Sie runzelte die Stirn. Dieser Daniel hatte ausgesehen, wie der Typ im Auto hinter ihr. Nur mit Jeans und Shirt anstatt Anzug mit Krawatte. Der Gedanke ließ sie nicht los. Jule schaltete die Waschmaschine ein und verließ das Haus, steuerte den Parkplatz vor dem Haus an. Hinter ihrem Wagen stand ein Golf. Der Golf, der sie am Sonntag zugeparkt hatte. Der Golf, der das Nummernschild ihrer Firma trug. HD-DU 492. Der Golf, dessen Fahrer vor einigen Stunden genervt auf die Hupe gedrückt hatte. Daniel. Sie ging zurück und suchte seinen Namen auf den Klingelschildern. Kurz darauf warf sie sich auf die Couch und schaltete den Fernseher ein. Ein kurzes, blondes Haar hatte sich auf ihr schwarzes T-Shirt verirrt. Sie hasste lose Haare auf Gegenständen.

Mit spitzen Fingern zupfte sie es ab und spülte es im Waschbecken hinunter. Von nebenan vernahm sie glockenhelles Lachen. D. Rose. Daniel Rose.

Armleuchter mit Barbie.

Durchdringendes Klingeln schraubte sich in Jules wirre Träume von blauäugigen Schlangen und breit lachenden Männergesichtern. Widerwillig öffnete sie die Augen. Etwas schmerzte und fühlte sich dumpf an. Sie saß auf ihrem Fuß und der war eingeschlafen, genauso wie sie auf dem Sofa. Schlaftrunken griff sie zum Telefon.

»Morgen Abend bist du um gegen sechs Uhr bei mir, Jule. Wir fahren dann gemeinsam nach Mannheim. Ich fahre. Sag jetzt nichts, ich fahre, keine Widerrede. Danach gehen wir zu mir und trinken einen Scotch. Du wirst ihn dann wahrscheinlich brauchen, haha. Alles klar?«

Maike! War ihre Freundin irre, sie zu nachtschlafender Zeit anzurufen? Unabhängig davon erschien ihr der Befehlston auf ganzer Linie unangebracht. Als hätte sie etwas angestellt, und müsse nun zur Strafe soziale Dienste leisten.

»Wieso spät?«, blaffte Maike in den Hörer. »Es ist halb zehn. Um diese Uhrzeit werde ich erst wach. Und du, liebe Jule, pflegst normalerweise erst gegen Mitternacht in die Federn zu sinken. Was ist denn los mit dir?«

Nichts war los. In unmenschlich verdrehter Haltung war sie auf dem Sofa eingeschlafen und ihr Bein kribbelte inzwischen wie verrückt. Sie versprach Maike, zur vereinbarten Zeit bei ihr zu sein, und obwohl sie mehrmals nachfragte, wollte Maike ihr nicht verraten, was sie mit ihr vorhatten.

Kurz bevor Jule ins Bett ging, bemerkte sie das Blinken ihres Handys. Nachricht von Simon.

Gute Nacht, meine Zuckerschnute. Bis eben gearbeitet. Küsse dich. Dein Simon.

Eine zärtliche Wärme breitete sich von ihrer Mitte in den gesamten Körper aus, und sie stellte sich vor, wie er seinen dunklen Haarschopf in die Kissen drückte und mit leicht geöffneten Lippen schnarchte. Sie liebte alles an ihm, selbst sein leises Röcheln, wenn er schlief. Sie antwortete in ähnlichem Wortlaut und hinterließ mindestens zehn Herzen auf dem Display, bevor sie selig in einen ruhigen Schlaf sank.

*

»Bis eben gearbeitet. So ein Lügner, Himmelherrgott!« Elisa fluchte und schämte sich nicht einmal deswegen. Gott würde es verstehen. Entrüstet schaltete sie den Bildschirm aus. Gabriel hatte ihr den HeavensTube-Stream auf ihren PC geschickt. Bis vor einer Minute konnte sie auf der linken Seite verfolgen, wie Jule auf Daniel traf, mit Maike telefonierte und Simons geheuchelte Nachricht beantwortete. Auf der rechten Seite hatte sich ihr die ruchlose Seite dieses Mannes offenbart. Unglaublich. Bis eben gearbeitet. Bis spät hatte er mit einer seiner Projektmitarbeiterinnen über einem Stapel Papiere gesessen, bevor er sie auf denselben begattete, während dieses junge Ding immer wieder »*Oh, Herr*

Grasser« schrie. Wie alt mochte sie sein? Achtzehn? Jünger? Eine Schande. Sagte man *begattet?* Oder hatten sie Geschlechtsverkehr? Sie wusste nicht, was Vögel mit dem animalischen Akt der Vereinigung zu tun haben sollten, doch er hatte immer wieder geraunt, dass er sie vögeln wolle, was er schließlich auch getan hatte. Und dabei hatte sich Simons Gesichtsausdruck im Fensterglas gespiegelt und er sich und seine Tat triumphierend betrachtet, was einen Würgereiz bei Elisa hinterließ. Sie schlurfte in die Küche, hängte einen Teebeutel in eine Tasse und schüttete Wasser darüber. Es schmeckte scheußlich. Nachdenklich trat sie ans Fenster und malte ein unsichtbares »G« auf die Scheibe. Augenblicklich erschien Gabriels Gesicht. »Du hast das heute ganz ordentlich auf den Weg gebracht, Elisa. Sie vertraut dir. Das ist gut. Das ist sogar ganz hervorragend. Im Übrigen musst du heißes Wasser nehmen.«

Peinlich, peinlich

Zu dritt standen sie am Dienstagabend vor dem exklusivsten Friseursalon Mannheims. Zur Rechten der Bahnhof, etwas weiter entfernt zur Linken der Wasserturm, befand sich dieser Nobelladen auf dem Kaiserring, einer der meist befahrenen Straßen der Stadt.

»Helle Strähnchen stehen dir gut«, bestimmte Ulli und zupfte Jule am Haar mit nichtfarbener Tönung, wie sie vorher verächtlich Jules Haarfarbe bezeichnet hatte.

»Ganz sicher«, bekräftigte Maike. »Du wirst sehen, so eine kleine Typveränderung wirkt Wunder.«

»Ich finde meine Haarfarbe völlig in Ordnung, und Wunder brauche ich keine.« Sie stand zwischen Ulli und Maike, ohne die geringste Chance zur Flucht.

»Langweilig ist sie«, bemerkte Ulli.

»Nichtssagend«, schloss Maike und zog sie in den Laden.

Warum eigentlich nicht, dachte Jule und ließ sich wenige Minuten später wehrlos auf einen Stuhl drücken. Sie hatte den überfälligen Friseurbesuch bereits viel zu lange hinausgezögert. Simon liebte ihr einheitlich langes und glattes Haar. Daran wollte sie nichts ändern. Während eine Auszubildende Jules Haare wusch, diskutierten Maike und Ulli mit der Friseurin. Nur Fetzen drangen an ihr Ohr. *Kurzhaarfrisuren sind total angesagt. Ach*

nein, lieber ein Bob. Um Gottes willen, bloß keine Topffrisur,
eher fransig und im Nacken rasiert. Du meinst asymmetrisch?
Nicht schlecht. Warum nicht einen Undercut? Nein, lieber einen
Sidecut, find ich frecher. Ja, das hätte was.

»Nein, das hätte nichts«, brüllte Jule und die Finger auf
ihrer Kopfhaut zuckten erschreckt zurück, als hätten sie
einen Stromschlag erhalten. »Spitzen schneiden. Und
meinetwegen ein paar Strähnchen. Mehr nicht.«

Anderthalb Stunden später verließ Jule den Friseursalon mit gestuftem Haupthaar, das ihr nicht einmal mehr
bis zu den Schultern reichte. Hunderte heller Strähnen
ließen ihre reduzierte Haarpracht beinahe durchgängig
blond erscheinen. Sie war sauer. Doch ihre Freundinnen
hielten vor Entzückung kaum an sich, überschütteten
sie mit Aussagen wie, »Um Jahre jünger. Frech siehst du
aus. Und so frisch. Richtig fetzig. Gar nicht mehr wie
eine ausdruckslose Büromaus.«

Bitte? Ausdrucklose was?

»Büromaus«, vervollständigte Ulli. »Der Brenner wird
dich nicht wiedererkennen, Jule. Du siehst einfach
klasse aus. Steht dir unheimlich gut. Ehrlich.«

Verstohlen kontrollierte Jule in den Schaufenstern ihr
Spiegelbild, während die beiden sie weiterzogen. So
unrecht hatten sie tatsächlich nicht. Die neue Frisur
begann, ihr zu gefallen. Ja, möglicherweise wirkte sie
etwas Peppiger. Passte das zu ihr? Nun, jetzt war es
sowieso zu spät. Unwillkürlich streckte sie sich.

»Ach, sieh mal, wer da ist.«

Ulli zupfte sie am Ärmel und zeigte nach vorne. Keine
drei Meter vor ihnen schlenderte Elisa und hielt in die-

sem Moment vor einem Schaufenster mit Brautmoden an.

»Huhu, Elisa«, rief ihre Kollegin.

Elisa freute sich offensichtlich, sie zu sehen, und bewunderte Jules Frisur. Wie selbstverständlich schloss sie sich ihnen an und zu viert zogen sie weiter durch die Straßen Mannheims. Wohin eigentlich?

»Wir sind da.« Maike stoppte vor einem Sexshop.

Das war jetzt nicht ihr Ernst.

»Das ist nicht dein Ernst, Maike.« Jule schüttelte den Kopf und drehte ab.

»Nix da, hiergeblieben. Dieser Teil gehört zur mentalen Typveränderung. Du musst ja nichts kaufen. Aber sieh es dir wenigstens an.«

Ulli klopfte ihr auf die Schulter, wie einem Pferd, und lachte. »Ist doch nur Spielzeug. Ist lustig. Komm, prüde Maus. Es macht Spaß.«

Elisa stand mit offenem Mund vor dem Schaufenster. »Was ist das?«, hauchte sie und zeigte auf einen monströsen Dildo.

»Das«, donnerte Ulli lautstark, »ist ein Penisersatz für die anspruchsvolle Hirschkuh.«

»Für Tiere?« Elisa riss ungläubig die Augen auf, und Jule musste unwillkürlich lachen. Der Bann war gebrochen. Zu viert betraten sie den Laden, und Jule wurde rot, als sie einen Mann entdeckte, dem es beim Anblick so vieler Frauen ähnlich peinlich zu sein schien. Ulli und Maike benahmen sich, als gingen sie in diesem Tante Emma-Laden für besondere Wünsche ein und aus. Ulli jauchzte erfreut auf und strebte mit einem »Komme gleich, Momentchen, da hängt was Neues« in die Ecke mit Folterinstrumenten. Sie selbst und Elisa standen einen Moment hilflos herum und taten so, als seien sie nicht da. Der Mann schlüpfte leise hinter die Rückseite der Wand mit den Videofilmen.

»Kommt mal mit, ihr zwei Süßen«, Maike hakte sich bei ihr und Elisa unter, »Wir gehen rüber zum Kleinzeug. Da ist bestimmt was Nettes für euch dabei.«

Eine Verkäuferin in einem schwarzen Kleid, das Jule eher an einen Gummischlauch erinnerte, in den die gertenschlanke Frau mit Glatze, aber dafür mit unzähligen Piercings, wie hineingeschossen wirkte, trat lächelnd auf sie zu. Und wissend, dachte Jule. Sie bemitleidet uns, weil wir beim Sex das Licht ausmachen, höchstens hauchzarte Spitze tragen und alles mit Rosenduft beträufeln. So wie die aussah, zertrümmerte sie dem Mann vor dem Akt zunächst einmal alle Knöchel mit ihren Stilettos.

»Darf ich Ihnen helfen?«, zwitscherte die Domina kurioserweise sanft und hell wie ein Weihnachtsglöckchen. »Wir hätten diverses Spielzeug für den Einsteiger im Sortiment.«

»Haben Sie auch etwas für die romantische Dame?«, wollte Elisa wissen und zwinkerte Jule zu. Das haarlose Glöckchen lachte schillernd und pirouettierte galant auf ihrem High Heel. »Aber natürlich. Folgen Sie mir.«

Jule entschied sich für das Regal mit erotischen Kleinigkeiten und staunte über die Vielfalt und Farbenfrohheit diverser Lustspender. Schließlich blieb ihr Blick an einer kleinen geöffneten Schachtel hängen. Sie hatte ihre

Wahl getroffen, ging zur Kasse, zahlte und steckte es in ihre Tasche, bevor die anderen etwas merken und sich darüber lustig machen konnten.

Eine Stunde später verließen die Vier kichernd die Lokalität und schlugen den Weg Richtung Parkhaus ein. Es war verblüffend, was eine neue Frisur, eine andere Farbe auf dem Kopf in Jule auslösen konnte. Sie fühlte sich auf irgendeine Weise frecher und ungehemmter als sonst. Aber lag dies nur an dem Haarschnitt oder an dem Vergnügen, gemeinsam mit einer Frauengruppe alberne Dinge zu tun? Und hatte ihr der dunkelhaarige Mann eben im Vorbeigehen zugezwinkert? Das war ihr schon seit ewigen Zeiten nicht mehr passiert. Sie freute sich wie ein Schulmädchen in Sonntagskleidung und blickte prüfend in das Schaufenster eines Gourmet-Bioladens. Zugegeben, schick sah sie aus.

Moment. Stop!

»Halt. Alle mal anhalten, bitte.« Der Trupp bremste und sah sie fragend an.

»Was?«, wollte Maike wissen.

»Willst du etwa hier rein?« Ulli verzog das Gesicht.

Elisa presste entzückt ihre Nase ans Schaufenster. »Das sieht ja lecker aus. Brötchen mit Sonnenblumenkernen drauf. Aber was sind das für schwarze Kügelchen daneben?«

»Kaviarersatz«, würgte Ulli heraus. »Aber Hauptsache Bio.«

»Simon«, haucht Jule. »Da, an der Kasse.«

»Simon?«, ertönte es wie aus einem Mund und alle vier starrten durch das Schaufenster in den Laden hinein.

Heute war Dienstag. Dienstags sollte Simon im Fitnessstudio sein, nicht im Bioladen. Jule zog die Schultern hoch und steckte die Hände in die Taschen. Was tun, hier stehen bleiben, bis er raus kam und ihm wie zufällig in die Arme laufen? Nein. Reingehen und ihm dann erst wie zufällig in die Arme laufen. Noch blöder. An der nächsten Ecke warten und ihn observieren. Nein, das wäre unfair. Sie würde einfach zu ihm gehen und sagen, *Hallo, du hier? Habe dich von außen gesehen. Ist ja nett. Was kaufst du denn Köstliches,* oder so ähnlich. Sie fühlte sich wie ein Teenager.

»Ha!« Maike verzog verächtlich die Mundwinkel. »Fitnessstudio. Klar.« Dabei wackelte sie mit dem Kopf Richtung Eingangstür und hob triumphierend die Brauen.

»DAS ist also Simon. Aha.« Ulli zog das »i« in Simon quälend in die Länge. Elisa sagte nichts und sah sie an. Ihre Augen schienen Jule zu fragen, was sie jetzt tun wolle, und Jule zuckte mit den Schultern. Elisa lächelte und einem Male fühlte Jule sich sicher. Jetzt wusste sie, was zu tun sei. »Wartet hier, bin gleich wieder zurück.« Damit betrat sie den Laden und steuerte direkt auf Simon zu.

»Hallo, Schatz.« Sie strahlte ihn an. »Lange gearbeitet und zu müde für Sport? Was gibt es Feines zum Abendessen?« Ihr Herz flatterte aufgeregt und ihre Beine wollten fortrennen, doch sie blieb stehen und lächelte. Sie war sich sicher den Anschein zu erwecken, keine böse Absicht hinter seinem Tun zu vermuten. Was sie auch nicht tat. Wieso sollte sie auch? Der Laden lag auf seinem Weg und da war er eben kurz … sozusagen auf dem Sprung ... Nein. Der Bioladen lag überhaupt nicht auf seinem üblichen Nachhauseweg.

»Äh. Hallo ...« Er starrte sie an und hob die Biopapiertüte hoch. »Ja. Nein. Ich meine, ja. Zu müde. Wie siehst du überhaupt aus?«

»Friseur«, lächelte Jule, und die Sicherheit, die sie vor wenigen Augenblicken wie ein Schutzschild umgeben hatte, bröckelte von ihr ab wie zu lose angebrachte Mosaiksteinchen.

»Die sind ja ... kurz!« Seine Mundwinkel zuckten abwärts, bevor sich die Oberlippe kräuselte, als wäre er einem unglaublichen Ekel erlegen.

Es gefiel ihm nicht. Für einen Moment vergaß sie, dass er eigentlich nicht hier sein dürfte, weil sein Sport ihm heilig war.

»Es gefällt dir nicht? Sie sind nicht kurz, sie sind schulterlang. Ich finde sie ganz okay.« Wie zur Bestätigung ihrer Worte huschte ihre Hand hoch an ihr Haar. Sie könnte sich ohrfeigen. Warum? Weil sie sich verteidigte? Weil sie diese Typveränderung zugelassen hatte? Oder, weil sie den letzten Satz wie eine Bittstellerin vorbrachte?

Bitte, finde mich gut, ich brauche die Bestätigung von dir?

»Na, du musst damit leben. Ich gehe dann mal. Müde. Du verstehst? Ich ruf dich an, Julchen.« Er drückte ihr einen flüchtigen Kuss auf die Wange und ging, ließ sie einfach stehen, nannte sie Julchen. Unbemerkt hatte sie ihre Hände zu Fäusten geballt und die Fingernägel gruben sich schmerzhaft ins Fleisch. Vier Augenpaare folgten ihm ungläubig.

Leichte Dämmerung senkte sich über die Häuser Mannheims. Die Stadtmitte hatte wenig Grün zu bieten und das Grau des Asphalts und der Wohnblöcke legte sich wie ein Stein auf Jules Brust, als sie zu den Freundinnen ins Freie trat. Maike und Ulli fluchten um die Wette und ließen kein gutes Haar an Simon. Nur Elisa nahm sie tröstend in den Arm. »Hey, er wird total überarbeitet sein heute. Hast du nicht die Schatten unter seinen Augen bemerkt? Und dann die Überraschung mit der neuen Jule. Das verkraften Männer nicht so leicht. Du wirst sehen, er ruft dich mit Sicherheit gleich an.«

»Meinst Du?«

»Meine ich.«

Maike schenkte Scotch ein und drehte die Musik leiser. Sie saßen an Maikes antikem runden Tisch aus glänzendem Kirschholz um Plastiktüten unterschiedlicher Inhalte herum. Jule hatte ihre gute Laune zurück. Wie Elisa prophezeit hatte, hatte keine zehn Minuten später ihr Handy geklingelt. Ein zerknirschter Simon hatte sich kleinlaut entschuldigt und ihr versichert, ihre Frisur sei wohl ungewohnt im ersten Moment gewesen, aber im Nachhinein betrachtet absolut reizvoll. Er hatte gesagt, er freue sich auf sie und er würde es kaum erwarten können, gemeinsam mit ihr zu duschen und … sie wüsste schon. Irgendein Funksignal hatte sein heiseres Lachen unterbrochen, die Verbindung gestört und sie mussten das Gespräch beenden.

»Ich fange an. Die Hausherrin darf zuerst.« Zielsicher griff Maike nach einer, mit einem blauen Band gekennzeichneten Tüte und zog etwas Stoffähnliches heraus. Jule hielt den Atem an. Elisa kicherte hinter vorgehaltener Hand, und Ulli raunte hingerissen: »Respekt.« Maike hielt einen hauchzarten, schwarzen Body in die Höhe, der bis auf zwei Stäbe an der Vorderseite, die unterhalb der Schalen begannen, durchsichtig war. Im Schritt allerdings, wo Jule einen Verschluss erwartet hätte, war nichts, nur eine Öffnung. Du liebe Güte, was würde Simon von ihr denken, wenn sie so etwas trüge. Würde er es sexy finden? Das Ding musste man ja nicht mal ausziehen. Allein der Gedanke trieb ihr die Schamesröte ins Gesicht.

»Ja, da staunt ihr, was. Ich Luder, aber auch. Jetzt Ulli,« bestimmte Maike. Grinsend zog Ulli eine Peitsche aus braunem Leder aus der Tasche und ließ sie schnalzen.

»Für was brauchst du das?«, fragte Elisa. »Zum Reiten?«

Großes Gelächter. Sogar Jule konnte nicht an sich halten. »Oh, Elisa. Du bist einfach herrlich.« Sie dachte daran, wie ihre neue und inzwischen vertraute Kollegin in dem Sexshop gestanden hatte, unbeholfen, schüchtern. Jeden Dildo hatte sie in die Hand genommen und sich genau erklären lassen, warum er ebendiese Form hatte. Selbst die Bezeichnung G-Punkt war ihr fremd gewesen, und an den einschlägigen DVDs war sie mit geschlossenen Augen vorbeigehuscht. Bei Gelegenheit musste sie nachfragen, ob sie direkt aus einer Klosterschule kam. Doch jetzt war Elisa dran. Sie zog ein Strumpfband hervor. Sehr zart, sehr flauschig, sehr weiß. »Ist das nicht schön?«

Alle nickten schweigend. Es passte zu Elisa. Es war stilvoll. Und irgendwie kaum zu glauben, dass so etwas Romantisches aus einem Sexshop stammte.

Jetzt ruhten die Blicke auf ihr. Jule griff zur kleinsten Tüte, die mit einem rosa Band markiert war, und öffnete eine winzige Schachtel, die zwei Kugeln beherbergte.

»Oh, das kenne ich«, jauchzte Elisa. »Das sind Qigong-Kugeln. Meister Whu hat sie mir gezeigt. Sie aktivieren Akkupunkturpunkte in der Hand und stellen durch bestimmte Übungen und durch innenliegende Klang-körper das Gleichgewicht im Inneren wieder her. Ein gute Wahl, Jule. Ich wusste gar nicht, dass man so etwas dort bekommt?«

Ulli brach lachend über dem Tisch zusammen und Maike schnappte japsend nach Luft. Jule wusste nicht, was sie sagen sollte. Das Bedürfnis zu lachen wurde übermächtig. Sie verkniff es sich jedoch, als sie Elisa ansah, die nicht ahnte, warum die anderen beiden sich vor Lachen ausschütteten und fragend von einem zum anderen sah.

»Nein, nein.« Jule nahm die Kugeln heraus. Sie bestan-den aus glänzend hellblauer Hartplastik, miteinander durch eine schmale Kordel verbunden. »In jeder Kugel steckt eine weitere Kugel«, erklärte sie, »die Verkäuferin sagte, sie werden nicht in die Hände genommen, die Kugeln steckt man … hm, also sie werden quasi …«

»In die Vagina gesteckt, Elischen«, presste Ulli immer noch lachend hervor. »Das trainiert tatsächlich dein Inneres, aber an einer ganz anderen Stelle, Liebes. Nach einer Weile kannst du damit Nüsse knacken. Männer lieben das.« Elisa öffnete den Mund, als wolle sie etwas erwidern, schien es sich jedoch anders zu überlegen. Jule legte die Kugeln in die Schachtel zurück. Ob sie die gleich Morgen im Büro tragen sollte? Sie waren schließlich unsichtbar.

Die Morgensonne schickte zaghafte Strahlen über die Stadt und tauchte das Dach der Firma in orangefarbenes Licht, während Jule ihren Parkplatz ansteuerte. Es war nicht ihr Parkplatz, er hatte kein Schild mit ihrem Namen und doch fühlte es sich an wie ihrer. Obwohl sie sich um die frühe Zeit auf jeden freien Platz ohne Namensschild stellen konnte, nahm sie immer denselben. Sie stieg aus dem Auto. Der Duft von Sommer lag in der Luft.

»So früh schon auf den Beinen, Frau Lobenstein?«

Jule schrak zusammen. »Was?«

Marcello Vetere deutete eine leichte Verbeugung an. »Entschuldige, wenn ich dich erschreckt haben sollte, Jule. Guten Morgen. Du siehst reizend aus, wenn ich das so sagen darf.«

Sie atmete erleichtert auf und schloss den Wagen ab. Nur Marcello. Verstohlen blickte sie ihn von der Seite an. Gut sah er aus, dieser Marcello. Schon immer. Sie mochte seinen südländischen und ungezwungenen Charme sehr. Und sie konnte mit Komplimenten nicht umgehen, hatte immer das Gefühl, als müsse sie sich rechtfertigen.

»Guten Morgen, Marcello. Ja, du hast mich erschreckt. Um diese Zeit bin ich meistens alleine hier, außer dem

Pförtner natürlich. Dankeschön, du darfst, aber was treibt dich so früh in die Firma?«

»Ich übernehme heute Peters Job. Er hat sich den Fuß verstaucht. Hast du eine neue Frisur?«

»Oh, das tut mir leid für ihn. Ja, seit gestern. Danke. Und du trägst die Post heute für alle aus? Dann sehen wir uns ja mal wieder. Ist selten geworden die letzte Zeit.« Wie aufmerksam er doch war. Und gutaussehend obendrein.

»Ja, jedes Unglück hat auch seine positive Seite«. Er zwinkerte ihr zu, sie beschloss, es zu ignorieren. Gemeinsam schlenderten sie zum Eingang hinüber, keiner hatte wirklich Lust, den Sommertag, der sich auf so farbenfrohe Weise ankündigte und ein wahrlich prachtvoller zu werden schien, im Büro zu verbringen. Er hielt ihr die Tür auf und sie schlüpfte hindurch. Hinein in das trübe Grau der Workflows und Fluktuationsquoten. Er bog links ab, sie wandte sich nach rechts zur Treppe, spürte seinen sanften Blick in ihrem Rücken.

Kaum stand der erste Kaffee dampfend vor ihr und Frischluft strömte durch die sperrangelweit geöffneten Fenster, klingelte das Telefon. Ulli. Sie ließ sich für heute entschuldigen. Der letzte Scotch musste schlecht gewesen sein und sie hatte die halbe Nacht über der Kloschüssel verbracht. Jule wünschte ihr eine schnelle Genesung und empfahl hierzu Aspirin, doch bevor sie auflegte, fiel ihr etwas ein, was sie in Erfahrung bringen wollte und bei dem ihr nur Ulli helfen konnte. »Warte Ulli. Sorry, wenn ich dich was Geschäftliches fragen muss. Wo finde ich die Liste mit den Geschäftswagen? Ich muss was nachsehen.«

Ulli verriet ihr den Ordner auf dem gemeinsamen Laufwerk und das Passwort. Sofort öffnete sie die Datei. Sie filterte die Daten nach Monat und Fahrzeugtyp. Wie lautete das Nummerschild? HD-DU 492. Zum Glück besaß sie ein hervorragendes Zahlengedächtnis. Zudem begannen alle Geschäftswagen mit HD-DU. Der Rest war einfach zu merken.

Der Wagen gehörte zu Stefanie Brand. Vertriebsleiterin. Sie kannte sie vom Sehen. Eloquente Karrierefrau Mitte vierzig ohne Kinder, aber mit Mann. Klein, forsch, etwas pummelig und sehr kompetent. Sie steckte so manchen Mann in die Tasche. Aber was zur Hölle hatte der Wagen vor ihrer Haustüre zu suchen? Und was hatte Daniel Rose damit zu tun? Die dunkelhaarige Barbie hatte definitiv keine Ähnlichkeit mit Frau Brand. Außerdem war sie mindestens zwanzig Jahre jünger gewesen. Seltsam. Sie schloss die Datei und legte die Schachtel mit den Liebeskugeln auf den Tisch. Sollte sie? Ulli war nicht da, Brenner ließ sich in der Regel kaum bei ihr blicken und heute standen keine Termine im Plan. Der perfekte langweilige Tag, um etwas Neues zu probieren. Wann hatte sie sich die letzten Jahre zu neuen Ufern begeben? Tagein, tagaus derselbe Trott. Heute war Mittwoch. Am Freitag würde sie Simon treffen, wie jeden Freitag. Und heute Abend wollten sie telefonieren, vorausgesetzt es kam kein geschäftlicher Termin dazwischen, und wer weiß, vielleicht konnte sie bis zum Wochenende Nüsse knacken, wenn sie hart genug trainierte. Sie griff nach dem kleinen Paket und hielt inne, lauschte. Die Luft war rein.

Wenige Minuten später schlich sie wie auf rohen Eiern zu ihrem Büro zurück. In ihrem Schritt herrschte das Gefühl von Fülle, die jederzeit entweichen konnte. Ängstlich spannte sie die entsprechende Muskulatur an und setzte zögerlich einen Fuß vor den anderen. Zum Glück sah sie niemand.

»Jule? Alles in Ordnung?« Jule verharrte auf der Stelle und schloss vor Scham die Augen. »Alles Okay, Elisa. Ich teste im Moment die Qigong-Kugeln.«

»Diese Liebeskugeln?«

Ruckartig drehte Jule sich um und hob den Zeigefinger an die Lippen. »Pscht.«

Elisa lachte und schlug auf wackeligen Beinen den Weg zu ihrem gemeinsamen Büro ein. Jule sah ihr hinterher. Elisa trug hohe Schuhe und sie wirkte, als laufe sie zum ersten Mal darin. Kurz vor der Tür knickte sie um, fluchte, und zog die Schuhe aus. Barfuß lief sie weiter. Der Mittwoch schien ein weiterer Montag zu werden. Jule gluckste und setzte vorsichtig einen Fuß vor den anderen. Sie würde sich an diese Dinger gewöhnen. Ihre Schritte wurden länger und sie gewann Sicherheit, trat fester auf. Klack. Was? Klack. Klack. Das durfte jetzt nicht wahr sein. Sie wagte drei schnelle Schritte in Folge. KlackKlackKlack.

Bis zur Mittagspause verbrachte Jule an ihrem Schreibtisch. Selbst als Marcello sie zum Mittagessen einladen wollte und ihr Magen knurrte, als hätte sie seit Tagen keine feste Nahrung zu sich genommen, lehnte sie ab und blieb sitzen. Erst als ein gewisser Drang übermächtig wurde, schlich sie langsam zum stillen Örtchen, bedacht darauf, von niemandem gesehen zu werden. Sie wickelte die Kugeln in Toilettenpapier und entsorgte sie noch vor Ort im speziellen, nur für Damen gedachten Abfallbehälter. Liebeskugeln, pah. Lächerlich!

»Wollen wir eine Runde übers Feld gehen? Es ist wunderbares Wetter.« Elisa zeigte mit dem Finger zum Fenster und lächelte. Eigentlich hatte Jule sich vorgenommen, längst fällige Auswertungen zu erstellen und die Mittagspause ausfallen zu lassen, doch Elisas Lächeln zerstreute ihr Vorhaben in tausend Winde. Mit einem Male konnte sie sich nichts Schöneres vorstellen, als warme Sommerluft einzuatmen und mit ihrer Kollegin zu plaudern.

Nebeneinander spazierten sie den Feldweg entlang und Elisa plauderte munter drauflos, während sie mit den Schuhen in einer Hand wedelte. Sie beschrieb mit leuchtenden Augen den, wie sie sagte, überwältigenden Blick aus ihrem Schlafzimmerfenster und wie sich die zwei Burgen Weinheims in die weichen Hügel schmiegten, als wären sie dem Inneren des Berggesteins erwachsen. Elisa schwärmte von der Sonne, wie diese in den frühen Morgenstunden ihren zartgelben Teppich über Baumwipfel legte, von Tau, dessen Tropfen wie grazile Tränen an Blattspitzen hing und die Schönheit der Welt widerspiegelte. Und Jule spürte die Sonnenstrahlen wie zärtlich streichelnde Finger auf der Haut und hatte das Gefühl, Elisa stundenlang zuhören zu können. Dann wechselte Elisa abrupt das Thema, doch ihre Stimme behielt den melodiösen Klang, als spräche sie nach wie vor von idyllischen Landschaften im Morgennebel. »Dein Simon ist ein schöner Mann ...«

Jule blinzelte gegen die Sonne. »Ja, das ist er.« Ihre Stimme hörte sich rau, beinahe schwerfällig an, gerade so, als wollten die Worte nicht gesprochen werden. Elisa hakte sich bei ihr unter. Im Gleichschritt schlenderte sie weiter. »Ihr seht euch nicht so oft? Ich darf doch fragen, oder?«

»Ja, schon in Ordnung. Und nein. Er ...«, unmerklich kniff sie die Lippen zusammen, »er arbeitet viel.«

Die Augen geschlossen, atmete Elisa tief durch die Nase ein und blickte sie kurz darauf amüsiert an: »Ach ja, immer die Arbeit, nicht wahr? Erfolg ist wesentlich. Geld ebenso. Ein schickes Auto, eine imposante Wohnung oder ein Haus. Anerkennung, das Streben nach Macht. Irgendwie schade. Das Wichtige bleibt auf der Strecke.«

»Das Wichtige? Was ist das für dich, Elisa?« Auf Jules Brust saß ein Stein und sie hatte keine Ahnung, warum er sich ausgerechnet jetzt darauf niedergelassen hatte.

»Liebe.« Elisa schwenkte die Schuhe und beschrieb mit ihnen einen Halbkreis. »Was sonst? Liebe und Zärtlichkeit, füreinander da sein. Der Augenblick, wenn die Sonne untergeht und dein Liebster kann es mit dir zusammen erleben. Dieser eine Moment, der alles verändert. Du blickst in seine Augen und siehst darin nicht nur dich selbst, sondern seine Liebe zu dir, die tief in seinem Herzen glimmt. Ein Feuer, das niemals erlischt.

Die Liebe zueinander und später …«, sie zwinkerte ihr zu, »kommt die Liebe zu den eigenen Kindern hinzu. Das ist das Wichtigste. Und das Schönste.« Sie ließ Jule los und drehte sich mit ausgestreckten Armen um die eigene Achse, den Kopf in den Nacken gelegt, und lachte.

Der Stein auf Jules Brust schob sich nach oben und schnürte ihr die Luft ab. Sie blickte auf die Uhr und erschrak. »Wir sollten zurückgehen, Elisa. Unsere Pause ist schon vorbei.«

Seufzend kam ihre Kollegin zum Stehen. Ihre porzellanfarbene Haut schimmerte an den Wangen rosig und ihre Augen glänzten. »Hach«, sagte sie atemlos, »Das solltest du auch mal probieren, Jule. Dreh dich, bis dir schwindelig wird. Das ist toll! Und genauso fantastisch ist es, anschließend das Gleichgewicht wieder zu finden.«

Ja, dachte Jule und wusste nicht, warum sie diesem Gedanken Raum gab: Das Gleichgewicht finden. Das sollte sie mal versuchen. Ob Simon sie auffinge, falls es ihr misslänge?

Elisas Blick ruhte nachdenklich auf ihr und sie hatte das Gefühl, als sähe diese Frau mitten in ihr Herz, in ihre Sehnsüchte, ihre Ängste. Nein, es schien eher, als wüsste Elisa, was ihr, Jule, verborgen blieb. Einem spontanen Impuls folgend, ging Jule in die Knie und zog ihre Schuhe aus. Dabei wischte sie, von Elisa unbemerkt, beschämt eine einzelne Träne fort.

Sie schnitt eine Zitrone in feine Scheiben und gab sie zusammen mit mit Mineralwasser und Minzeblättchen in eine Karaffe. Die Gemüselasagne brutzelte im Ofen und Mozzarella, Brokkoli und Karotten verbreiteten einen appetitanregenden Duft. Simon liebte gesundheitsbewusste Ernährung.

Sie warf das Messer in die Spüle. Was wusste diese Elisa schon? Die restlichen drei Stunden bis zum Feierabend hatten sie geredet und diskutiert und es ging gegen Ende nicht besonders friedlich zu. Jule hatte erfahren, dass Elisa den Mann fürs Leben noch suchte, ja sogar, dass sie bis heute in keine längere Beziehung vorzuweisen hatte. Wie also sollte ausgerechnet Elisa wissen, wie sich wirkliche Liebe anfühlt? Nichts wusste sie! Die liebreizende Elisa wurde nur Allgemeinplätze los, die sie wahrscheinlich in irgendeinem Groschenroman gelesen hatte. Jule spülte das Messer ab und wusch sich die Hände. Sie war wütend. Warum nur versuchte jeder, ihr Simon auszureden? Selbst Elisa, die ihn nur ein einziges Mal flüchtig zu Gesicht bekommen hatte. In Mannheim, vor diesem Bioladen. Was hatte sie noch gleich gesagt? Wenn eine Frau geliebt wird und diese Liebe erwidert, dann strahlt sie. Und ihr, Jule, würde dieses Strahlen fehlen. Gequirlte Esoterikscheiße!

Die Lasagne benötigte zwanzig Minuten. Der Tisch war gedeckt. Oh, sie musste noch die Rotweingläser polieren. Fünf Minuten später stellte sie die Kristallgläser neben die Teller und eine entkorkte Flasche Shiraz in die Mitte des Tisches. Fertig. Zeit zum Aufhübschen.

Es klingelte. Nanu? Simon verspätete sich häufig, aber zu früh kam er nie. Sie öffnete die Tür und blickte auf das Etikett einer Flasche Apfelcidre.

»Hallo, meine Liebe. Wir dachten, wir muntern dich heute Abend ein bisschen auf und genießen den warmen Sommerabend auf deinem Minibalkon.«

Maike, Ulli und Elisa strahlten sie an, als wäre ihnen die beste Idee aller Zeiten in den Sinn gekommen, und Jule blieb kurzzeitig jede Erwiderung im Hals stecken.

»Simon kommt ... gleich.«

»Och, das stört uns nicht«, grinste Maike frech.

»Überhaupt nicht.« Ulli schob sich nach vorne und drückte ihr einen Korb mit blauen Trauben in die Hand.

»Und ich würde ihn gerne kennenlernen«, säuselte Elisa mit liebreizendem Augenaufschlag, und Jule kam die Galle hoch.

So kannte sie sich gar nicht. Was war nur mit ihr los? Hier standen drei Menschen vor ihrer Tür, die sie überraschen wollten. Freunde. Der Mensch brauchte Freunde. Sie brauchte Freunde. Es gab fast nichts Schöneres, als gemeinsam mit wertvollen Menschen einen geselligen Abend zu verbringen. Und sie spielte gerne die Gastgeberin.

Aber nicht heute!

»Nein. Tut mir leid, Mädels. Ich habe gekocht und freue mich auf einen Abend mit Simon. Versteht ihr das?« Sie blickte prüfend von einer zur anderen. Maike, die jeden Mann vernaschte und sich nicht festlegen wollte. Ulli, die alle Männer hasste. Und Elisa, die keine Ahnung von nichts hatte. »Er kommt in einer Viertelstunde. Seid so lieb, und trinkt ein Glas für mich mit, ja?« Damit gab sie Ulli den Korb zurück, schloss Tür und ging ins Bad.

Als das lauwarme Wasser über ihren Rücken rieselte, verfolgten sie in Gedanken die verblüfften Blicke der Drei. Sie hätte das nicht tun sollen.

»Mmh, die Lasagne war ein Gedicht, Liebling.« Simon nahm ihre Hand und hauchte einen Kuss in ihre Richtung. »Und der Rotwein ist superb.« Sie legte die Fingerspitzen aneinander und beobachtete, wie er einen kleinen Schluck nahm und den Wein mit einem widerlichen Geräusch durch seine Vorderzähne schlotzte, bevor er ihn hinunterschluckte. Sie wischte ein kurz aufflackerndes Gefühl des Ekels beiseite.

»Freut mich.« Sie lächelte, stand auf, setzte sich rittlings auf seinen Schoß und begann, sein hellblaues Hemd aufzuknöpfen. Sie brauchte ihn heute, wollte ihn spüren, ihn in sich aufnehmen, umschlingen, halten, seinen herzhaft männlichen Geruch inhalieren, seine Haare mit den Händen durchwühlen und die ganze Nacht in seinem Arm liegen.

Er drückte sie von sich weg. »Aber, Liebling. Es ist Mittwoch und bereits einundzwanzig Uhr. Lass uns das auf Freitag verschieben, ja?« Er verzog seine Lippen zu einem spöttischen Lächeln und blickte auf die Uhr. »Du meine Güte, es ist schon nach neun.« Er stand auf und knöpfte sein Hemd wieder zu. »Morgen habe ich um sieben eine Konferenz. Ein neuer Investor für das Riesenevent am Wasserturm hat angebissen. Tut mir leid. Herzchen. Da muss ich ausgeschlafen sein.« Mit einer Hand hob er ihr Kinn und gab ihr einen Kuss. »Am Freitag kommst du zu mir. Einverstanden? Und ich koche diesmal für dich.« Kurze Zeit später fiel die Tür hinter ihm ins Schloss.

*

»Er wird nicht lange bleiben.«

»Woher willst du das wissen, Elisa? Ich find es doof, dass wir hier an einer Bushaltestelle sitzen, Apfelcidre trinken und auf diesen Wohnblock starren. Wie sieht das denn aus?«, beschwerte sich Ulli.

Maike stopfte sich Trauben in den Mund. »Isch laube, schie hat Reschd.«

Seit einer Stunde warteten sie auf der Bank schräg gegenüber Jules Mietshauses und schnitten vorbeigehenden Passanten, die sie misstrauisch beäugten, Grimassen.

»Nur so ein Gefühl«, kicherte Elisa und nahm einen Schluck Cidre aus der Flasche. Das Getränk prickelte und schmeckte angenehm frisch. Außerdem hatte es die Eigenschaft, sie albern werden zu lassen. Alkohol gefiel ihr. Davon hatte ihr Gabriel nichts erzählt. Sie nahm einen weiteren Schluck. Als sie die Flasche absetzte, erhellte Licht das Treppenhaus und wenig später trat Simon aus der Tür. »Da! Sag ich doch.«

»Arschloch!« Ulli spuckte einen Traubenkern auf das Pflaster.

»Miese Ratte!«, echauffierte sich Maike, »Jule hat sich bestimmt auf eine gemeinsame Nacht eingerichtet.«

Schweigend beobachteten sie den Mann, wie er ins Auto stieg. Aber anstatt loszufahren, griff er zum Telefon.

Die drei Frauen sahen sich an. »Gut«, sagte Ulli. »Ich folge ihm. Ihr beide geht zu Jule. Ich komm später nach.« Maike brach in schallendes Gelächter aus und schüttelte den Kopf. »Haha, das brauchst du nicht, Ulli.« Im selben Moment klingelte Ullis Handy. »Was …?«

»Spiel einfach mit«, sagte Maike noch schnell, bevor Ulli das Gespräch entgegennahm und sich ihre Augen weiteten.

»Ja, ach wie schön. Ja, natürlich. Ich freue mich. An der alten Brücke in Heidelberg. Wunderbar. Bis gleich. Wie? Was ich trage?« Sie blickte an sich hinunter. »Ein abgerissenes T-Shirt mit der Aufschrift »Fuck you« und eine Jeans mit einem großen Loch über dem rechten Knie. Was? Schlank, ja. Bis gleich.« Sie legte auf. Simon legte auf und fuhr mit quietschenden Reifen los.

»Maike! Bist du von allen guten Geistern verlassen?« Ulli lehnte sich verblüfft an die Glaswand der Bushaltestelle und starrte Maike an.

Maike lachte noch immer. Schließlich gewann sie ihre Fassung zurück und berichtete glucksend, sie hätte ihn heute Mittag im Büro mit unterdrückter Telefonnummer angerufen. Die Empfangsdame hatte sie aufgrund einer Typbeschreibung sofort an ihn weitergeleitet. Mit rauchiger Stimme hätte sie ihm mitgeteilt, sie wäre eine attraktive Blonde, ziemlich scharf auf ihn, und beobachte ihn schon eine Weile. Ob er sich mit ihr treffen möge. »Er hat sofort zugesagt, dieser Wichser!« Maike blickte zu Ulli. »Nicht böse sein, ich musste eine Telefonnummer weitergeben, die ihm nicht bekannt vorkommt. Du gehst da natürlich nicht hin, Ulli. Der soll sich mal schön die Beine in den Bauch stehen. Wird Zeit, dass er auch mal versetzt wird.«

»Gib fünf, du coole Socke. Was eine geile Idee.« Ulli und Maike klatschten sich ab. Elisa schüttelte den Kopf. Die arme Jule. Was hatten die beiden jetzt vor?

»Na, wir gehen zu Jule und erzählen ihr alles haarklein. Was sonst?« Maike stopfte sich zwei weitere Trauben in den Mund.

*

»Das glaube ich euch nicht! Das habt ihr nicht wirklich getan …« Jule ließ sich auf den Stuhl plumpsen und nahm einen großen Schluck aus dem Rotweinglas. Maike, Ulli und Elisa standen betreten um den runden Kieferntisch herum.

»Glotzt nicht so«, brüllte Jule, »Was fällt euch eigentlich ein? Ich fasse es nicht!«

»Wir … ich habe gehofft, er würde nicht drauf eingehen«, stotterte Maike. »Tut mir leid, Jule. Ich hätte … ach, ich sollte das nächste Mal …«

Ulli fasste sich als Erste und setzte sich neben sie. »Hör mal, Schätzelein. Ein anständiger Mann hätte die Frau abgewimmelt. Mal ehrlich, hm? Welcher Typ trifft sich mit einer wildfremden Frau, nur weil sie ihm am Telefon Erotisches in die Muschel wispert. Du hast was Besseres verdient. Dieser Simon ist nicht der, für den du ihn hältst.«

Jule schluchzte. Die Tränen kamen, obwohl sie versuchte, sie daran zu hindern. Elisa reichte ihr ein besticktes, blütenweißes Taschentuch. Wo gab es denn sowas noch? Egal. Sie griff es sich und schnäuzte sich lautstark.

»Ruf ihn zu Hause an«, riet Elisa. »Nimmt er ab, ist alles gut. Dann ist er einfach nach Hause gefahren.«

Dankbar blickte Jule Elisa an, und griff zum Telefon. Nach dreimaligem Klingeln wurde abgenommen. Sie schickte ein stummes Dankesgebet gen Himmel. Er war zu Hause und wunderte sich, dass sie ihn so spät noch anrufe. Sie wolle nur seine Stimme hören, erklärte sie, und wünschte ihm süße Träume. Mit einem triumphierenden Blick legte sie das Telefon zurück auf den Tisch.

»Da habt ihr es, Ladys. Brav zu Hause ist er, mein Simon.« Sie stand auf. »Und jetzt geht bitte. Ich weiß nicht, ob ich über eure Aktion sauer oder dankbar sein soll.«

Die Drei trollten sich mit hängenden Schultern Richtung Tür.

»Wartet!« Sie sollte nicht nachtragend sein. Schließlich hatte ihr der heutige Abend einen absolut treuen und ehrlichen Simon gezeigt. Jetzt, schwor sie sich, zweifle ich nie wieder. Und das hatte sie den drei Mädels zu verdanken. Sie zeigte zum Tisch und versuchte ein versöhnliches Lächeln. »Der Rotwein. Helft ihr mir, die Flasche leer zu bekommen?«

Morgen, dachte sie, morgen gehe ich in den Sexshop. Alleine. Und dieses Mal nehme ich keine Liebeskugeln mit, ich kleide ich mich in die sexieste Reizwäsche, seit es Verführungsfummel gibt. Nochmal wird er mich nicht abweisen. Egal, wie müde er ist.

*

Gegen dreiundzwanzig Uhr traten Ulli, Maike und Elisa ins Freie und verabschiedeten sich.

»Die ist ja total fixiert auf diesen hirnlosen Allesficker«, fluchte Ulli. »Der könnte ihn ihrem Beisein eine rassige Flamencotänzerin besteigen und sie würde behaupten, er täte das lediglich im Interesse seines Projektes, um den Investor milde zu stimmen.«

Elisa seufzte und blickte in den wolkenlosen Himmel. »Sie liebt ihn.«

»Quatsch, Elischen. Sie hat sich den Typ so lange bravgeredet, dass sie jetzt nicht mehr zurück kann. Und wenn sie ihn verließe, was würde dann aus Familie und Kindern und Friede-Freude-Eierkuchen, hä? Das zerstört ihre komplette Planung. Und wenn Jule etwas kann und mag, dann ist das Planen, glaub mir.« Ulli schnaubte. Fehlte nur noch, dass sie mit den Füßen scharrte. »Mädels, wir brauchen einen Plan!«

Elisa gähnte. »Aber nicht mehr heute.« Ihre Neugier siegte jedoch über die Müdigkeit. »Okay, was für ein Plan?«

»Einer, der beweist, dass der Typ sie betrügt. Sie muss ihn erwischen. Am besten in flagranti. Hm …« Ulli verschränkte die Arme und legte den Kopf schief.

Maike lachte laut auf und tippte mit dem Zeigefinger auf Ullis Schulter. »Fürchte, da musst du nochmal ran, Ulli. Dich kennt er nicht.«

»Ich halte das für keine gute Idee«, warf Elisa in die Runde. »Es wird sie schmerzen. Muss das sein? Geht es nicht anders? Etwas schonender? Sie sollte von sich aus erkennen, dass er nicht der Richtige ist.«

»Von sich aus erkennen …. Ja, klar, Hübsche.« Ulli blickte sie mit gerunzelter Stirn an. »Hübsche! Natürlich, dass ich da noch nicht draufgekommen bin. Du wirst der Lockvogel sein, Elisa.«

»ICH?« Elisa riss die Augen auf und schüttelte anschließend ihren Kopf so wild, dass die Locken um ihren Kopf wirbelten. »Bei tausend Gewitterwolken nicht! Nein, nein.«

»Hm, er war tatsächlich zu Hause … », sagte Maike skeptisch und rieb sich das Kinn. Ulli zuckte die Schultern. »Wohl …«

»War er nicht!« Elisa sagte dies mit einer Festigkeit in der Stimme, die die anderen beiden aufhorchen ließen. »Er leitet die Anrufe auf sein Handy weiter.«

»Aha, und woher will Dame Neunmalklug das jetzt schon wieder wissen?«, spöttelte Maike.

»Nur so ein Gefühl.« Elisa stieg in ihren Wagen. »Nur ein Gefühl.«

Sie knallte die Türe hinter sich zu, schleuderte die Schuhe von ihren Füßen und eilte ins Schlafzimmer. Jule hatte das Vertrauen in sie verloren. Sie spürte es so deutlich wie einen Nadelstich. Was konnte sie dafür, dass sie im Himmel als Alphaengel zur Welt gekommen war und nie die Realität einer Partnerschaft hatte erleben können. Und wie blöd musste sie sein, ihr zu sagen, dass sie noch nie eine längere Beziehung gehabt hatte, was ja auch tatsächlich stimmte und nur ein bisschen geflunkert war. Hätte sie lügen, ihr sagen sollen, dass sie eine lange, unglückliche Liebe durchlebt hätte und deswegen ganz genau wisse, wie es sich anfühlte? Ja, das wäre geschickter gewesen. Vielleicht sollte sie Unwahrheiten verwenden. *Verzeih, Herr ...*

Hastig zeichnete sie die Umrisse des Buchstaben G auf den Computerbildschirm. Anstatt Gabriel erschien der Herr persönlich. Sofort nahm sie Haltung an und versuchte, ihre Befürchtung, der Aufgabe nicht gewachsen zu sein oder gar zu schwindeln, zu verbergen. Doch sein Blick sagte ihr, dass sie nichts vor ihm verheimlichen konnte.

»So, du glaubst also, den Auftrag nicht erfüllen zu können, kleine Elisa.« Das klang mehr nach einer Feststellung als nach einer Frage. Sie nickte und traute sich nicht, ihn anzusehen. Dabei hatte sie gehofft, sich bei Gabriel ausheulen und die Ängste von der Seele reden zu können. Beherrscht schluckte sie hinunter, was nach draußen wollte.

Gott sprach weiter. »Du weißt, was du tun musst, wenn es dir nicht gelingt?«

Das war jetzt eine Frage. »Ja«, antwortete sie kleinlaut, »dreihundert Jahre Wolken putzen.«

»Sehr richtig. Was gedenkst du also, zu unternehmen?«

Sie zuckte mit den Schultern. »Ich weiß es nicht.«

»Hm ... Sieh mich an, Elisa.«

Zaghaft hob sie den Blick. Insgeheim rechnete sie damit, sofort zurückkehren zu müssen. Er würde einen Ablöseengel schicken, der ihre Stelle einnahm. Die Erdlinge würden dies nicht einmal bemerken und denken, der neue Engel wäre schon immer da gewesen. Ach, ihr erster Job, und sie versaute ihn. Gott würde sie nie wieder beauftragen und sie die restliche Zeit ihres Engelsdaseins, also für alle Ewigkeit, davon träumen, den Menschen helfen zu können. Sie seufzte laut auf.

»Na na, kleine Elisa. So schlimm ist es auch wieder nicht. Du hast ja noch ein bisschen Zeit. Ich verrate dir etwas. Kurzzeitig schwenkte das Pegel Jules Lebensszenarios in Richtung einer Veränderung in ihrer Geschichte.« Er lächelte ermutigend und Elisas Herz hüpfte vor Freude kurz in die Höhe. »Ja? Und das heißt?«

»Nun, dass es eben nur eine kurzfristige Prognose war. Nun stehen die Zeiger wieder auf Hochzeit mit Simon. Aber …«, er legte eine kurze Pause ein. »Es ist ein gutes Zeichen. Es zeigt zumindest wahrscheinliche Möglichkeiten auf. Du kannst das Blatt noch wenden. Glaub an dich, mach weiter und weiche nicht vom Weg ab. Versprichst du mir das?« Elisa nickte, und vor ihrem Auge erschienen Millionen von degradierten Putzerengeln, die ihre versemmelten Aufträge abarbeiteten. »Gut, dann gehe schlafen. Für heute ist genug geschehen. Halt die Augen offen, Elisa. Simon ist der Mann, der Juliane Lobenstein schadet. Vielleicht gibt es ja in ihrem Umkreis eins, zwei oder gar drei Männer, die für sie eine Option wären?«

Mit diesen Worten ließ er sie allein. Der Bildschirm flackerte kurz auf und hüllte sich daraufhin in undurchdringliches Anthrazit. Gott war fort, na ja, zumindest vom Display verschwunden, denn wie jeder wusste, war der Herr allgegenwärtig, auch wenn er nicht überall zur gleichen Zeit sein konnte. Sie runzelte die Stirn. Das widersprach sich doch, oder nicht? Egal.

Sie rieb sich den Nacken. Ihr Kopf brummte. Müde. Enttäuscht. Verzweifelt. Es musste einen anderen Weg geben. Worte genügten nicht, das Vertrauen in andere Menschen schien für Jule nicht stark genug. Ein anderer Mann? Ja, das könnte funktionieren. Aber Jule glaubte so fest an die Liebe von Simon, dass nichts sie davon abbringen konnte. Außer vielleicht ein Schmerz, den Elisa ihr nicht zumuten wollte. Der Schmerz, schändlich betrogen worden zu sein. Über Jahre hinweg. Von Anfang an. Der Schmerz, lediglich als gutbürgerliche Hülle für Simon nützlich zu sein. Denn nichts anderes war Jule für ihn. Sein Alibi, sein späteres Hausfrauchen, die die Maske der heilen Welt aufrechterhielt und die Kinder hütete. Sie war nicht einmal das Luxusweibchen, welches sich diese Sorte Männer mit Vorliebe ins Haus holte, solche, die stets mit einem Schmuckstück zu besänftigen waren. Jule setzte auf andere Werte. Auf die wahre Liebe. Zu Simon. Später würde nur noch das Heil der Kinder für Jule zählen, und sie selbst darin zugrunde gehen. Die perfekt angepasste Ehefrau. Günstig, geduldig, zerbrochen.

Bravo Simon, dachte Elisa, und ein unbekanntes Gefühl des Abscheus erfüllte sie. Bravo, da hatte er sich das perfekte Opfer ausgesucht. Jule war gut im Bewahren von Luftschlössern. Und dieser falsche Prinz schien solche Frauen Meilen gegen den Wind zu riechen.

*

»Hm, meinst du, diese klaren Worte waren notwendig, Herr?«

»Definitiv, Gabriel. Auch einem Engel darf nicht alles zufliegen, nur weil er ein Engel ist.«

»Da ist was Wahres dran.«

»Will ich doch meinen.«

»Machst du dir etwa einen Spaß daraus?«

»Aus was?« Gott blickte überrascht drein.

»Es Elisa schwer zu machen?«

»Also bitte, Gabriel!«

Gabriel verschränkte die Arme. »Du hast ihr nichts von ihren Kräften erzählt. Warum eigentlich nicht?«

»Weil«, der Herr zog die Brauen hoch und sah ihn eindringlich an, »jeder Alphaengel seine Kräfte selbst erspüren muss. Das ist Teil seiner Aufgabe. Ohne ihre Gabe wird sie scheitern. Stellst du meine Entscheidungen etwa infrage?«

»Nein, natürlich nicht. Verzeihung.«

»Schon in Ordnung. Du kannst jetzt gehen.«

Als Gabriel sich abwandte, blickte Gott ihm nachdenklich hinterher. Er verstand ihn nur zu gut.

Bunt geht immer

Es regnete. Eine dichte Wolkendecke schien die feuchte Schwüle Richtung Erde zu drängen. Selbst im Büro arbeite jeder vor sich hin, als drücke ihm das Grau vom Himmel aufs Gemüt. Sogar Elisas stets fröhlicher Gesichtsausdruck glich sich dem Wetter an.

Die Jacke hing über dem Stuhl und Jules Füße steckten in schmalen schwarzen Pumps und schmerzten. Das tropische Klima und das lange Sitzen ließen ihre Füße anschwellen. Sie wusste, aus diesem Grunde sollte man im Sommer niemals früh Morgens Schuhe kaufen, außer, es handelte sich um Hochgebirgsstiefel. Und sie hatte diese edlen Pumps letztes Jahr an einem kühlen Vormittag im August zu einem relativ günstigen Preis erstanden. Das rächte sich jetzt. Sie würde barfuß Auto-fahren müssen. Zuerst nach Hause, in etwas Bequemes schlüpfen und dann nach Mannheim in die Stadt. Jule seufzte, sie konnte keinerlei Grauabstufungen mehr ertragen. Heute, wie auch alle anderen Tage im Büro, trug sie ihr graues Kostüm und eine weiße Bluse. Ein kurzer Griff in den Schrank beförderte stets ein fades Irgendwas mit Bluse hervor. Das war einfach, schnell und langweilig. Sie war es leid. Ulli trug ein knallrotes T-Shirt und weiße Jeans. Elisa ein luftiges champagner-farbenes Kleid und einen dünnen weißen Schal dazu.

Beide trugen sie flache Schuhe. Sah bequem aus. Gemütlich. Auf jeden Fall angenehmer als eine gestärkte Bluse.

Jule fasste einen Entschluss.

15:30 Uhr. Die Tür ging auf und Brenner steckte den Kopf zur Tür herein. »Frau Lobenstein? Können Sie mir die prozentualen Differenzen der Fluktuation der letzten drei Jahre berechnen? Ich bräuchte sie spätestens in zwei Stunden. Danke.« Er schickte sich an die Tür zu schließen, denn bisher hatte Jule ohne Widerworte seine Aufträge erfüllt. Sie fühlte etwas in sich hochsteigen, dass sie als aufregend empfand. Ihr Herz klopfte, als sie verneinte. Ungläubig sah er sie an. »Bitte?«

»Nein, Herr Brenner«, demonstrativ sah sie auf die Uhr, »Ich habe in einer halben Stunde einen wichtigen privaten Termin, den ich wahrnehmen muss. Tut mir leid. Das kann doch sicher bis morgen früh warten.« Damit stand sie auf, nickte Ulli und Elisa zu und stürmte an Brenner vorbei aus dem Büro. Barfuß. Die Schuhe blieben unter dem Schreibtisch. Sollten sie dort bis zum Winter warten, wenn ihre Füße wieder hineinpassten. Sie hatte heute Lust auf Farbe. Auf Knallrot, Orange, Lila, leuchtendes Blau und blendendes Pink, Lust auf verrückte Flip-Flops mit Blumen, Lust auf bunte Handtaschen, wehende Schals und luftige Kleidchen in schillernden Farben. Es war ein neues Empfinden und es fühlte sich verdammt gut an.

Jule trat aus der Umkleidekabine und staunte. Dieses Kleid schien auf ihren Leib geschneidert. Der blaugrüne

116

Stoff umschmeichelte ihren Körper wie sanft fließendes Wasser. Sie wollte es nie wieder ausziehen.

»Ah, Bella. Ein wunderschönes Kleid für eine wunderschöne Frau. Es hat die Farben deiner Augen. Türkis. Das ist deine Farbe, Jule.« Erschreckt sprang sie einen Schritt zur Seite. Im Spiegel erkannte sie Marcello, der schräg hinter ihr stand und seine Fingerspitzen küsste, wie es die Italiener eben taten. Wie lange stand er bereits dort? Hatte er sie beobachtet? Sie spürte, wie sie errötete.

»Danke«, stammelte sie unbeholfen und ärgerte sich, dass ihr nichts Schlagfertigeres einfiel. »Wie lange … ich meine …«

»Nicht lange«, rettete er sie aus dieser peinlichen Situation und zeigte eine Reihe strahlend weißer Zähne. »Bin eben erst eingetroffen.« Er deutete mit dem Zeigefinger auf etwas, das ihm über dem Arm hing. »Ich fahre bald nach Italien zu meiner Familie und suche ein Geschenk für meine Mutter. Größe 152, glaube ich.«

Jetzt musste Jule lachen. »Oh, deine Mutter muss sehr klein und schlank sein. 152 ist eine Kindergröße.«

»Schlank? Sie ist total dick. Wie Mamas eben so sind. Großer Busen, großer Hintern, großer Bauch. Schön zum Reinkuscheln für Papa.« Er umschrieb mit seinen Armen den ungefähren Umfang seiner Mutter und brachte Jule dadurch noch mehr zum Lachen. »Ach, Marcello, du bist herrlich.«

»Ja«, säuselte er mit spitzen Lippen, »das sagen sie alle. Darf ich dich auf einen Cappuccino oder einen Eisbecher einladen? Um die Ecke ist die beste Eisdiele Mannheims. Und der Regen hat aufgehört.«

»Der Schwarzwaldbecher ist eine Sünde«, schwärmte Jule keine zwanzig Minuten später und löffelte den letzten Rest Vanilleeis mit Kirschen aus dem weizenbierglasgroßen Becher.

Marcello streckte die Hand aus und nahm ihr mit dem Zeigefinger etwas hängengebliebene Sahne vom Mundwinkel. »Genauso wie du.«

Jule absorbierte seine Worte. »Ja, aber ich mache nicht dick«, zwinkerte sie ihm zu.

»Du machst etwas anderes als das. Du bringst mein Herz zum Schmelzen, so wie die Sonne das Eis, Bella Juliana.« Er nahm ihre Hände in seine und Jule verschluckte sich an der Kirsche. Er musste aufstehen und ihr auf den Rücken klopfen. Endlich ließ der Hustenanfall nach.

Bella Juliana.

Wie sanft und wohlklingend ihr Name aus seinem Mund geklungen hatte. Am liebsten hätte sie ihn gebeten, das noch einmal zu sagen. Noch bevor sie diesen Gedanken zu Ende denken konnte, ergriff er ihre Hände und sah sie eindringlich an.

»Begleite mich nach Italien. Mama wird von dir begeistert sein.« Seine dunklen Augen schickten eine Wärme durch ihren Körper, die ihr unbekannt war und ihr gleichermaßen schmeichelte, wie bestürzte. Sie hatte es bereits geahnt, es jedoch als albernes Geplänkel unter Kollegen abgetan. Oha, dachte sie erschrocken, der Mann ist tatsächlich in mich verliebt. Langsam zog sie ihre Hände zurück und griff verlegen nach einem Eislöffel.

»Du weißt, dass ich in einer festen Beziehung bin, Marcello?« Sie konnte ihn nicht ansehen. Sollte sie aufspringen und ihn umarmen, wiegen und trösten, ihm sagen, dass die Richtige auf ihn wartet und sie es nicht sein darf? Ja, das sollte sie tun. Und trotzdem, nur, um das Schimmern des Glücks auf seinem Gesicht zu sehen, nur, um ihn nicht verletzen zu müssen, hätte sie ihm am liebsten zugesagt, ihn in seine Heimat zu begleiten. Wenn sie ehrlich zu sich selbst war, hatte der Gedanke etwas von einem Sprung in kühles Poolwasser, nachdem sich der Körper in der Hitze aufgeladen hatte. Eintauchen, abtauchen, untertauchen. Eine sehr verlockende Vorstellung. *Bella Juliana.*

»Dieser Schnösel? Das ist doch kein Mann für dich, Bella. Du musst lachen, Sternschnuppen fangen und mit nackten Füßen bei Vollmond am Meer spazieren. Geh mit mir nach Italien.« Er zupfte eine Margerite aus der kleinen Vase und streckte sie ihr hin, dabei verzog er seine Lippen zu einem Schmollmund.

Kein Zweifel, er brachte sie zum Lachen. Und doch …

»Marcello«, sie nahm die Blume und roch daran. »Du bist ein wunderbarer Mann, einer, den sich jede Frau wünscht. Und wenn ich nicht mit Simon zusammen wäre …«

Ja, was wäre dann? Dann würde sie mit ihm durch Olivenhaine spazieren und Spaghetti bei Mama essen. Sie würden am Strand Sterne zählen und das türkisblaue Kleid in der sanften Brise Italiens wehen, sie würden …

Er winkte ab. »Ich verstehe, meine Schöne, ich verstehe. Da kann ich nichts machen, hm? Kein bisschen?«

Unsanft fühlte Jule sich aus einem Traum gerissen, strich mit einer fahrigen Bewegung ihr Haar zurück und schüttelte den Kopf.

»Leider nein.«

Was war nur mit ihr los? Erst die unbekannte Lust auf Buntes und nun solche Gedankengänge. Im Geiste zählte sie die Tage zwischen den Tagen ab. Klar, zwei Wochen war es her. Die Hormone spielten verrückt. Und das Wetter sowieso. Der Regen hatte aufgehört und die Sonne schien vom Himmel.

Er seufzte auf und sah sie traurig an. »Schade. Nun, das Leben muss weitergehen, nicht wahr? Möchtest du noch einen Cappuccino?«

»Ich glaube, ich möchte jetzt gehen, Marcello. Habe heute noch einiges zu tun.« Wie zur Bestätigung hob sie die Einkaufstaschen hoch.

Nachdem er gezahlt hatte, fragte sie sich, woher Marcello ihren Simon wohl kannte. Soweit sie wusste, hatten sich die beiden niemals gesehen, geschweige denn, sich unterhalten. Sie fragte nach.

»Lass mich überlegen.« Er legte einen Zeigefinger an die Stirn und blickte zur Decke, als ob dort die Lösung verborgen läge. Dann schnipste er. »Ich hab´ s. Irgendwann im Frühjahr brachte er dich in die Firma. Dein Auto war kaputt? Ja, so war es. Und da habe ich euch gesehen. Dich und den … »

»Schnösel«, vervollständigte sie lachend. Ja, ihr Auto war zwei Tage in der Werkstatt und Simon hatte sie einmal gefahren. Genau einmal. Aber nicht abgeholt. Das hatte sie völlig vergessen.

Gemeinsam schlenderten sie die Fußgängerzone bis zu dem Parkhaus, in dem Jules Wagen stand, und sie wurde das Gefühl nicht los, etwas verschwitzt zu haben. Es wollte ihr nicht mehr einfallen.

»Darf ich dich wenigstens einmal in den Arm nehmen?« Marcello hatte sie bis zum Wagen begleitet. »Schließlich ist es schon kurz vor acht Uhr abends, da lässt man zauberhafte Frauen nicht alleine durch Parkhäuser laufen.« Er breitete die Arme aus.

Welche Frau konnte diesem Charmeur etwas abschlagen? Sie nickte, und er drückte sie sanft an sich, vergrub seine Nase in ihrem Haar. Zum Glück hatte sie Einkaufstüten in den Händen. Sie hätte ihn gar nicht umarmen können, selbst wenn sie es gewollt hätte.

»Das war schön, Bella Juliana.« Er hauchte ihr bei jedem Wort einen Kuss auf Augenbrauen, auf die Nase, auf die Stirn. Da war sie wieder, diese Musik in seiner Stimme.

Die Abendsonne schickte ihre letzten orangefarbenen Finger über die Baumwipfel. In ihrer Wohnung angekommen, entfernte sie die Etiketten von den Errungenschaften. Leichter Zweifel keimte in ihr auf. Ob sie die bunten Kleidungsstücke jemals tragen würde? Vielleicht hatte sie im Rausch der Farben einfach übertrieben, und die graue Wolkendecke sie dazu inspiriert, mit grellen Tönen gegen sie anzukämpfen. Sie seufzte, hielt eine quietschgrüne Bluse mit kurzen Ärmeln hoch und legte den Kopf schief. Jeans dazu? Behände schlüpfte sie in Jeans und Bluse und drehte sich vor dem Spiegel. Die

Farbe verlieh ihr Frische, Jugend und eine Prise Frechheit. Sie mochte sie. Zufrieden begann sie, die Bluse aufzuknöpfen, als es an der Tür klingelte.

»Verzeihen sie die späte Störung. Mir fehlt ein Ei.«

Vor ihr stand ihr Nachbar Daniel Rose und streckte ihr seine Hand wie ein Bettler entgegen.

»Oh, das tut mir aber leid. Aber selbst mit nur einem kann man schöne Kinder machen.«

Er stockte und lachte kurz darauf auf. »Nein, nein. Ich mache Frikadellen und hatte nur noch eines, brauche aber zwei. Im Übrigen steht Ihnen die Bluse sehr gut. Tolle Farbe.«

Was war heute los? Vor ihr stand der zweite Mann, der sie zum Lachen brachte. Und genau das tat sie jetzt, sie lachte aus vollem Hals. Daniels Blick wechselte von bittend zu unsicher. Wie ein kleiner Junge, der nicht wusste, was er angestellt haben sollte.

»Im Übrigen, lieber Daniel, waren wir bereits beim Du. Des Weiteren kenne ich jede Menge Männer, gerade in den oberen Hierarchien, die nicht nur beim Frikadellenzubereiten keine Eier haben.« Sie lachte immer noch.

»Oh …« es hatte ihm die Sprache verschlagen.

»Moment, ich hol dir eines.«

Kurze Zeit später drückte sie ihm ein Ei in die Hand, »Geschenkt. Auf gute Nachbarschaft«, und schloss die Tür, ohne eine Antwort von ihm abzuwarten.

Ein knallrotes T-Shirt mit goldenem Riesenherz in der Mitte, ein türkisfarbenes Lieblingskleid, eine grellgrüne Bluse, eine grünblaue mit Stickereien, diverse Shirts in Bonbonfarben, orangegelb gestreifte Flip-Flops, eine

weiße Stoffhose, eine weiße Jeans, zwei bunte Sommer-
schals. Eine ansehnliche Ausbeute.

Jule griff sich mit der Hand an den Kopf. Sie hatte die
Reizwäsche vergessen. Womit sollte sie Simon morgen
überraschen?

Nun, da würde wohl jetzt nichts draus werden. Sie
blickte zur Uhr. Zu spät, um noch einmal nach Mannheim zu fahren. Sie könnte das am darauffolgenden Tag
nach Feierabend erledigen. Ja, das würde sie tun.

Zufrieden streifte sie die Bluse ab und schlüpfte aus
der Jeans. Es war zu warm für Jeans, selbst jetzt noch zu
später Stunde. Sie öffnete die Balkontür und alle Fenster. Die dichte Wolkendecke hatte sich verzogen. Morgen würde ein strahlender Sommertag werden, und sie
beabsichtigte, ihr Kleid zu tragen. Türkis. Ihre neue
Lieblingsfarbe.

Es klingelte. Schon wieder. Und sie hatte nichts an bis
auf BH und Slip. Schnell streifte sie das rote Shirt über,
das ihr bis zu den Oberschenkeln reichte, und öffnete
die Tür. »Fehlt dir noch ein Ei?«

»Äh, nein. Soweit ich weiß, habe ich beide.« Simon
stand vor ihr. Sein Blick glitt an ihr herunter und seine
Lippen verzogen sich zu einem spöttischen Lächeln.
»Was ist das denn für ein Lumpen?«

Jule stemmte eine Hand in die Hüfte. »Das ist eines
meiner neuen Shirts. Ab jetzt trage ich bunt. Aber
komm doch rein. Ist was passiert, oder warum tauchst
du unangemeldet auf?« Ihr Herz klopfte. Simon schaffte
es immer noch, sie zu verunsichern. Und sein Erscheinen hatte sie kurzfristig aus der Bahn geworfen. Er

brachte ihre Planung durcheinander. Sie war nicht geduscht, ihr Make-up hatte sich bereits am Nachmittag verflüchtigt und die Einkäufe lagen wild verstreut auf dem Fußboden herum. Nicht auszudenken, wenn sie an die Reizwäsche gedacht hätte. Die läge jetzt ebenfalls auf dem Parkett. Nervös nestelte sie an sich herum und schloss die Fenster.

»Ich hatte Lust, dich zu sehen, mein Herz.« Er nahm sie in den Arm und küsste sie.

»Aber wir sehen uns doch morgen?« Jule kicherte und wand sich aus der Umklammerung. »Da hätten wir den Abend und auch die Nacht.«

Er schob sie auf Armlänge von sich und sah sie gespielt entrüstet an. »Du glaubst doch nicht etwa, ich will Sex? Appetit für morgen holen genügt mir, Frau Lobenstein. Nun, vielleicht hättest du ein Gläschen Wein für mich? Und danach verabschiede ich mich auch schon wieder. Und du könntest dir etwas Angemessenes anziehen.« Simon ging ins Wohnzimmer, setzte sich an den Tisch und steckte sich eine Zigarette an.

»Seit wann rauchst du wieder?« Sie hasste Zigarettenrauch. Ganz besonders an Simon. Es überdeckte seinen herben, männlichen Geruch. Trotzdem hatte sie sich in ihn verliebt, damals, vor zwei Jahren. Sechs Monate später hatte er den Zigaretten abgeschworen.

»Der Stress.« Er blies den Rauch in die Luft, »Diese Woche war die Hölle. Ein Meeting jagte das nächste und der Investor bestand darauf, rauchen zu dürfen. Das konnten wir ihm nicht abschlagen.«

»Und du wolltest ihn nicht alleine qualmen lassen …«

»Ja«, lachte er, »So ungefähr. Hast du Rotwein da? Trocken? Vielleicht einen Shiraz?«

Zehn Minuten später trat sie in Jeans und Shirt aus der Küche und stellte zwei Gläser und eine Flasche Rioja auf den Tisch. Simon stand an dem Regal und drehte ein Gläschen mit Sand in den Händen, schüttelte leicht den Kopf, stellte es zurück und nahm das nächste. Dann schien er sie bemerkt zu haben. Er hielt das Schraubglas mit feinem tunesischen Wüstensand in die Höhe. »Bist du nicht ein bisschen alt für so einen Kinderkram?« Achtlos stellte er das Glas auf den Tisch und griff nach der Flasche. »Kein Shiraz?«

Jule verneinte, hob die Schultern und setzte sich zu ihm. Simon schenkte ein und hob sein Glas gegen das Licht, anschließend roch er daran. »Ich mag Rioja nicht … aber«, er zwinkerte ihr zu, »für dich trinke ich ihn sogar, mein Liebling. Zum Wohle.« Nach dem ersten Schluck verzog er das Gesicht. »Gar nicht so schlecht.«

»Du lügst ja«, grinste Jule.

»Stimmt.« Er tätschelte ihren Oberschenkel, nahm ihre Hand und hauchte einen Kuss darauf, »Nur für dich.«

Darauffolgend erzählte er von dem Investor, der sich sehr bedeckt gab, Umsatzzahlen forderte und eine Aufstellung der Events der letzten Jahre einsehen sowie deren Rentabilität wissen wollte. Ein sehr, sehr penibler Investor. Grauenhaft. Ganz fürchterlich. Und nur Jules Anblick hätte ihn, Simon, an diesem Abend erfreuen können. Auch ohne Shiraz. Dann stand er auf und kam mit einem Blick, den sie nur zu gut kannte, auf sie zu. Den Wein hatte er nicht mehr angerührt, dafür drei

Zigaretten geraucht. Sie würde die Wohnung wochenlang lüften müssen.

»Ach, komm her, du …«, raunte er heiser, zog sie an sich und seine Zunge wühlte sich in ihre Ohrmuschel. Mit einem geübten Handgriff öffnete er ihren BH. Hart presste er sich an sie, führte ihre Hand zu seiner Hose.

Nein, bei allem, was recht war. Heute nicht. Sie fühlte sich einfach zu müde. Und Lust hatte sie auch keine, was sie zugegebenermaßen wunderte, da sie sonst immer Lust auf Simon hatte. Aber … sie verabscheute Zigarettenrauch. Sie schob ihn weg. »Heute nicht, Simon, wir haben doch morgen …«.

»Jaja, morgen.« Er wich zurück und griff nach seinem Schlüssel. »Dann werde ich mal …«

Es klingelte. Simon sagte: »Ich gehe. Bin sowieso auf dem Weg.«

Jule trug die Gläser in die Küche. Wer mochte um diese Uhrzeit bei ihr klingeln? Doch nicht etwa …

»Sie wollen was?«, hörte sie Simon unfreundlich bläffen. Sie eilte in den Flur.

»Noch ein Ei, wenn es keine Umstände macht. Mir ist das andere runtergefallen.« Daniel stand vor der Tür, ein Geschirrtuch hatte er in die Jeans gesteckt und immer wieder wischte er sich die Hände daran ab. »Und sie sind …?«

»Frau Lobensteins zukünftiger Gatte. Grasser. Simon Grasser.« Jule registrierte, wie Simon Daniels Aufmachung abschätzig betrachtete und dieser ihm die Hand hinstreckte.

Hatte er eben *künftiger Gatte* gesagt?

»Freut mich, Simon. Ich bin Daniel. Von nebenan. Gerade eingezogen. Mir fehlt es noch vorne und hinten, haha.«

»Ja, das dachte ich mir bereits«, rümpfte Simon die Nase, schüttelte Daniels Hand und zog sie daraufhin so schnell zurück, als hätte er eine heiße Herdplatte berührt. »Igitt, was ist das?«

»Hackfleisch. Deswegen brauche ich das Ei.«

Jule gluckste und rief: »Kommt gleich.« Sie rannte in die Küche und griff sich ein Ei sowie eine Rolle Küchentücher. Simon ignorierte die Papierrolle und zog sich ins Badezimmer zurück, um sich die Hände zu waschen.

»Das wird dein Mann?«, flüsterte Daniel. Jule nickte, zupfte ihm ein blondes Haar von der Schulter, das lose auf dem T-Shirt lag, und schob ihn aus dem Türrahmen. »Ja, und jetzt geh Frikadellen machen.« Sie schloss die Tür hinter ihm und atmete auf. Welch ein Tag.

Im Badezimmer lief immer noch das Wasser, und Jule begann, die erworbenen Kleidungsstücke nach Farben zu sortieren, denn sie durften auf keinen Fall zusammen gewaschen werden. Diese Tätigkeit lenkte sie von dem Gedanken ab, wieso die Umarmung Simons ihr gespielt erschienen war, und weshalb sie sich danach nicht gut gefühlt hatte, wie sie es eigentlich sollte. Und wo war die Lust geblieben, mit ihm Sex zu haben? Etwas hatte gefehlt. Nur was?

Simon trat zu ihr und warf das benutzte Handtuch in die noch leere Wäschekiste, die sie soeben aufgeklappt hatte. »So, du trägst ab jetzt bunt?«

»Ja«, sie strahlte, kniete sich neben die Kiste und zog das türkisfarbene Kleid aus dem Stapel der auf dem Boden sortierten Errungenschaften, »Schön, nicht?«

»Schön? Na ja, wem es gefällt. Ich finde, dass dir dunkle Töne besser stehen. Dieses hier wirkt so, so …«

»Lebensfroh? Unbeschwert?«, versuchte sie zu helfen.

»Nein. Eher billig. Und die Farbe ist grauenhaft.«

Enttäuscht ließ sie das Kleid auf ihren Schoß sinken. Billig? Sie hatte über einhundertfünfzig Euro dafür bezahlt. Es war alles andere als billig. Nicht einmal günstig war es gewesen. Morgen hatte sie es anziehen wollen. Nur mit Mühe unterdrückte sie die Tränen, die brennend heiß aufstiegen. Simon bemerkte es nicht.

»Ach, das wird dich interessieren, Jule: Der Investor für ein neues Event scheint schließlich doch angebissen zu haben. Morgen treffen wir uns. Ich hoffe, es wird das letzte Gespräch sein. Dann ist alles in trockenen Tüchern. Ist das nicht toll? Toll ist das. Tja, ich gehe dann jetzt. War schön mit dir. Bis morgen Abend, mein Schatz. Acht Uhr.« Ohne eine Antwort abzuwarten, tätschelte er ihr fahrig die Wange und legte die Arme um sie, nein, eigentlich hängte er sie wie nasse Lappen um ihre Schultern und drückte ihr einen Kuss auf den Scheitel. Unwillkürlich blitzte der Vergleich mit Marcellos Umarmung auf. Sanft, zärtlich war diese gewesen. Als hätte er etwas Wertvolles, Zerbrechliches in seinen Armen gehalten, von dem er sich nur ungern wieder gelöst hatte.

»Ja, bis morgen.« Sie begleitete ihn nicht mehr zur Tür und stellte das kleine Glas mit der liebevollen und mit

Herzchen versehenen Etikettierung »Tunesien, Djerba, 2011« ins Regal zurück. Ihr erster Urlaub mit Simon.

Sicher war er angespannt wegen des Termins mit dem Investor.

Sie legte die Kleidung säuberlich auf einen Stapel, sortierte sie anschließend erneut nach Farben. Morgen würde er wieder der zärtliche Simon sein. Wieso legte sie die Klamotten zusammen, die noch gewaschen werden mussten? Und sie würde es kaum erwarten können, ihn zu spüren. Oder? Ihre Gedanken drehten sich im Kreis, sie griff zum Telefon und rief ihre Freundin an. Die Enttäuschung über bunte Kleidung, nicht vorhandene gute Weine und lieblose Umarmungen brach wie ein Schwall aus ihr heraus. Wie erwartet reagierte Maike entrüstet und ließ kein Schimpfwort aus, um Simon zu beschreiben. Doch anstatt ihr zu widersprechen, hörte sich Jule alles an, was Maike sagte. Es war nichts anderes, als die letzten Male und doch schienen ihre Worte gewichtiger zu sein. Etwas hatte sich verändert, doch sie konnte es nicht fassen. Und dieses Ungreifbare ängstige sie.

*

»Ein Salamibrötchen mit Ei und ein Dinkelbrot, bitte.« Elisa stand im Jogginganzug in der Bäckerei um die Ecke des Wohnblockes und freute sich auf den Geschmack in ihrem Mund. Im Himmel war Nahrung überflüssig, auf der Erde lebensnotwendig. Eine tolle Sache.

Die Uhr schlug sechs Uhr, Freitagmorgen, und sie hatte einen Bärenhunger. Das Salamibrötchen würde sie mit ins Büro nehmen, vorher jedoch mindestens zwei Scheiben des noch lauwarmen Dinkelbrotes zum Frühstück zu sich nehmen. Wenn sie etwas im Himmel vermissen würde, dann war es dieser nussige Dinkelgeschmack. Sie zahlte und eilte in ihre Wohnung zurück. Kurze Zeit später saß sie am Küchentisch und biss wohlig aufstöhnend in eine fingerdick mit Butter bestrichene Scheibe Dinkelbrot.

»Schmeckt es?«

Elisa verdrehte die Augen. Gabriel. Wo hatte er sich dieses Mal projiziert? Sie sah zum Fenster. Nichts. Auf der Scheibe des Backofens vielleicht?

»Ich bin hier.«

»Wo?«

»Mikrowelle.«

»Sag das doch gleich.« Sie drehte sich auf dem Stuhl um und blickte nach oben. Die Mikrowelle war in einen Oberschrank eingebaut. »Was ist los, Gabriel?«

»Nichts, nichts. Wollte nur mal hören, wie es dir so geht. Alles klar soweit?« Er zog die Brauen hoch und spitzte seine Lippen.

»Gabriel, du schwindelst. Mach mir nichts vor.« Sie wedelte mit dem Buttermesser.

»Okay, warte.« Er blickte sich um, als wollte er sich vergewissern, alleine zu sein. »Gut, die Luft ist rein. Ich …«

»Die Luft da oben ist immer rein, Gabriel. Du solltest mal hier unten eine Nase voll nehmen. Beispielsweise dann, wenn der Hausmeister Schmöllinger im Aufzug gefurzt hat.« Dinkel schien gute Laune zu machen. Sie schmierte sich ein weiteres Brot.

»Jetzt hör doch mal zu, Elisa. Du brauchst Hilfe, richtig? Jules Fall ist schwieriger, als du dachtest, oder?«

Sie hielt inne und blickte ihn skeptisch an. »Was willst du mir damit sagen?«

»Hm, ich könnte zu dir kommen und helfen. Aber das darf niemand erfahren.«

Wie von selbst glitt das Messer in die Butter. Sie ließ es dort stecken und kicherte. »Klar, darf niemand erfahren. Halloho, Gabriel? Gott sieht alles, weißt du noch?«

»Im Moment hat er ein anderes Problem, um das er sich kümmern muss. Viele Menschenleben stehen auf dem Spiel. Er will persönlich eingreifen.« Gabriels Züge wurden ernst. Er erklärte ihr, dass der Vulkan auf der griechischen Insel Santorin auszubrechen drohte. »Im Moment setzt er alles daran, dies zu verhindern.«

»Puh, ich will hoffen, dass es ihm gelingt.«

Gabriel nickte. »Ja, tun wir alle.«

Elisa schüttelte den Kopf. Gabriel konnte das nicht ernst meinen. Und ihr lief die Zeit davon. Nächste Woche Sonntag würde Jule bei Simons Eltern zu Gast sein. Hier lag der Wendepunkt der Geschichte. Danach würden sie sich verloben. Das durfte sie nicht zulassen. Außerdem musste sie in einer halben Stunde im Büro sein. Und der Engel, der sie unterstützen sollte, hatte Flausen im Kopf.

»Keine Chance, Gabriel. Du bist ein Betaengel. Selbst, wenn du Josie überreden könntest, dich einzukleiden und dir den Erinnerungstrank besorgtest, es wäre dir gar nicht möglich. Leider.«

»Ich kann niemals auf die Erde? Ich hoffte, das ist nur am Anfang so.« Elisa wunderte sich, dass er das noch nicht wusste. »Nein, tut mir leid. Armer Gabriel.« Sie streichelte das Gesicht auf der Oberfläche der Mikrowelle.

»Schade«, sagte er betrübt, »Ich wäre gerne bei dir gewesen und hätte geholfen.«

»Hilf mir von oben, Gabriel. Gott hat sich schon etwas dabei gedacht, meinst du nicht?«

Er zuckte mit den Schultern, seufzte und verabschiedete sich ungewöhnlich schnell und sonderbar still. Die Mikrowelle war wieder nur eine Mikrowelle.

Elisa schnitt ein weiteres Dinkelbrot vom Laib und biss hinein. Nur noch eine Woche. Brauchte sie Hilfe? Josies Worte drängten sich in ihr Bewusstsein: Erfolglose Engel mussten als gewöhnliche Menschen ohne ihre Gabe auf der Erde leben, die Höchststrafe, oder eben Wolken putzen. Was, wenn da etwas dran wäre? Himmelnocheins, sie musste diesen Auftrag unter allen Umständen erfolgreich abschließen. Nachdenklich zog sie ein Kleid an und schlüpfte in die goldfarbenen Schuhe mit der Stoffblume darauf.

Ein Mensch mit Engelskräften allerdings wäre eine brillante Sache, überlegte sie. Hastig spülte Elisa das Brot mit einem Schluck Wasser hinunter. Die Gedanken drehten sich ihn ihrem Kopf. Nein, das konnte nicht sein, so erbarmungslos und grausam handelte der Herr nicht, Josie musste geschwindelt haben. Aber das schloss die Existenz von Engel auf Erden nicht aus, oder? Es gab sie, die in Ungnade gefallenen Engel oder solche, die sich durch besondere Taten ausgezeichnet hatten und freiwillig auf der Erde wandelten. Alphaengeln stand diese Möglichkeit sicher offen. Sie musste den Herrn fragen, brauchte Gewissheit. Später. Jetzt musste sie los.

Im Büro herrschte eine angenehme Stille. Laut ihrem irdischen Boss, war der Monat August aufgrund der Schulferien einer der geruhsamsten des Jahres, da sich beinahe ein Drittel der Belegschaft in den Ferien befand. Noch war es einsam auf der Etage, aber das würde sich in absehbarer Zeit ändern. Elisa rührte Zucker in den Milchkaffee und fragte sich, wie sie das Vertrauen Jules wiedergewinnen konnte, denn offenbar hatte sie es verloren, vorausgesetzt, sie hatte es überhaupt besessen. Verdammt. Nein, sie sollte nicht fluchen. Und doch: verdammt! Schwierige Situation. Ihr Schützling ignorierte alle Fingerzeige, stellte Simon Grasser auf ein Podest, und schuf damit sehenden Auges die gleiche Konstellation, der vor neun Jahren Jules Mutter gegenübergestanden hatte.

Seufzend öffnete sie den Internetbrowser und gab die Suchbegriffe *Vulkan* und *Santorin* ein. Der Vulkan hatte sich zum Glück beruhigt. Aktivität null, Zustand: ruhend. Gefahr abgewendet. Sie freute sich. Zum einen für die erretteten Menschen, zum anderen, weil sie die brennende Frage, die seit einer knappen Stunde in ihr brannte, an den Herrn richten konnte. Schnell malte sie ein *G* auf den Bildschirm und Gott erschien umgehend. Er lächelte sie an, und noch bevor sie ihre Frage stellen konnte, beantwortete er sie bereits. War klar, oder?

Wenig später blätterte sie einen Stapel Papier durch. Brenner hatte sie verdonnert, Bewerbungsabsagen zu schreiben. Der Brief lag als Vorlage mit bereits bestehendem Text in einer Datei, sie musste nur die restlichen dreizehn Adressen und Namen einsetzen, speichern, ausdrucken, abschicken und ablegen. Sie öffnete die Datei mit dem Namen »Standardabsage«, als der Hall fester Schritte auf Linoleumboden sie erreichte. Das musste Ulli sein.

»Guten Morgen, meine liebe. Wohl geschlafen?«

Ulli schnaubte in ihrer unverwechselbaren Art Luft durch ihre Nase und pfefferte ihren Rucksack unter den Schreibtisch. »Beschissen geschlafen. Danke.« Sie sah sich um. »Ist Jule noch nicht da?«

Wie auf Anweisung klingelte Ullis Telefon. Elisa beobachtete, wie Ulli das Gespräch entgegennahm, sich den Hörer zwischen Schulter und Kinn klemmte und den PC einschaltete. »Aha, ja. Kein Problem, ich erstelle den Antrag für dich. Ist sowieso nichts los hier. Wünsch dir was, Jule.« Sie legte auf und sah Elisa an. »Na super, sie nimmt heute Urlaub. Dabei wollte ich mir das Mädel heute mal ordentlich zur Brust nehmen und ihr klarmachen, was sie da für einen Widerling an Land gezogen hat. Mist, blöder. Das wäre mir heute gerade recht gekommen.« Elisa umfasste die Tasse mit dem mittlerweile kalten Milchkaffee, nahm einen Schluck und angesichts Ullis Passion beglückwünschte sie Jule zu der Entscheidung, heute zu Hause zu bleiben.

»Warum heute? Ist etwas vorgefallen? Habe ich was verpasst?«

»Verpasst? Das kannst du laut sagen!« Ulli schlug mit der Hand auf die Tischplatte, lehnte sich anschließend zurück und legte die Beine auf den Schreibtisch. »Wie gesagt, Scheißnacht. Ich habe …«, sie verschränkte Hände im Nacken, »ich habe seine Adresse in Mannheim rausbekommen. Liegt praktischerweise unter Jules Schreibtischauflage. Bin also dort vorbeigefahren. Gestern gegen elf Uhr nachts. Er ist mit einer Art schwarzhaarigem Unterwäschemodel aus dem Auto ausgestiegen und in seine Wohnung gegangen, dieser Linkswichser! Mal ehrlich, Elisa, die meisten Männer denken doch nur zwischen den Beinen. Der betrügt unsere Jule und sie will es einfach nicht wahrhaben. Ich kann mir beim besten Willen nicht vorstellen, dass sie so dämlich ist und sich betrügen lässt oder auf seine Lügen hereinfällt. Du etwa?«

Elisa legte eine Hand auf ihre Brust und tat überrascht. »Er hat sie tatsächlich mit einer anderen Frau betrogen? Du hast es gesehen?«

»Jap.« Ulli formte Kügelchen aus Papier und versuchte, in den Mülleimer zu treffen. »Hab ich. Dem gehört das Handwerk gelegt, die Eier abgeschnitten, der noble Wagen in Brand gesetzt, das …«

»Ulrike!«

»Ist doch wahr, Elisa«, Ulli hebelte die Füße vom Tisch und stütze die Ellenbogen auf, »Jule soll es nicht so ergehen wie mir. Keine drei Jahre ist es her, da stand ich mit genauso einem Typen in der Kirche. Und dann erschien vor dem Altar eine seiner Liebschaften, brünett, vollbusig, das Gegenteil von mir, und flehte ihn an, die Hochzeit abzublasen. Das musst du dir mal reinziehen. Natürlich habe ich die Kirche sofort verlassen und die Hochzeitsreise nach Kanada ohne Ehemann angetreten. Danach kam heraus, dass mein werter Bräutigam alles vögelte, was nicht bei drei auf den Baum kletterte. Und dieser Simon hat die gleiche Aura, diesen suchenden, abschätzigen Blick, dieses ölige Haar, diesen Hang zum Perfektionismus. Und er versetzt sie am laufenden Band. Das alles kommt mir sehr bekannt vor und ich fresse Brenners Joggingschuhe, wenn der Arsch nicht genauso einer ist wie damals Jorge Butterfass. Blöder Name, ich weiß. Sag jetzt nichts dazu, bitte.«

»Ich fürchte, meine Sportschuhe bekämen ihnen nicht sonderlich gut.« Unbemerkt war Brenner ins Büro getreten, hielt eine Akte unter dem Arm und grinste Ulli an.

Elisa stellte überrascht fest, dass eine unübliche Röte Ullis Wangen überzog, bevor sie eine verlegene Entschuldigung herausstotterte. Brenner legte Ulli die Unterlagen auf den Tisch und tätschelte ihr die Hand. »Vielleicht sollten wir mal gemeinsam eine Runde joggen und anschließend servieren wir uns gegenseitig unsere Treter, was meinen Sie, Frau Rehbach? Ich habe gehört, sie laufen regelmäßig. Wie wäre es mit einem firmeninternen Lauftreff? Keine schlechte Idee, oder? Gesunde Mitarbeiter sind gute Mitarbeiter.« Er zwinkerte und Elisa musste an sich halten, nicht laut loszulachen. Sie hatte Ulli in der kurzen Zeit, in der sie auf Erden wandelte, weder sprachlos noch schamrot gesehen. Jetzt erlebte sie beides auf einmal.

»Nun«, fuhr Brenner fort, »hier ist die aktuelle Vertragsänderung des Einkaufsleiters. Bitte im System erfassen. Danach kommen Sie zu mir und wir setzten ein Schreiben für die Belegschaft auf. Einmal die Woche wird es einen Joggertreff geben. Also ich finde das eine ganz hervorragende Idee.« Ulli nickte mit offenem Mund und Brenner verließ das Büro.

Elisa hielt es für angebracht, den für Ulli offenbar peinlichen Vorfall nicht weiter zu thematisieren und gluckste. »Du, hihi, hättest beinahe den Namen Butterfass getragen? Nicht dein Ernst.« Ein Papierkügelchen traf sie an der Stirn und sie sah Ulli grinsen. Offenbar hatte sie sich rasch wieder gefangen.

Nachdenklich fuhr Elisa mit dem Finger den Rand der Tasse ab. Sie wünschte, die Absagen wären bereits geschrieben, dann könnte sie ebenfalls Urlaub einreichen und zu Jule fahren. Einfach bei ihr klingeln, ihr so etwas sagen wie: *Jule, ich bin ein Engel und soll dir von Gott ausrichten, dass er dir dringend von einer Hochzeit mit Simon abrät, weil du mit ihm bis ans Ende deiner Tage unglücklich sein wirst.* Und dann abwarten, was passiert.

Nein, so funktionierte das nicht. Sie musste unerkannt bleiben. Trotzdem konnte sie ihr einen Besuch abstatten. Oder sie anrufen. Dennoch verlangte zuerst der Schriftverkehr nach ihr. Sie tippte die Adressdaten in die dafür vorgesehenen Zeilen, änderte den Namen und speicherte das Dokument. Diesen Vorgang wiederholte sie zwölf Mal, druckte die Briefe aus und bereitete sie für den Versand vor. Zumindest den irdischen Auftrag hatte sie erfolgreich ausgeführt.

Hätte sie nur Jules Handynummer. Wie gerne würde sie jetzt mit Jule telefonieren, oder besser noch, bei ihr sein, mit ihr reden, sie überzeugen. Mist, wie kam sie nur an diese Telefonnummer, ohne dass es auffiel? Ach, was soll's, sie würde einfach zu ihr fahren.

»Ulli«, verkündete sie entschlossen, »ich nehme mir ebenfalls Urlaub. Machst du für mich auch so einen … Antrag?«

»Ja, natürlich, gönnt euch nur alle ein verlängertes Wochenende. Die fleißige Ulrike hält hier die Stellung.«

Sie erklärte ihr, dass sie nicht im Entferntesten vorhatte, den freien Tag zu genießen, sondern Jule zu besuchen und mit ihr zu reden.

Wäre in diesem Moment Brenner nicht mit einer Aufgabe, die unbedingt noch heute zu erledigen wäre, in der Tür erschienen, Ulli hätte sich ihr schlichtweg angeschlossen. Stattdessen verstummte die forsche Ulrike auf der Stelle und verschwand mit Block und Stift in Brenners Büro. Vorher jedoch steckte sie ihr einen Zettel zu. »Falls Jule nicht zu Hause ist.«

Elisa faltete das kleine Blatt auseinander. Jules Handynummer.

Danke, Ulli.

Wie dem auch sei, es kam ihr zupass, alleine mit Jule zu reden. Die Frau benötigte kein Erdbeben, sondern eine sanfte Dünung, die sie unauffällig in die erforderliche Richtung schaukelte.

Als sie an Brenners geschlossener Bürotür Richtung Treppe eilte, hörte sie ein glockenhelles Frauenlachen aus dem Chefbüro. Das hörte sich nicht nach Ulli an. Es klang so … weiblich.

Eine halbe Stunde später klingelte Elisa an Jules Tür. Dann noch einmal. Nichts. Keine Jule. Dabei war es gerade mal neun Uhr. Wo mochte sie sein?

Plötzlich ging die Tür auf und ein blonder Mann mit einem Brötchen zwischen den Zähnen und einem Rucksack auf dem Rücken schob umständlich ein Fahrrad heraus. Elisa hielt ihm die Tür auf. »Entschuldigen Sie, Sie wissen nicht zufällig, ob Frau Lobenstein zu Hause ist?«

»Frau Lobenstein?« Er hatte das Mettbrötchen aus dem Mund genommen und stellte das Rad ab. »Sie ist vorhin weggefahren. Aber fragen Sie mich nicht, wohin. Ich nehme an, zur Arbeit.«

Elisa bedankte sich, ging zu ihrem Wagen zurück, und setzte sich hinter das Lenkrad. Ach, sie hatte ja die Telefonnummer. Hastig zog Elisa das Handy aus der Tasche und steckte es gleich darauf wieder zurück. Warum anrufen, wenn sie dadurch unter Umständen eine Absage riskierte?

Angestrengt dachte sie nach. Wo könnte Jule sich aufhalten? Nach einer Weile gab sie auf, Jule könnte überall und nirgends sein.

Elisa lehnte den Kopf hinten an und schloss die Augen.

Verdammt, Jule! Wo bist du?

Unerwartet schälte sich ein Bild aus der Schwärze hinter den Lidern heraus. Zunächst flüchtig, konturlos, in der Folge klarer und greifbarer. Schließlich erkannte sie Jule so deutlich, als stünde sie vor ihr, und wusste, wohin sie die der Weg führte.

So funktionierte das also? Über diese Fähigkeit hätte sie der Herr getrost unterrichten können. Sie fuhr los, lächelte in sich hinein. Das war deine Aufgabe gewesen, Elisa, sagte sie laut, er wollte, dass du es selbst herausfindest.

Und jetzt war er mit ziemlicher Sicherheit gespannt, wie sie diese Gabe nutzte.

Wunderbare Vorstellung

Der Kies knirschte unter Jules Füßen, als sie aus dem Schatten des dicht mit Efeu bewachsenen Laubenganges hinter dem Wasserturm heraustrat. Jule liebte diese Oase der Ruhe mitten in Mannheim, die den Verkehrslärm der Straßen rund um den Friedrichsplatz zu verschlucken schien. Hier fühlte sie sich wie in einen kaiserlichen Garten zurückversetzt. Sie schlenderte am Rand des gigantischen Wasserbeckens innerhalb der Parkanlage entlang, genoss die Morgensonne auf ihrer Haut und das beruhigende Spiel der Wasserfontänen.

In einer Stunde erst öffneten die Geschäfte. Nun, dann würde sie eben so lange hier sitzen, die Füße in das knöcheltiefe Wasser stecken und einfach nur nichts tun. Das tat sie sowieso viel zu selten. Nichts tun, nichts denken, nichts fühlen. Nur die Stille und das leise Murmeln des Wassers genießen. Und nachher würde sie … Nein. Nichts denken, nur aufnehmen, sich von der Natur um sie herum ein wenig Lebensqualität borgen. Sie schloss die Augen und streckte ihr Gesicht Richtung Sonne. Ihr Brustkorb hob und senkte sich gleichmäßig. Jule spürte, wie sie Ruhe vermisst hatte, und wie dringend sie Ruhe benötigte.

»Na, das ist ja ein Zufall. Hallo, Jule. Ach, ist das zauberhaft hier. Hast du heute auch Urlaub? Das ist der

Wasserturm, nicht wahr? Bin zum ersten Mal an diesem Platz. Darf man da drin auch baden?«

Der klare Klang Elisas Stimme stimmte sie sonst eher milde, heute nicht. Sie brauchte Ruhe, verdammt. Durfte sie nicht mal eine Stunde nur für sich sein? Sie öffnete die Augen und blickte Elisa an. »Hallo.« Das sollte jetzt missmutig klingen und Elisa signalisieren, dass sie unerwünscht war. Doch als das Wort ihre Lippen verließ, hörte es sich merkwürdigerweise vergnügt an.

Elisa zog ihre Schuhe aus. »Was hast du heute vor?«, fragte sie.

»Einkaufen«, antwortete Jule tonlos, schloss die Augen und streckte ihr Gesicht erneut zur Sonne.

»Schön. Darf ich mitkommen?«

Bitte? Adieu Ruhe, war schön mit dir. »Ja, wenn du willst?« Sie hob die Lider wieder. »Die Läden öffnen aber erst um zehn.«

»Das macht nichts.« Jetzt schloss Elisa die Augen. »Wir können hier gerne so lange sitzen und einfach nichts tun, nicht wahr? Die Sonne genießen, die Ruhe. Wir müssen auch nicht reden, wenn du nicht magst.« Und dann schwieg sie, ohne den Anschein zu erwecken, eine Antwort von ihr zu erwarten. Einfach so. Verblüfft runzelte Jule die Stirn und betrachtete Elisas Profil. Da war nur Ehrlichkeit in ihren Zügen, nichts Verschlagenes, nicht Bösartiges. Als wäre sie ein kleines Mädchen, das die Härte des Lebens noch niemals zu spüren bekommen hatte. Arglos und herzerfrischend. Jule spürte, wie der anfängliche Groll von ihr abfiel wie ein vertrocknetes Blatt, und der leichte Sommerwind trug ihn hinfort.

»Schöne Idee, Elisa. Genau das machen wir.«

So saßen sie nicht weniger als zwanzig Minuten nebeneinander und sagten kein Wort. Dann drängte es Jule,
ein Gespräch zu beginnen. »Wünschst du dir irgendwann Kinder, Elisa?« Die Augen hielt sie dabei
geschlossen.

»Mmh. Ich hätte gerne vier. Zwei Mädchen und zwei
Jungs. Und du?«

»Mädchen. Zwei. Vielleicht auch ein Junge dazu.«

»Mit Simon?«

Ein Windstoß fuhr Jule durch das Haar und wirbelte es
durcheinander. Sie griff in die Tasche, zog ein Haargummi hervor und band sich einen Zopf. »Schon mit
Simon. Nächste Woche stellt er mich seinen Eltern vor.
Ich bin nervös. Ob sie mich akzeptieren werden?«

Elisa hielt nach wie vor die Augen geschlossen und Jule
sah, wie sie lächelte. »Warum nicht? Du bist die perfekte
Schwiegertochter, nein? Du bist jung, siehst gut aus,
hast Umgangsformen, kleidest dich stets vorbildlich in
gedeckten, dunklen Farben und wirst sicher eine reprä-
sentative Gattin abgeben. Und natürlich eine liebevolle
Mutter«, schob sie hinterher. Jule ließ die Worte noch
auf sich wirken, als Elisa weitersprach: »Ach, stell dir
vor, niedliche kleine pausbäckige Kinderchen, die ihre
Händchen nach Papa austrecken, der sie lachend in die
Luft wirbelt. Wie sie jauchzen und ihre Augen glänzen.
Ist das nicht eine ganz wunderbare Vorstellung?«

Jule projizierte sich diese Szene vor ihr inneres Auge
und sah, wie Simon ein Kleinkind im Arm hielt und sich
an seinem Lachen erfreute. Irgendwas stimmte an die-

sem Bild nicht. Etwas passte nicht. Sie sah ein kleines Mädchen mit dunklen Locken und süßen, speckigen Beinchen. Und sie sah Simon im Bürooutfit. Das war es, was ihr unstimmig erschien. Sie hätte einen ungezwungenen Simon sehen sollen. Einen Simon in Jeans und Shirt und verstrubbelten Haaren, mit vom Toben im Spiel mit den Kinder geröteten Wangen. All das hatte sie nicht gesehen. Sie kniff die Lippen zusammen. Unsinn. Sie kannte ihn eben fast ausschließlich in Anzug und Krawatte. Ein durchaus gewohnter Anblick. Nur selbstverständlich, dass sie ihn so und nicht anders gesehen hatte.

Sie hob die Füße aus dem Wasser. »Willst du noch mit einkaufen gehen?«

Elisa öffnete die Augen. »Ach, Jule. Nicht böse sein. Ich möchte lieber hier bleiben, wenn das für dich in Ordnung ist.«

»Klar ist es das. Es ist sehr entspannend hier, gell? Genieße es einfach.« Sie setzte die Sonnenbrille auf. »Und, Elisa, danke. Du hast mir eben wirklich geholfen, auch wenn dir das nicht bewusst sein mag. Jetzt freue ich mich auf den Sonntag bei Simons Eltern und habe keine Bedenken mehr. Sie müssen merken, dass ich die Richtige für ihren Sohn bin. Und ich glaube, er könnte ein toller Vater sein. Danke.« Sie drückte Elisa die Hand und schlenderte los Richtung Bahnhof. Kurz vor zehn. Der Sexshop würde gleich öffnen.

*

144

Elisa starrte Jule hinterher. Bitte? Was hatte sie gerade eben gesagt? Sie wäre die Richtige für Simon? Elisa hatte das Gegenteil erreichen wollen.

Einer inneren Eingebung folgend hatte sie das Angebot Jules, sie zu begleiten, abgelehnt. Jule sollte mal alleine losziehen. Wie gesagt, nur ein Gefühl, eine dumpfe Ahnung, sie könnte einen für die Entwicklung der Geschichte günstigen Lauf durch ihre Gegenwart verhindern. Ihre Worte mussten sich bei Jule setzen und langsam Wirkung entfalten. Das brauchte Zeit.

Sie zog ihr Handy und malte ein G auf das Display.

»Das ging nur beinahe in die Hose, Elisa«, meldete sich Gabriel zu Wort. »Kopf hoch, das wird schon.«

Elisa nickte und tupfte sich mit dem Zipfel ihres Kleides die Stirn trocken. »Jule ist ein harter Brocken. Sie schafft es immer wieder, sich in die Tasche zu lügen und die Dinge so zu drehen, wie sie es braucht. Und mich beschleicht das Gefühl, als rede ich gegen eine Wand. Ich weiß, es ist nicht so, aber manchmal denke ich, ich schaffe diesen Auftrag nicht.«

Gabriel lachte. »Kein Grund zur Besorgnis, Elisa. Unsere Jule entfernt sofort jedes Saatkorn aufkommenden Zweifels und beschmiert die dunklen Stellen mit rosaroter Grütze, weil nicht sein kann, was nicht sein darf. Du hast einen denkbar schwierigen Auftrag erhalten für das erste Mal. Hab Geduld. Erst wird gesät, dann geerntet.«

Knapp eine halbe Stunde später schob Elisa einen Einkaufswagen durch den Supermarkt. Wahllos beförderte sie Süßigkeiten, Gemüse, Tee, Kaffee und Obst in den Wagen. Unterdessen grübelte sie über mögliche Szenarien, wie sie Jules innere Wandlung provozieren könnte. Es half alles nichts, sie brauchte Hilfe. Was sollte sie tun? Dumpf schob sie den Wagen durch die Gänge und gab zähneknirschend zu, mittlerweile zu jedem Strohhalm greifen zu wollen, der sich ihr bot. Konnte sie Marcello ins Spiel bringen? Einer, der sie auf andere Gedanken brachte? Ein heißblütiger, attraktiver Italiener. Ja, warum nicht? Gott hatte nicht erwähnt, welche Mittel sie nutzen durfte, oder? Und so ein bisschen Manipulation … Moment? Er hatte nichts dergleichen erwähnt, das hieß, sie durfte Hilfe annehmen. Er wollte es möglicherweise sogar. Warum sonst hatte er ihr so bereitwillig von den Engeln auf Erden erzählt, und dass manche ihre Kräfte zum Teil behalten durften, manche nicht. Abrupt blieb sie stehen. Das war es! Sie musste einen Erdengel ausfindig machen, der im Besitz seiner Engelskräfte war. Und wie? Nächstes Problem. Telefonbuch? Internet? Nach seltsamen Namen wie *Siebenwolk* suchen? Es blieb schwierig.

»Hey, du stehst im Weg rum. Wetter wird dadurch nicht besser, Liebelein.«

Erschreckt sprang Elisa ein kleines Stück zur Seite und drehte sich dabei um. »Entschuldigung. Tut mir leid, ich war in Gedanken und …«

Die ältere Frau lachte sie freundlich an, wirre rote Locken hingen ihr in das rundliche, mit Sommersprossen übersäte Gesicht. »Schon gut, Engelchen. Ist ja nix passiert. Aber in den Regalen hier findest du nicht, was du suchst.« Jetzt zwinkerte sie auch noch überaus auffällig. Elisa starrte sie an, als wäre sie … als wäre sie …

»Ein Engel. Richtig. Angenehm, Fiona. Und du heißt Elisa, nicht wahr?«

Elisa nickte sprachlos, nahm die angebotene Hand und schüttelte sie zaghaft.

»Hör mal, Schätzchen, brauchst keine Angst haben. Ich bin eine von den Guten. Hier, nimm das. Ist meine Adresse. Bin heute nur hier, weil mich ein Hilferuf erreicht hat. Rate mal. Hahaha. So. Jetzt muss ich weiter. Wir sehen uns Samstag um neun oder zehn, und du erklärst mir alles. Tschübidü, Hübsche.«

So schnell, wie sie aufgetaucht war, verschwand sie wieder. Elisa starrte auf den Zettel in ihrer Hand.

Fiona Himmelmann. Neckargmünd. Moment mal, welche Fähigkeiten hatte Fiona? Sie, Elisa, war schließlich auch ein Engel. Und sie benötigte keine Hilfe, von niemandem. Sie würde ihren ersten Auftrag auf eigene Faust lösen. Fiona Himmelmann. Dieser Name klang ähnlich bescheuert wie Siebenwolk.

Sie steckte den Zettel in ihre Handtasche und steuerte die Kasse an. Nicht ohne Stolz auf ihren ersten größeren Einkauf als Engel. Sie legte ihre Einkäufe auf das Band und räumte sie wieder in den Wagen. Die Kassierin nuschelte einen Betrag und Elisa gab einen Schein hin. »Stimmt so.«

Nach wie vor in Gedanken vertieft, verließ sie den Laden und hörte eine Frauenstimme rufen, dass fünfundsiebzig Euro Trinkgeld unüblich wären. Elisa lächelte. Welcher Idiot gab denn so viel Trinkgeld?

147

*

Jule beschleunigte ihren Gang und hielt ihre Hand fest auf die Stofftasche gedrückt. Darin befand sich ihre Errungenschaft, die sie heute Abend Simon präsentieren würde. Es musste nur noch gewaschen werden, per Hand natürlich. Und jetzt nach Hause. Sie wusste nicht mehr, wie viele Garnituren Reizwäsche sie in allen erdenklichen Farben und Materialien anprobiert hatte. Sie wusste nur, dass sie völlig fertig und Latex bei dieser Hitze nicht weiterzuempfehlen war. Ein überdimensionales Thermometer an einer Hauswand zeigte deutlich über dreißig Grad Außentemperatur an. Zum Glück stand ihr Wagen im schattigen Parkhaus. Sie atmete erleichtert auf, als ihr die Klimaanlage endlich etwas Kühle auf die Stirn blies. Aber da war sie bereits auf der Autobahn Richtung Heidelberg.

Keine dreißig Minuten später stand sie unter der lauwarmen Dusche und wusch sich den Staub der Stadt ab. Anschließend trank sie eine Flasche Mineralwasser. Erst danach fühlte sie sich ansatzweise erfrischt. Ihr stand der Sinn nach Schwimmen, den Kopf in kühles Nass tauchen und sich rücklings auf der Wasseroberfläche des Sees treiben lassen. Vielleicht später. Jetzt musste sie erotische Unterwäsche auswaschen und zur Belustigung der Nachbarschaft auf dem Balkon aufhängen. Sie könnte sie im Badezimmer lassen, aber würde sie bis heute Abend trocknen? Das Risiko war ihr zu groß. Sie schnitt die Etiketten von dem roten Slip, okay, der

Ahnung eines Slips, und dem schwarzroten Mieder ab und vermied es, auf die Preise zu sehen. Sie hatte bezahlt, sie musste nicht noch einmal daran erinnert werden. Die Schnürung sowie die biegsamen Stäbchen unterhalb der BH-Schalen zauberten eine Wespentaille. Im Laden hatte sie sich in der Korsage ausgesprochen sexy gefühlt, als sie es nun in der Hand hielt, überkamen sie Zweifel. Sie schielte zum Spiegel.

»Aus Juliane Lobenstein, brave Büromaus mit Pferdeschwanz, wird heute Abend die feurige Jule, die jedes Männerherz zum Schmelzen bringt. Die Damenwelt wird gebeten, den Angetrauten bis auf weiteres den Ausgang zu verwehren. In Falle der Nichtbeachtung sind Scheidungswellen nicht auszuschließen.«

Sie formte ihre Finger zu einer Schusswaffe und pustete auf den Zeigefinger. Simon hatte keine Chance. Er würde sie nicht wiedererkennen und ihr aus der Hand fressen.

Sie richtete ihre Aufmerksamkeit erneut auf das Mieder und den Slip und legte den mit Spitze besetzten Stoff in lauwarmes Wasser. Zum Auswaschen benutzte sie ein mildes Shampoo mit Pfirsichduft. Wenn sie vom Schwimmen zurückkam, würde alles trocken sein. Was sollte sie nur zu schwarzroter Unterwäsche tragen?

Keine zwanzig Minuten später lenkte Jule den Wagen schwungvoll in eine der spärlich vorhanden freien Parklücken vor dem Heidelberger Schwimmbad. Die Hitze drückte unerträglich und war kaum auszuhalten. Das ging offenbar nicht nur ihr so. Es schien, als wäre die gesamte Bevölkerung Heidelbergs auf der Suche nach Erfrischung. Vor dem Eingang schwitzten die Wartenden unter der sengenden Sonne, vollbepackt mit Taschen, Kühlboxen, Sonnenschirmen und quengelnden Kindern. Die Straße, die den Parkplatz vom Schwimmbad trennte, war stark befahren, viele erhofften sich einen Parkplatz in der Nähe. Es hupte und fluchte aus allen Richtungen, und alle fünfzehn Minuten hielt ein Bus, der erneut eine Ladung Besucher ausspuckte.

Jule schulterte ihre Badetasche, passte eine freie Stelle ab, rannte über die Straße und hatte sich soeben einen Platz in der Menschenschlange ergattert, als jemand ihren Namen rief. Sie drehte sich um. Auf der anderen Straßenseite stand Elisa, winkte und hielt mit einer Hand ihren Sonnenhut fest. Unwillkürlich musste Jule lachen. Elisa wirkte wie aus einem Modemagazin der 50er Jahre entsprungen. Sie trug ein weißes, mit grauen Punkten bedrucktes Kleid, das in der Mitte mit einem breiten Gürtel zusammengehalten wurde, einen überdimensionierten Sonnenhut mit Schleife und eine riesige Sonnebrille.

Jule winkte zurück. Diese Elisa tauchte ihr ein wenig zu oft auf. Ob sie das mit Absicht tat? Jule zuckte innerlich die Schultern. Nun, sie war neu in der Gegend. Wahrscheinlich suchte sie nur Kontakt, und sie musste zugeben, ihre neue Kollegin irgendwie zu mögen. Sie hatte so etwas … Unverbrauchtes, Grundanständiges an sich.

»Halloho, schöne Frau.« Noch eine bekannte Stimme. Jule blickte nach rechts. Dort fuhr Marcello auf einem

Fahrrad und hob die Hand. »Na, auch eine Runde schwimmen? Das trifft sich gut.« Er zeigte sein für viele Frauen unwiderstehlich südländisches Lachen, und dann überschlugen sich die Ereignisse.

Elisa trat auf die Straße. Marcellos Hand befand sich immer noch in der Luft und sein Blick war unverwandt auf sie gerichtet. Er sah Elisa nicht. Oh mein Gott, er sah sie nicht! Jule stieß einen spitzen Schrei aus. Zu spät. Der Lenker von Marcellos Rad stellte sich quer, er stürzte auf den Fußweg und das Fahrrad flog gemeinsam mit Elisas Badetasche durch die Luft. Elisa sprang geistesgegenwärtig nach vorne, beide Hände am Hut. Dann erwischte sie der Bus. Jule hörte nur noch ein Quietschen, als der Bus eine Vollbremsung hinlegte. Kurz darauf einen dumpfen Schlag. Dem folgte ein allgemeines Aufschreien. Ein Sonnenhut wurde emporgeschleudert. In die Menschenmenge kam Bewegung, einige verließen ihre erkämpfte Position in der Warteschlange. Jule rannte los und brüllte Elisas Namen. Aus dem Augenwinkel registrierte sie flüchtig, dass Marcello auf die Beine kam und ebenfalls Richtung Bus spurtete.

Gemeinsam trafen sie bei Elisa ein, die in diesem Moment aufstand, als wäre nichts gewesen.

Mit den Händen strich ihr Kleid glatt. »Na sowas?«, lächelte sie. »Das war ja ein Ding, wie? Hätte böse ausgehen können. Dir geht es gut?« Elisa blickte mit sorgenvoller Miene zu Marcello, der nur sprachlos nickte.

Auch Jule fehlten die Worte. Moment mal! Diese Frau war soeben ziemlich übel von einem Bus gerammt worden. Sie müsste tot oder zumindest schwer verletzt sein.

Doch Elisa hatte nicht einen einzigen Kratzer. Die Menschentraube um sie herum löste sich auf. Der Busfahrer sprang mit hochrotem Gesicht aus dem Führerhaus, scannte Elisa mit nervösen Blicken ab, suchte auf dem Boden nach einem Verletzten oder Ähnlichem, fand nichts, und fuhr anschließend mit den Fingern über die Front seines Busses. »Ich hätte schwören können … Seltsam. Da war doch …«

Elisa legte ihre Hand auf seine Schulter und versicherte ihm, dass alles in Ordnung wäre. In all der Sprachlosigkeit drängte sich ein kleiner Junge zwischen sie und reichte Elisa den Sonnenhut. »Ist das Deiner, Tante?« Elisa nahm den Hut entgegen, schenkte dem Kleinen ein warmes Lächeln und hauchte ihm einen Kuss auf den wirren Blondschopf. Jule sah ihm hinterher, wie er zurück zu seiner Mutter rannte und ihr offensichtlich stolz erzählte, was er getan hatte. Mittlerweile saß der Busfahrer wieder hinterm Steuer, schüttelte den Kopf als müsse er eine Fata Morgana vertreiben, und ließ den Motor an. Marcello zog sie und Elisa von der Straße und stellte sein Rad auf. Prüfend glitt sein Blick über den Drahtesel. »Nichts kaputt«, murmelte er stirnrunzelnd.

»Ach, das war eine Aufregung, was?« Elisa blickte strahlend von einem zum anderen. »Gehen wir jetzt schwimmen?«

Jule vergewisserte sich erneut, dass alles an Elisa heil und unversehrt war, und schielte zu Marcello. Ginge sie jetzt mit ins Schwimmbad, würde er nicht mehr von ihrer Seite weichen. Auf der einen Seite eine angenehme, auf der anderen eine Vorstellung, die sie nicht zulassen durfte. Nein, wollte. Außerdem hatte ihr der Unfall, der eigentlich keiner gewesen zu sein schien, die Lust auf ein entspanntes Bad im kühlen Nass vertrieben. Sie wünschte Marcello und Elisa viel Spaß und verabschiedete sich. Warum nur fühlte sich diese Entscheidung schlecht an?

Pünktlich um acht Uhr abends drückte sie auf den Klingelknopf des vor drei Jahren erbauten Wohngebäudes, das hauptsächlich aus dunkelgrauem Beton, Stahl und Glas bestand. Simon hatte sich bereits zu Beginn der Bauphase das Penthouse im obersten Stock mit dem besten Blick über das Neckarufer und die Dächer Mannheims reservieren lassen.

Die zweiflügelige Eingangstür glitt lautlos zur Seite. Hier fehlte nur noch der Portier, der die Gäste in Empfang nahm und der Liftboy, der sie steif und schweigend in den 11. Stock bringen würde. Ihr schwarzes, gerade geschnittene Sommerkleid passte zu diesem Haus. Schwarz, grau, Glas. So, wie es Simon liebte. Gerne hätte sie tief Luft geholt, aber das Mieder schnürte das Zwerchfell zusammen und sie wagte es nicht, tief einzuatmen, und der rote Slip war so zart, dass sie das Gefühl hatte, nackt zu sein. Was tat man nicht alles. Sie klingelte erneut. Kurz darauf ertönte ein Summen und die Tür schwang lautlos nach innen auf.

Oben angekommen stieß sie auf ein Mountainbike. Nanu? Es sah neu aus. Und teuer. Sie betrat die Wohnung.

Simon kam aus der Küche und trocknete sich die Hände an einem Geschirrtuch. »Na, was sagst du zu meiner Errungenschaft. Gleich heute ausprobiert. Ungewohnt, aber bringt Spaß.«

»Du fährst Fahrrad?« Ungewöhnliche Ereignisse schienen sich in letzter Zeit in ihrer Nähe zu bündeln. Das gefiel Jule nicht. Sie liebte die Verlässlichkeit in den alltäglichen Dingen.

»Ja, der neue Sponsor ist ein Downhiller. Und«, er fuhr mit dem Tuch über den Alulenker, »er bespricht wichtige Dinge gerne beim Sport. Also sind wir heute Morgen durch den Wald gefahren. Ha, ich habe ihn so gut wie in der Tasche.«

Downhill. Was war denn das schon wieder? Kurz darauf erfuhr sie, dass die Fahrer bei dieser Sportart den Berg herunterführen, mitten durch den Wald auf unbefestigten Straßen. Über Steine und Bodenwurzeln. Ein unvergleichlicher Adrenalinkick.

Ja, dachte Jule, den hatte ich heute auch. Vorm Schwimmbad.

Sie hatte Hunger. Was gäbe sie jetzt für ein Schwarzbrot mit Leberwurst oder eine Pizza mit Parmaschinken und Gorgonzola. Seufzend betupfte sie sich die Mundwinkel mit dem Zipfel der cremefarbenen Stoffserviette und legte sie zurück auf die Oberschenkel.

»Hat es dir geschmeckt?« Simon starrte sie mit dem erwartungsvollen Blick eines prominenten Fünf-Sterne-Kochs an, der auf das Urteil des Restaurantkritikers wartete.

»Ja, doch. War sehr gut.«

Sie verzog das Gesicht zu einem missglückten Lächeln. Schon der Anblick der Mahlzeit war nicht gerade ein Speicheltreiber gewesen. Kaviar schmeckte ihr nicht, und die dünne Suppe mit den wenigen undefinierbaren Bröckchen wies zwar einen angenehmen Geschmack auf, machte jedoch leider nicht satt.

»Was war das für eine Suppe?«

»Das«, er richtete sich auf, »war ein Dom-Perignon-Süppchen mit Trüffeleinlage.«

»Aha. War gut. Ist noch was da?« Ihr Magen knurrte. Würde das Mieder noch eine zweite Portion verkraften oder an den Nähten aufplatzen. »Ach lass gut sein, Simon. Ich bin satt.« Sie hob das Glas. »Und der Rotwein, mmh, köstlich.« Er hatte sich wirklich Mühe gegeben. Welch ein Mann! Das sollten Maike, Ulli und Elisa sehen, sie würde ihre Meinung sofort ins Gegenteil verkehren und sie zu diesem Prachtexemplar beglückwünschen.

»Allerdings, meine Gute, das ist ein Masciarelli, Montepulciano d`Abruzzo Villa Gemma aus dem Jahr 2006.«

»Ein Italiener, hm? Lecker.« Sie nahm einen weiteren Schluck. Er schmeckte tatsächlich hervorragend.

»Ein Italiener … DER Italiener. Spürst du nicht die Dichte am Gaumen, die sich anschließend kraftvoll und elegant öffnet? Dieser Wein macht süchtig, weil er einen nicht enden wollenden Abgang schenkt. Ein rubinroter Verführer mit den Aromen von reifen Beeren, Tabak und Vanille. Es ist nicht irgendein Wein, dieser Wein ist für romantische Abende mit hinreißenden Frauen gedacht.« Er lehnte sich zurück und lächelte schräg.

»Außerdem kostet er über vierzig Euro. Er sollte munden, Jule.«

Sie erhob das Glas und prostete ihm zu. »Das tut er, Simon. Sehr sogar. Eine hervorragende Wahl.« Innerlich verschluckte sie sich beinahe an ihren Worten. Wahrscheinlich hätte ihr ein Montepulciano aus dem Supermarkt ebenso geschmeckt. Aber das konnte sie Simon ja nicht einfach so sagen, er würde sich gekränkt fühlen. Was hatte er vor? Waren der teuere Wein, das edle Essen und der festlich gedeckte Tisch etwa Vorboten für einen Heiratsantrag? Prompt galoppierte ihr Herz los und sie befürchtete, er könne es bemerken. Nervös faltete sie die Serviette zusammen. Erwartungsvoll sah sie ihn an. Jetzt wäre der richtige Zeitpunkt. *Mach schon.*

Er musste ihren Blick falsch interpretiert haben, denn im nächsten Moment hob er sie hoch und trug sie ins Schlafzimmer. Gut, er konnte ihr den Ring auch reichen, wenn sie sonst nichts anhatte. Die Vorstellung erregte sie.

Das Schlafzimmer hatte die Größe ihrer gesamten Wohnung und Einrichtung sowohl Möbel waren in gedeckten Farben gehalten. Verschiedene Brauntöne flossen ineinander über und bildeten einen harmonischen Kontrast zu dem schwarzen Ebenholzschrank, der die gesamte Längsseite einnahm.

Die schwarze Bettwäsche passt wunderbar zu meinem Korsett, schoss ihr durch den Kopf. Er ließ sie auf die Matratze gleiten und schob das wadenlange Kleid bis über ihre Knie, langsam, genüsslich, schwer atmend. Sie schloss die Augen und in ihrem Schoß breitete sich eine bekannte Wärme aus, als seine Lippen die Innenseite ihres Schenkels emporwanderten. Stück für Stück küsste er sich nach oben und sie nahm das Zittern seiner Erregung wahr. Lustvoll bog sie ihren Körper, als sich seine Hände sanft auf ihre Oberschenkel legten und langsam das Kleid hinaufschoben. Finger tasteten sich unter ihren Slip. Sie stöhnte auf. Und plötzlich, von einer Sekunde zur anderen, spürte sie nichts mehr. Simon bewegte sich nicht. Keine Küsse, kein liebkosen, was …?

Jäh aus ihrer Lust gerissen stützte Jule sich auf die Ellenbogen und hob den Kopf. Simon verharrte regungslos zwischen ihren Beinen und starrte auf ihren Bauch, als grübe die Kreatur aus dem Film Alien sich einen Weg durch ihren Nabel an die Oberfläche. Wie in Zeitlupe verzog sich sein Gesicht.

»Was?« Jule rutschte zurück, setzte sich auf und zerrte das Kleid mit fahrigen Bewegungen über ihre Hüften. Was passierte hier? Was tat er da? Er stand auf, runzelte wahrhaftig die Stirn, zog die Oberlippe hoch und zeigte mit ausgestrecktem Finger auf ihre Körpermitte. »Was um Himmels willen trägst du da?« Er stand breitbeinig vor dem Bett und blickte auf sie hinunter.

Für einen Moment blieb ihr jede denkbare Erwiderung im Hals stecken. Simons hielt seinen Finger nach wie vor in ihre Richtung, und sie fühlte sich wie eine unsäglichen Ekel auslösende Kakerlake zur falschen Zeit am falschen Ort. Sie schwankte zwischen ohnmächtiger Scham und brüllender Entrüstung, wünschte sich auf der Stelle an einen anderen Ort. Er konnte nur ihr Mieder meinen. Oder den hauchzarten, durchsichtigen Slip in einem zugegebenermaßen zu grellem Rot. Hastig presste sie die Knie zusammen, zog sie an den Körper und legte ihre Hände darum. Quälend langsam erlangte sie ihre Fassung wieder zurück. »Was, was meinst du genau? Und was bitte soll dieses Theater? Du tust ja gerade so, als hätte ich am ganzen Körper einen Ausschlag!«, presste sie heraus. Ihre Stimme sollte fest klingen, entschlossen und entrüstet. Stattdessen hörte sie sich die Worte herauspiepsen, während sich ihre Stimme dabei wie die eines keifenden Waschweibes überschlug. Das machte es nicht besser. Sie wusste nicht, wie sie sich fühlen sollte, doch sie wünschte sich ein Loch herbei, in das sie verschwinden konnte.

Er senkte den Arm wie ein Cowboy, der seinen Colt ins Halfter steckt, zog sein Hemd gerade, und lachte leise auf. »Für eine Hauterkrankung könntest du nichts. Für das da«, er reckte das Kinn in ihre Richtung, »kannst du sehr wohl was. Wer hat dich bloß dazu überredet? Die anspruchslose Maike? Ja, an der kann ich mir sowas gut vorstellen. Billig zu billig. Aber zu dir? Jule, wirklich … « Er schüttelte den Kopf und seine Lippen kräuselten sich angewidert.

Okay, es war ein Versuch gewesen.

»Ich kann es ausziehen, und dann …« Umständlich schob sie ihre Beine über die Bettkante. Sie fühlten sich an wie Sandsäcke.

»Bitte?« Er hatte sich zur Tür gewandt. Jetzt drehte er sich abrupt um und blickte sie an, als hätte sie etwas Unerhörtes von sich gegeben. »Sorry, Jule. Aber mir ist die Lust vergangen. Du …«, sein Blick wanderte zu ihrer Körpermitte, als könne er das lusttötende Mieder durch das Kleid hindurch erkennen, »Du wirkst billig in diesem entsetzlichen Fummel. Wie eine Nutte, ein primitives Flittchen. Hast du etwa gedacht, ich stehe auf so etwas bei meiner zukünftigen Frau? Im Moment habe ich eher das Bedürfnis, dir ein paar Scheine auf den Nachttisch zu legen und zu gehen, aber es ist ja meine Wohnung, zum Glück. Ich denke, es ist besser, wenn du jetzt gehst. Und bitte, Jule, komm mir das nächste Mal nicht mit so einem abgeschmackten Fummel, der höchstens zum täglichen Abwichsen taugt. Ich möchte eine Frau mit Stil an meiner Seite wissen. Aber gut«, er trat in den Flur hinaus, »da habe ich mich wohl in dir getäuscht.«

Sie zuckte zusammen, als er die Tür lautstark hinter sich schloss. Kurz darauf hörte sie, wie er das Wasser im Badezimmer aufdrehte. Er duschte. Er duschte? Hatte sie ihn so angeekelt, dass er sich den Anblick abwaschen musste? Unschlüssig stand sie einen Moment vor dem Bett. Das Mieder kratzte ihr unangenehm auf der Haut und der Slip wog mit einem Mal tonnenschwer. Ihre Augen brannten, ihre Schultern zuckten unkontrolliert. Mit dem Handrücken wischte sie schluchzend die ersten Tränen fort. Niemals zuvor im Leben hatte sie sich so gedemütigt gefühlt.

Unvermittelt kam Bewegung in ihren Körper. Hastig zog sie das Kleid über den Kopf, schnürte das Mieder auf, warf es auf den Boden und zerrte sich den Slip vom Leib. Dann schlüpfte sie in Kleid und Schuhe, griff sich ihre Handtasche und verließ Simons Wohnung. Falsch. Sie flüchtete. Tränen strömten aus ihren Augen und nahmen ihr die Sicht, als sie die Stufen hinunterstolperte. Keine Zeit, auf den Fahrstuhl zu warten. Nur weg hier.

Warme Luft schlug ihr entgegen und hinter ihr glitten die Türen lautlos ineinander. Die Dom Perignon-Suppe drängte mit Wucht in die Freiheit. Zurück blieb ein fader Geschmack nach Trüffel.

Bilder von dir

Drei entgangene Anrufe. Einer von Elisa, einer von Maike und einer von Ulli.

Jule schloss die Tür zu ihrer Wohnung auf. Sie hatte keine Lust, mit irgendjemandem zu reden. Duschen, Zähneputzen, Geschmack von Trüffeln und Beschämung vertreiben. Danach schlich sie ziellos durch die Wohnung, rückte Zeitschriften gerade, zupfte vertrocknete Blätter vom Benjamini, gab ihm Wasser und versuchte, die Gedanken in ihrem Kopf zu ordnen, die wie aufgescheuchte Vögel umherflatterten.

Kurz nach Mitternacht. Samstag. Morgen in einer Woche wollte er sie seinen Eltern vorstellen. Damit würde das besiegelt sein, was sie sich wünschte. Das hatte Simon durchklingen lassen. Außerdem hatte er Daniel gegenüber erwähnt, dass sie seine künftige Ehefrau ist. Mechanisch legte sie einen Teebeutel in eine Tasse und schüttete heißes Wasser darüber, wartete auf ein freudiges Hüpfen ihres Herzens, bei der Vorstellung, sie würde schon bald Frau Grasser sein. Es blieb aus. In ihrem Hirn herrschte eine dumpfe Leere und ihr Körper schien sich jeder Regung zu verweigern. Sie bewegte sich wie durch Watte, vergaß den Tee und zog aus einer Kommode eine Schachtel mit Fotografien, breitete diese auf ihrem Bett aus. Simon, wie er ein Glas Wein hob und ihr lachend zuprostete. Simon neben einem Kamel in der Wüste Tunesiens. Sie und Simon in inniger Umarmung, im Hintergrund das Heidelberger Schloss. Simon, wie er an seinem Wagen lehnt; Simon schlafend im Bett auf der Seite liegend. Sie betrachte seinen durchtrainierten Rücken, die Lendenmuskulatur, die in die sanfte Wölbung des attraktivsten Männerhinterns überging, den sie jemals mit Händen umfasst hatte. Da war es. Das sehnsuchtsvolle Ziehen in ihrem Bauch. Wie gerne würde sie jetzt ihre Nase in seiner Halsbeuge vergraben, sich an ihn schmiegen. Unerwartet füllten sich ihre Augen mit Tränen und ein dicker Kloß setzte sich in ihrem Hals fest. Billig, hatte er gesagt. Wie eine Hure. Sie schleuderte die Fotografie von sich, stampfte in die Küche und griff sich die Schere. In fiebriger Hast zerschnitt sie alle Bilder, auf denen sie gemeinsam zu erkennen waren. Einen Moment fühlte sie sich besser. Im nächsten schalt sie sich eine hysterische Kuh. Gut, okay, sie hatte modisch danebengegriffen, nicht seinen Geschmack getroffen. Die Absicht, ihn auf verruchte Art verführen zu können, war nach hinten losgegangen. Sie hätte es sich denken können, oder? Simon stand auf Klasse, er hatte Stil und liebte das Besondere, nicht das Gewöhnliche. Frauen, die sich ordinär gaben, reizten ihn nicht. Zum Glück. Und deswegen war er auch mit ihr zusammen und nicht mit irgendeinem blonden Doofchen, das zwar viel Volumen im Vorbau hatte, ansonsten jedoch einen bestimmten Männerschlag mit gefälligem Vakuum überzeugte. Sie, Jule, hatte Stil, Hirn und Humor. Sie war die perfekte Ehefrau für Simon.

Und nicht nur das. Sie war Geliebte, eloquente Gesprächspartnerin, attraktiv ohne aufdringlich zu wirken und zudem die künftige Mutter seiner Kinder. Kein Wunder, sie musste ihn mit ihrem Auftritt vor den Kopf geschlagen haben. Eine derartige Darbietung hätte er niemals von ihr erwartet. Leavers-Spitze, ja. Ordinäres Miedergedöns aus dem Sexshop, nein.

Sie wischte sich die Tränen mit dem Zipfel ihres Shirts ab und sammelte die Bilderschnipsel ein, als es klingelte. Überrascht blickte sie auf die Uhr. Wer um Himmels willen schellte mitten in der Nacht um halb eins an Türen? Sie zog die Nase hoch. Da musste einer aber einen guten Grund haben.

»Daniel?« Vor ihr stand ihr Nachbar und wirkte sichtlich verlegen.

»Entschuldige Jule, ich …« er suchte nach Worten, die Hände in den Hosentaschen, »Ich habe mich ausgesperrt. Schlüssel vergessen. Und der Schlüsseldienst kommt erst morgen früh.« Wie zur Bestätigung zog er sein Handy aus der Gesäßtasche und zuckte mit den Schultern.

»Und jetzt soll ich dir eine Schlafstelle anbieten, hm?«

Er nickte verlegen. »Ginge das? Ich meine, wenn natürlich dein Freund da ist, dann …«

Sie öffnete die Tür und machte eine einladende Handbewegung. »Nein, ist er nicht. Komm rein. Kannst auf dem Sofa schlafen. Ich bringe dir eine Decke und ein Kissen.«

Fünf Minuten später saß er auf dem Sofa und wirkte irgendwie verloren. Sie drückte ihm ein Glas Whiskey in

163

die Hand und setzte sich ihm gegenüber. »Ist deine Freundin nicht da?«

Er zog die Brauen hoch. »Meine Freundin?«

»Ja, diese Dunkelhaarige. Haare bis hier.« Jule pendelte mit der Hand auf Höhe ihrer Hüfte. »Stella?« Sie erinnerte sich an die ausgesprochen wohlgeformte Frau, die höchstens Anfang zwanzig sein mochte, und geschätzt den Typus verkörperter, den Simon als billig bezeichnen würde.

Daniel nahm einen kleinen Schluck und winkte lachend ab. »Stella? Die ist eine Kollegin im Studio. Sie und ein paar andere hatten mir beim Umzug geholfen.«

»Ah. Studio? Was arbeitest du eigentlich?« Jule gähnte und wenn sie nicht gesessen hätte, wäre sie auf der Stelle eingeschlafen. Die Höflichkeit verbot ihr jedoch, sofort ins Bett zu fallen.

»Ich bin Sportwissenschaftler und arbeite als Personal Trainer bei Rosefit.« Er sprach es aus wie einen englischen, feststehenden Begriff.

Sie kannte diese Studiokette, die großflächig in Deutschland vertreten war. Immer mehr dieser Luxusstudios sprossen aus dem Boden wie Pilze. Die Deutschen gaben viel Geld für ihre Gesundheit aus, und das Rosefit war der Edelstein unter den Fitnessstudios. Geräteparks, Schwimmbad und Wellnessanlage, angeschlossene Kindergärten und gigantische Außenanlagen. Geöffnet von null bis vierundzwanzig Uhr. Morgens um sieben bot Rosefit bereits die ersten Managerfitnessstunden an. Rosefit. Rose. Daniel Rose? »Du hast wohl nichts mit dem Firmennamen zu tun, Daniel?«

»Nicht wirklich. Mein Vater ist zwar der Inhaber, aber ich bin nur ein Angestellter wie alle anderen auch.«

»Aha«, sie war so müde, dass sie nicht mehr klar denken konnte. »Deswegen auch die günstige Wohnung.«

»Genau.« Daniel stellte das Glas auf den Tisch. »Und jetzt solltest du ins Bett gehen, Jule. Du siehst müde aus. Sorry, dass ich dich rausgeklingelt habe. Ich finde es total nett von dir, dass du …«. Er gähnte ebenfalls.

»Lass mal, Daniel. Ist schon in Ordnung. Schlaf gut.« Sie stand auf. »Wann kommt der Schlüsseldienst?«

»Gleich um acht.«

Sie nickte, nahm das Glas und brachte es in die Küche. Als sie auf dem Weg ins Bett ins Wohnzimmer sah, schlief er bereits. Er lag auf dem Rücken, seine Füße baumelten über den Rand des Sofas und er schnarchte verhalten mit leicht geöffnetem Mund. Sie löschte das Licht. Sie mochte keine schnarchenden Männer. Aber der hier sah süß dabei aus. Sie schlich zurück, deckte ihn zu und zupfte ihm ein kurzes, blondes Haar vom T-Shirt.

*

Das efeubewachsene Haus um die Jahrhundertwende in der Neckargmünder Poststraße stand am Ende einer Häuserreihe oberhalb des Neckarufers. Davor leuchtete ein niedriges Holztor in hellem Blau und im Vorgarten blühten Primeln, Sonnenhut und Dahlien um die Wette.

Elisa hatte das Navigationsgerät ausgeschaltet und die Adresse dieser Fiona eher erfühlt, als nach Ansage gefunden. Hallo? Sie war ein Engel. Warum Gott ein Navi in ihren Wagen gelegt hatte, war ihr schleierhaft. So war es doch viel interessanter? Okay, sie hatte sich ein-, zweimal verfahren, aber das war in Ordnung, schließlich übte sie noch.

Neun Uhr. Sie beschloss, eine halbe Stunde zu warten und diese Zeit für einen Spaziergang am Neckarufer zu nutzen. Sie schlenderte an einem Campingplatz vorbei. Im Gegensatz zu den Menschen, die ihren Urlaub in den Wohnwagen verbrachten und offenbar noch schliefen, war die Natur bereits vollständig erwacht. Es zwitscherte aus den Baumwipfeln, Bienen und Fliegen erfüllten die Luft mit ihrem Summen und die Blumen schickten ihre Düfte hinaus in die Welt. Auf der anderen Seite des Flusses erhob sich majestätisch ein dunkelgrüner Nadelwald. Wie wunderbar. Die Erde beeindruckte mit Schönheit und Vielfalt. Die Menschen sollten ihr mehr Beachtung schenken, sie pflegen und behüten.

Elisa bog hinter dem Campingplatz ab und steuerte das Ufer an. Dort zog sie ihre Schuhe aus und hängte die Füße ins Wasser.

Viele kleine Simonmädchen, hatte Jule gesagt. Sie seufzte, zog ihr Handy hervor und wollte ein G auf das Display zeichnen. Nach kurzem Zögern steckte sie es wieder zurück in die Tasche. Das hier war ihre Entscheidung. Ihr Auftrag, ihre Bewährungsprobe. Was machte es für einen Eindruck, wenn sie bei jedem Abzweig zu Gabriel oder dem Herrn kroch und fragte, was sie tun solle? Aber ach, ob es richtig war, was sie tat? Sollte sie tatsächlich Fiona um Hilfe bitten? Elisa war sich sicher, dass Fiona ein Ex-Alphaengel sein musste. War das jetzt gut oder schlecht?

Die Sonne brannte auf ihrer Haut wie die Neugierde in ihrem Herzen. Wie mochte sich ein dauerhaftes Leben auf der Erde für einen Engel anfühlen?

Das Summen ihres Handys unterbrach ihre Gedanken und zog ihre Aufmerksamkeit auf sich. Wer schickte ihr um diese Zeit eine Nachricht?

Hey Elisa. Sag mal, das, was du gestern im Schwimmbad erwähnt hast, das mit Jule und ihrem Freund. Ist da was dran? Meinst du wirklich, die sind nicht füreinander geschaffen? Können wir mal darüber reden? Ist mir wichtig. Liebe Grüße, Marcello.

Wunderbar. Er hatte angebissen. Dieser smarte Südländer hatte Charme genug für drei Frauen, es dürfte ihm ein Leichtes sein, Jule zu verzaubern. Eifrig tippte sie eine Antwort und bat ihn, heute Nachmittag auf einen Kaffee bei ihr vorbeizuschauen, gab ihm die Adresse und schickte die SMS ab.

Neun Uhr dreißig. Zeit, um dem ehemaligen Alphaengel Fiona einen Besuch abzustatten. Sie zog die Füße aus dem Wasser und ließ sie an der Luft trocknen. Aller Voraussicht nach benötigte sie Fionas Hilfe nicht mehr, jetzt, wo Marcello auf den Plan trat, aber nun war sie schon mal hier und konnte genauso gut *Hallo* sagen. So von Engel zu Exengel. Zudem war sie verdammt neugierig auf Fiona.

M. und F. Himmelmann stand auf dem Schild. Elisa drückte auf die Klingel. Hinter der alten Eichentür näherten sich Schritte und kurz darauf öffnete sich die

Tür. Ein Mann um die sechzig stand vor ihr. Er sah sie freundlich aus himmelblauen, von zahllosen Krähenfüßen umrahmten Augen an. Das war ein Mensch, der in seinem Leben viel lachte und dies aller Voraussicht nach immer noch tat. Für sein Alter hatte er zwar volles, aber auch vollständig ergrautes Haupthaar, das sich an den Spitzen lustig kringelte. Ein buntes Hemd steckte im Hosenbund einer abgetragenen Jeans, und ein bisschen erinnerte er sie an den Showmaster Jürgen von der Lippe. Er war ihr sofort sympathisch. Sie öffnete den Mund, um etwas zu sagen, doch da fing er bereits an, zu reden, griff indessen ihre Hand und schüttelte sie. »Sie müssen Elisa ein. Fiona hat mir erzählt, dass sie heute eine besondere Frau erwartet.« Er zwinkerte vielsagend. »Kommen Sie rein, kommen Sie rein. Ich rufe Fiona, sie ist im Garten und schneidet einen Strauß Blumen.« Er ließ ihre Hand los, schob die Tür nach innen auf und trat zur Seite.

Elisa staunte. Das Hausinnere wirkte hell und freundlich. Gut erhaltene Originaldielen, verzierte, weiß gestrichene Holzkassettentüren, Sprossenfenster und hohe gewölbte, mit Stuck verzierte Decken versprühten ihren typischen Altbaucharme.

»Kommen Sie.« Herr Himmelmann geleitete sie durch einen weitläufigen Flur und durch ein riesiges Wohnzimmer hindurch hinaus in einen Garten, der Elisa die Sprache verschlug. Auf einer abgerundeten Natursteinterrasse lud eine Rattansitzgruppe mit weichen Polstern zum Verweilen ein. Auf dem runden Mosaiktisch stand eine Karaffe mit Wasser und Limetten und ein cremefarbener Sonnenschirm spendete Schatten. Staunend ging sie an einem länglichen Sandsteintrog, der als Brunnen diente, vorbei. Zwei Stufen führten sie in den parkähnlichen Garten, dessen Ränder zu Kugeln geschnittene Buchsbäume zierten. Dahinter wechselten sich blühende Fliederbüsche, leuchtende Clematis und Kletterrosen, die sich an Holzpergolen Richtung Sonne streckten, ab. Am Ende des oval gehaltenen Gartens thronte ein imposanter Nussbaum. Eine Oase der Ruhe und Entspannung. Ein Garten Eden. Elisa überkam das Gefühl, sich auf der Stelle auf dem grünen, mit Gänseblümchen übersäten Rasen auszustrecken, und stundenlang in den Himmel zu blicken.

»Hallo, Elisa«, klang es glockenhell zu ihr herauf. Fiona war unbemerkt auf sie zugetreten. »Schön, dass du hier bist. Ich freue mich sehr. Habe schon lange keinen Engel mehr getroffen.«

Elisa blickte nach unten. Feuerrote Locken standen der kleinen Frau wirr vom Kopf ab, nur bedingt gezähmt von einem dicken Haarreif. Sie war rundlich, ohne dick zu wirken, und um die leuchtend grünen Augen herum fand Elisa ähnlich viele Lachfältchen wie bei Fionas Ehemann.

»Wasser, Elisa?« Fionas Mann reichte ihr und seiner Frau jeweils ein Glas.

»Danke Max.« Fiona zog ihre Gartenhandschuhe aus, drückte Max, jetzt kannte sie endlich den Vornamen, einen Kuss auf den Mund und nahm das Glas entgegen.

»Lasst uns in den Schatten gehen«, bestimmte Fiona und stieg die Stufen zur Terrasse hinauf.

Elisa fand ihre Sprache wieder. »Du triffst öfter Engel?«

»Sicher doch. Aber nicht allzu oft. Wie gesagt, du bist der Erste seit bestimmt einem Jahr. Setz dich doch.« Sie zeigte mit der Hand auf einen Gartensessel, setzte sich ihr gegenüber und zündete sich eine Zigarre an.

»Du rauchst?« Die Sache wurde immer skurriler.

»Warum nicht? Auch eine?«

»Oh, nein, danke«, winkte Elisa ab.

»Nun zurück zu dir.« Fiona lehnte sich im Stuhl zurück und blies eine dicke Rauchwolke in die Luft. Max zündete sich ebenfalls eine Zigarre an und blickte interessiert von ihr zu Fiona und wieder zurück.

Durfte ein Erdling eingeweiht sein?

Fiona schien zu erahnen, was sie gedacht hatte und gab ihr die Antwort. »Max weiß Bescheid, Elisa. Der Herr persönlich hat es abgesegnet. Es ist jedoch mit einer Auflage verbunden. Sollte er es jemals ausplaudern, muss ich sofort zurück. Und das will er genauso wenig wie ich. Nicht wahr, Max?« Sie legte ihre Hand auf seine und sah ihn zärtlich an. In diesem Blick ruhten tiefe Zuneigung und eine Liebe, die alles übertraf. Sogar das Paradies.

Langsam begriff Elisa, dass dies das wahre Paradies sein musste. Die uneingeschränkte Liebe zueinander. Und sie spürte die Wärme, die wie eine sanfte Woge zwischen den beiden schwappte, sie einhüllte und nie wieder loslassen würde. So musste Liebe aussehen, dachte Elisa. Und genau auf diese Art sollte Jule von einem Mann angesehen werden.

»Du musst wissen, ich bin freiwillig hier. Die große Liebe gibt es nur einmal. Ist es nicht das, wofür wir leben?« Liebevoll blickte Fiona ihren Mann an und legte ihre Hand auf seine, bevor sie fortfuhr, »Aber genug von mir. Sprich, Süße, was brauchst du?«

»Ach, wenn ich das wüsste. Scheint so, als war ich dabei, meinen Auftrag zu versemmeln. Aber es gibt einen Mann, der die Sache retten könnte. Aber erzählen kann ich es ja trotzdem.« Sie lächelte, holte tief Luft und erzählte die ganze Geschichte von Jule, ihren Eltern, die früh verstorben waren, Simon, den missglückten Versuchen, in Jule ein entsprechendes Bewusstsein für diesen Mann zu pflanzen. Und das Jule sich mit allen ihr zur Verfügung stehenden Mitteln weigerte, von Simon abzurücken, egal was sie, Elisa, auch unternahm. Aber jetzt käme ja Marcello auf den Plan.

Max schüttelte den Kopf. »Da verstehe einer diesen Simon. Er dirigiert sie in die Rolle der perfekten Haus- und Ehefrau, damit er entspannt dem Ruf des Testosterons folgen kann. Außen hui, innen pfui. Alles für die Gesellschaft. So wie du sie beschreibst, Elisa, scheint diese Jule eine ganz wunderbare Frau zu sein. Ich würde es nicht übers Herz bringen, meine Fiona zu betrügen. Ach was, ich käme nicht mal auf die Idee. Die wahrhaftige Liebe bietet diesem Korn doch gar keinen Nährboden. Also wirklich!«

»Du bist ein weiser Mann, mein Herz. Ich danke dir.« Fiona sprang für ihr Alter überraschend behände auf und umarmte ihn. Dann setzte sie sich und zog an der Zigarre. »Er hat Recht, Kleines. So sieht das aus. Hm, schwierig, schwierig. Ich bezweifle, dass ein Auftauchen eines anderen Mannes sie von diesem Gaul runterkriegt. Solche Frauen sind ganz harte Nüsse, glaub mir. Lass mich einen Moment überlegen.«

Elisa nippte an ihrem Wasser und beobachtete die kleine Frau, die nach innen blickte und ab und zu Rauch in die Luft blies. Max saß dabei und lächelte amüsiert, als wüsste er, was gleich passieren würde. Die Fragen, die Elisa vor kurzer Zeit noch auf der Seele gebrannt hatten, rückten in den Hintergrund, nein, sie schienen vollumfänglich beantwortet. Sie sah den beiden an, dass sie ihren Himmel auf Erden gefunden hatten.

»Ich habs!« Fiona sprang auf, legte die Zigarre in den Aschenbecher und zog sie mit sich.

*

Der Duft von frisch aufgebrühtem Kaffee erreichte sie noch bevor sie die Augen öffnete. Schlagartig war sie wach. Die Erinnerungen purzelten durch ihren Kopf. Simon, Mieder, Tränen, entgangene Anrufe, ein verlorenes Ei. Nein, ein vergessener Schlüssel. Daniel. Kaffeeduft? Daniel! Ach du liebe Güte, sie hatte einen Mann im Haus. Eilig schwang sie die Beine aus dem Bett, riss die Tür auf, schloss sie wieder. Sie konnte unmöglich in Hemdchen und Slip da raus. Jeans an, T-Shirt drüber. Fertig.

»Hallo, Daniel. Gut geschlafen?« Sie trat ins Wohnzimmer und das Strahlen in ihrem Gesicht wich vollständiger Verblüffung. Er hatte nicht nur Kaffee gekocht, auch den Frühstückstisch gedeckt, Eier abgekocht,

172

Brötchen und ein Glas Nutella besorgt. Daniel ließ die Zeitung sinken und stand auf. »Guten Morgen, Jule.« Er deutete auf den Tisch. »Ich hoffe, das geht in Ordnung? Ich hatte Hunger und ohne Kaffee geht bei mir gar nichts. Wollen wir frühstücken?«

»Sag mal«, Jule biss ins Nutellabrötchen, »Bist du neulich in einem dunkelblauen Golf hinter mir hergefahren?«

»Glaub schon, warum?«

»Weil das ein Geschäftswagen aus meiner Firma war. Und gestern sagtest du, du arbeitest bei Rosefit.« Auf die Antwort war sie jetzt gespannt.

»Ach, du arbeitest beim DUG? Meine Schwester auch. Irgendwas mit Vertrieb, oder so. Sie hat ihn mir geborgt, weil ich vertretungsweise für meinen Vater einen neuen Standort eröffnet hatte und irgendwie dorthin musste. Ist das wichtig?«

»Was? Nein, nein. Natürlich nicht. Ich hatte mich nur gewundert. Wie spät ist es eigentlich. Der Schlüsseldienst müsste bald …«

Daniels Handy klingelte und eine Antwort erübrigte sich. Hastig nahm er einen letzten Schluck Kaffee zu sich und gab ihr einen flüchtigen Kuss auf die Wange. Wieso stolperte ihr Herz? Beim Hinausstürmen rief er ihr zu, dass er heute den ganzen Tag im Studio sein müsse, er sie aber gerne irgendwann demnächst auf ein Glas Wein einladen würde. Sozusagen als Dankeschön. Dann fiel die Tür hinter ihm zu.

Jule lehnte sich zurück, nahm die Kaffeetasse in beide Hände und seufzte laut auf. Irgendwann. *Shiraz oder*

173

Montepulciano? Oder darf es auch der billige vom Discounter sein, Bella Juliana?

Bis zum Nachmittag blieb kein Staubkorn unentdeckt. Alle Wäsche hing entweder auf dem Wäscheständer oder lag bereits zusammengelegt in Kommoden und Schränken. Die Fenster glänzten ebenso streifenfrei wie sämtliche Armaturen, und selbst der Wochenendeinkauf war erledigt. Möglicherweise ließ der Wunsch nach Zerstreuung sie jedes einzelne mit Urlaubssand gefüllte Gläschen polieren und anschließend in alphabetische Reihenfolge sortieren. Das erschien ihr sinnvoller, als um das Telefon herumzuschleichen und auf Simons Anruf zu hoffen. Oder pausenlos darüber nachzudenken, ob sie bei ihm durchklingeln sollte. Jule fand, sie verdiene eine Entschuldigung, auch wenn sie selbst die Situation provoziert hatte. Eventuell. Vielleicht. Ach …

So. Und was fing sie jetzt an? Sollte sie Maike, Elisa oder Ulli zurückrufen? Lieber nicht. Das könnte in Gesprächen enden, die sie nicht führen wollte. Wann hatte sie sich so unentschlossen gefühlt, so lustlos, so fernab von jedem Bedürfnis nach Austausch? Mal ehrlich, so schlecht hatte die Reizwäsche doch gar nicht ausgesehen. Ob Simon ein Kindheitstrauma zu schaffen machte? Womöglich hatte er im Kindesalter seiner Mutter beim verbotenen Sex mit dem Klempner zugesehen und sie dabei etwas Schwarzrotes getragen. Sollte sie ihn danach fragen? Unwillkürlich stahl sich ein Schmunzeln auf ihre Lippen. Das könnte sie Maike überlassen. Die hätte ihren Spaß daran. Oder Ulli.

Pfui! Was sind das für Gedanken. Schäm dich!

Jule trottete in die Küche und bereite sich einen Tomatensalat zu. Erst einmal etwas essen, dann würde sie weitersehen. Ob Marcello das sündhafte Mieder erotisch gefunden hätte, oder Daniel? Nein, Daniel eher nicht.

Einen Tomatensalat und zwei Weinschorle später griff sie sich die Kiste mit den zerschnittenen Bildern. Vorsichtig klebte sie eines nach dem anderen wieder zusammen.

*

In der zweiten und obersten Etage angekommen öffnete Fiona eine Tür, hinter der sich eine schmale Treppe verbarg. Elisa zählte im Geiste die Stockwerke nach und kam zu dem Schluss, dass sie bereits oben im ausgebauten Speicher standen und es eben kein weiteres Stockwerk mehr geben dürfte.

»Kommst du?« Fiona wartete am oberen Treppenabsatz. Kaum hatte Elisa einen Fuß auf die erste Stufe gesetzt, schloss sich die Tür hinter ihr.

Sie betrat einen runden Raum, dessen Decke eine Kuppel aus farbigem Glas bildete. Die einfallende Sonne tauchte das Zimmer in mystisches Licht und Elisa fühlte sich in einer anderen Welt. Orientalische Teppiche verschiedenster Musterungen kleideten nicht nur den archaischen Dielenboden, sondern hingen ebenfalls an den Wänden. Rechts stand ein alter Klostertisch vor einem Regal mit allerlei Tinkturen, Gläschen und Büchern. Darüber hingen getrocknete Kräuter an langen

Fäden. Auf dem Tisch zeichneten Tonschalen, Holz-
körbchen, Unmengen von Kerzen, Löffel, Räucherstäb-
chen, Büchern und Mörsern ein unvergleichlich anmu-
tendes Stillleben. In einer Ecke, vorausgesetzt, man
konnte bei einem runden Raum von Ecken reden, standen zwei lederne Ohrensessel, dazwischen ein kleiner
runder Tisch mit einer Kerze darauf. Schräg gegenüber
thronte ein antiker Sekretär, davor ein hölzerner Dreh-
hocker. Daneben lehnte ein mannsgroßer Spiegel mit
verziertem Goldrahmen an der Wand. Elisa wollte
sofort hier einziehen und nie wieder fortgehen.

»Mach den Mund zu und setz dich.« Fiona wirbelte hinter den Tisch, zog diverse Fläschchen aus dem Regal,
zupfte Kräuter, zerstampfte sie und mischte alles scheinbar planlos zusammen. Aus einer bauchigen Flasche ent-
nahm sie ein Schnapsglas brechreizerregend stinkender
Flüssigkeit und erhitzte diese über einer Kerze. Elisa
musste sich die Nase zuhalten. Schließlich verflog der
Gestank und zurück blieb ein Duft von … Rosen?

»Ähm, Fiona?« Sie erhob sich aus dem Sessel.

»Stör nicht, sonst wird´s nix.«

Elisa plumpste in den Sessel zurück. Diese Show hier
wuchs sicher nicht auf himmlischen Pfründen. Auf was
hatte sie sich da nur eingelassen? Das sah ihr mehr nach
Hexerei als göttlicher Hilfe aus. Sollte sich der Alphaengel der dunklen Seite zugewandt haben? Nein, sicher
nicht. Sie sagte doch, sie trifft ab und an einen Engel.
Aber welche Engel? Gefallene, dunkle Engel etwa?

Hektisch blickte sie sich um. Wo war die Tür? Sie war
doch durch eine eingetreten? Keine Tür. Um sie herum

nur Wände und Teppiche, Spiegel und pluderige Vorhänge. Ihr Herz klopfte. Zum ersten Mal in ihrem Dasein spürte sie Angst. Das war kein angenehmes Gefühl, es erschreckte sie und ließ ihr besorgniserregend gegen den Brustkorb trommeln.

Wenn Fiona jetzt noch Spinnenbeine und Froschgedärm auspacken würde, musste sie die Flucht ergreifen. Nur wie? Sie schloss die Augen und betete, denn mit ziemlicher Sicherheit war sie jetzt vom Wolkenputzen so weit entfernt wie die Nasenspitze zu ihrer Oberlippe. *Teufelnocheins. Nein, Himmelherrgott. Verzeihung, Herr, war nicht so gemeint.*

Sie sollte sich zusammenreißen und ihrem Instinkt vertrauen, und der riet ihr zu Fiona, vertraute ihr. Tief atmete sie ein und sammelte sich. Das Herz beruhigte sich, die Angst verflog und Neugierde trat an ihre Stelle. Gut, okay, ein wenig Aufregung mischte sich nach wie vor ein, aber das war in Ordnung.

Angespannt beugte sie sich vor und verfolgte jede noch so kleine Handbewegung des Exengels.

Fiona schwenkte eine kleine Schale über der Kerze und ließ etwas in allen Regenbogenfarben Glitzerndes hineinrieseln, rührte es mit dem Stiel einer weißen Feder um und stellte das Schälchen auf den runden Tisch neben Elisa. »So, das muss abkühlen. Dann bist du an der Reihe. Wo hab ich nur …?« Schon huschte sie an den Sekretär, zog Schubladen auf, schloss sie wieder, überlegte und öffnete eine Klappe. »Ah, da ist ja mein Schätzchen.« Sie zog eine zierliche Phiole aus bernsteinfarbenem Glas hervor und reichte sie Elisa.

Das Fläschchen schmiegte sich in ihre Handfläche und sie befürchtete, es zu zerbrechen, wenn sie es etwas fester umfasste.

Fiona lachte. »Das ist kein rohes Ei, Liebchen. Nur Glas. Dünnes Glas, aber stabiler als du denkst. Gut, du solltest dich nicht draufsetzen oder mit dem Hammer zuschlagen, aber ansonsten ist sie recht robust. Jetzt bist du dran.«

Elisa spürte eine deutliche Anspannung, als Fiona ihr die Phiole abnahm, stattdessen die Schale mit dem Gebräu reichte und mit bedeutungsschwerer Stimme sagte, sie solle sie fest mit den Händen umschließen und unter keinen Umständen loslassen, egal was geschieht. Mit zitternden Fingern nahm Elisa die Schale entgegen, und ihr Herz klopfte erneut wild in ihrer Brust, diesmal jedoch aus einem anderen Grund. Extremer Nervenkitzel, noch so ein neues Gefühl.

Fiona blickte ihr tief in die Augen und legte eine Hand auf ihre Schulter. »Ruhig, kleines Engelchen. Sieh auf die Schale, versinke in der Flüssigkeit, atme gleichmäßig. Gut so, gut so. Und jetzt formuliere in Gedanken, was Jule bewegt, formuliere ihr Ziel, denke das, was Jule glücklich machen kann, was sie anstrebt. Schaffst du das?«

Elisa nickte und versuchte, das Durcheinander in ihrem Kopf zu entwirren, sich auf die eine ultimative Sache zu konzentrieren. Zurück blieben ein Meer voller Gedanken und drei Worte für Jule. *Liebt er mich?*

»Jetzt hast du es«, freute sich Fiona. »Schließ die Augen und puste die Eingebungen und Worte in die Flüssigkeit. Sachte, sachte, langsam.«

Drei kleine und doch so wichtige Worte fanden ihren Weg aus Elisas Atem heraus. Sie spürte es, fühlte, wie sich Gefühle und Buchstaben mit dem Gebräu vermischten. Unerwartet begann die Schale zu zittern und beinahe hätte Elisa sie fallenlassen. Sie riss die Augen auf und umfasste das tönerne Kleinod fester und fester. Ihr war, als wolle die Schale ihr aus der Hand springen, und ihre Finger schmerzten. Kaum fühlte sie sich in der Lage, das Gefäß zu halten und wollte gerade loslassen, als es abrupt aufhörte. *Wahnsinn.*

»Wunderbar. Das hast du sehr gut gemeistert für das erste Mal. Bravo. Ist der Trank schon kalt?« Fiona klatschte in die Hände, hängte im Anschluss daran den kleinen Finger in die schillernde Flüssigkeit, nickte und holte einen miniaturhaften Trichter herbei.

Nach wie vor aufgewühlt stellte Elisa die Schale auf den Tisch, griff nach der Phiole und befreite sie von dem Korken, denn sie konnte sich denken, was nun folgte.

Vorsichtig führte Fiona den Trichter in die winzige Öffnung und ließ das Gebräu aus der Schale hineinrinnen.

»Hm, wieder viel zu viel angerührt. Typisch. Das Zeug hält sich nicht lange. Was mach ich jetzt damit? Ich könnte die olle Bachmann von nebenan ärgern. Gute Idee, gute Idee. Hihi.« Sie nahm Elisa die Phiole aus der Hand, verschloss sie und stellte sie auf den Tisch »Und jetzt willst du sicher wissen, was wir da zusammengepanscht haben, nicht wahr?« Und ob Elisa das wollte. Sie brannte schier darauf. Aber …

»Wir? Du hast den Trank gemischt. Nicht ich.«

»Ich, meine liebe Elisa«, Fiona nahm Elisas Hand und tätschelte sie, »habe nur ein paar Kräuter vermischt, ein bisschen Geschmack zugegeben und den Boden gedüngt. Das Herz des Zaubertrankes kommt von dir. Ohne deine Kraft, ohne die Stärke deiner Gedanken könntest du dir das Zeug auf die Haare kippen, es würde nichts bewirken.« Fiona lachte und schlug sich auf die Schenkel. »Aber mal ehrlich, die Show war gut, oder?«

Vor Überraschung und Neugierde fast zerberstend rutschte Elisa im Sessel vor, als Fiona ohne Punkt und Komma weiterredete. »Also hör zu. Du musst Folgendes tun.«

Verkohlt

Kein Windstoß erleichterte die drückende Schwüle, die sich wie ein Mantel um Elisa legte und auf ihrer Haut brannte. Es herrschte eine beinahe unerträgliche Hitze, das Thermometer auf dem Balkon zeigte um 17 Uhr immer noch vierunddreißig Grad. Sogar eine lauwarme Dusche brachte nicht die erhoffte Abkühlung.

Sie schlüpfte in ein hauchdünnes, cremefarbenes Sommerkleid mit Spaghettiträgern, das ihr nur bis knapp an die Knie reichte, und selbst das schien ihr ein Zuviel an Kleidung. Diese Hitze kannten sie im Himmel nicht. Dort herrschte eine stets gleichbleibende Temperatur. Aber es gab auch keinen Wind, keine Düfte, keine kühle Sommerbrise. Kein lauwarmes Brot. Sie würde es vermissen, das wusste sie jetzt schon.

In schonender Langsamkeit spannte sie den Sonnenschirm auf, genoss einen Moment den Blick auf die Burgruine, die um diese Zeit bereits im Schatten lag, und richtete zwei Gläser und eisgekühlte Apfelsaftschorle aus der Flasche. Sie wusste, dass Jule diesen Samstag in ihrer Wohnung verbrachte und keine Lust hatte, vor die Türe zu gehen. Und sie spürte Jules Traurigkeit, aber auch ihre Unentschlossenheit. Irgendetwas musste am Freitag bei Simon geschehen sein. Doch soweit reichten ihre Kräfte nicht aus, und Gabriel wollte sich nicht weiter äußern. Er hätte ihr schon mehr geholfen, als der Herr ihm gestatte, zumal er ja ein Betaengel ist, hatte er vorhin zerknirscht gemurmelt, als sie im Badezimmer mit ihm plauderte. Sie schlurfte in die Küche und schüttete grüne Oliven in ein Schälchen. Sollte Jule sich in den nächsten zwei Tagen innerlich von Simon distanziert haben, hatte Fiona ihr eindringlich erklärt, dann müsse sie ihr sofort den Trank geben, auf welchem Wege auch immer. Dann wäre die Zeit reif. Nimmt Jule jedoch nicht wie erhofft Abstand zu Simon und das Treffen mit seinen Eltern kommt zustande, kann kein Engel der Welt sie vor dem Unglück retten, in das sie mit offenen Augen rennen wird.

In den nächsten zwei bis drei Tagen! Ihr blieb nicht viel Zeit. Alles geben oder Wolken putzen. Die Phiole stand einsam und schön anzusehen auf einem Regal vor dem Badezimmerspiegel. Elisa fragte sich, wie sie es anstellen sollte, dass Jule den Trank freiwillig in Gegenwart von Simon zu sich nahm. Das hieß, Jule musste über seine Wirkung aufgeklärt werden. Ein Ding der Unmöglichkeit. Wie sollte sie erklären, dass die Wirkung sofort nach nur einem Schlückchen eintritt und nur wenige Sekunden anhält? Jules Gegenüber wird je nach seinen Empfindungen eine farbige Aura erhalten. Möglicherweise verändern sich auch seine Gesichtszüge oder sein komplettes Äußeres, so genau hatte das auch eine Fiona nicht konkretisieren können, da sich die Intensität aus der Psyche des Trinkenden ableitet. Je emotionaler, desto deutlicher die Information. Elisa zog einen Zettelblock aus der Schublade, griff sich einen Stift und setzte sich an den kleinen Küchentisch. Sie musste es aufschreiben, bevor sie es vergaß.

Eigentlich war es recht einfach. Je heller die Aura des Gegenübers, desto freundlicher ist er Jule gesinnt. Generell, so hatte Fiona erklärt, bedeutet eine weiße bis gelbe Färbung große Liebe. Orange oder Gelb deuten auf innige freundschaftliche Verbindungen hin, und die Farbe Grün symbolisiert Unschlüssigkeit. Rot ist eindeutig sexorientiert. Ganz mies sind dunkle Farben zu werten, wobei der Trank in dieser Richtung keine Nuancen zulasse, sondern mit deutlichen Farbtönen arbeite. Elisa notierte sich Stichpunkte.

Blau ist Misstrauen, Braun ist Neid oder Gier, Schwarz ist der Hass, und so weiter. Eigentlich gut zu merken. Sie blickte auf die Uhr, musste sich beeilen.

Elisa steckte den Zettel in ihre Handtasche und begann damit, Peperoni auf einem Teller zu arrangieren. Danach schnitt sie ein Baguette in Scheiben.

Der Trank wird Jules Augen öffnen, hatte Fiona gesagt, aber sie muss es wollen. Aus freien Stücken soll sie ihn zu sich nehmen. Hierzu ist eine gewisse Portion Zweifel vonnöten. Ist dieser nicht gesät, ist Jule nicht bereit. Und wie sollte sie Jule den Zaubertrank überreichen? Sie könnte ihn anhand eines Rezeptes einer Hexenseite aus dem Internet zusammengebraut haben. Elisa schüttelte den Kopf. Nein, Jule würde sie auslachen und sie zum Teufel jagen. *Entschuldigung, Herr.* Jule durfte das Gebräu nicht in Frage stellen, nicht zögern. Sie musste sie auf einen Schlag überzeugen. Doch wie? Ihr brummte der Kopf. Wie sollte sie Zweifel an Simon in Jule säen, wenn Jule nichts davon wissen wollte? Und doch, da war es wieder. Immer wenn sie die Augen schloss und sich auf Jule konzentrierte, schwappte eine Stimmung zu ihr herüber. Unsicherheit, Verwirrung, Scham, Schuldgefühle. Und einen Hauch Zuneigung.

Jule war immer noch zu Hause, und sie wollte mit niemandem reden. Elisa setzte ihre Hoffnung auf Marcello, der in wenigen Minuten eintreffen würde.

Sie legte die Baguettescheiben in den Ofen, um sie anzurösten. In diesem Moment schob sich ein blonder Schopf in ihre Erinnerung. Jules Nachbar. Vielleicht wäre auch er eine Option? Es war gut, noch einen Joker in der Hand zu halten, obwohl sie fest an Marcellos Charme glaubte. Obendrein wusste sie nicht, ob der smarte Daniel bereits vergeben war. Am Ende provozierte sie eine Trennung und machte damit alles nur noch schlimmer.

Unter dem Sonnenschirm schien sich die Hitze zu bündeln. Elisa schwitzte. Eine sehr unangenehme Erfahrung. Sofort überkam sie der Wunsch, ein weiteres Mal unter die Dusche zu steigen. Doch dazu fehlte die Zeit. Wenn nur ein wenig Wind diese drückende Schwüle vertreiben könnte. Nur ein bisschen, ein kleines Lüftchen. Sie setzte sich und schloss die Augen, stellte sich vor, ein stetiger Luftstrom verschaffe ihr Linderung. Kaum merklich bog ein erfrischend kühler Windhauch um die Ecke und verfing sich in ihren Haaren. Erstaunt öffnete sie die Augen. Der Stoff des Sonnenschirmes bewegte sich in der sanften Brise und die Schwüle hob sich hinweg. War sie das gewesen? Stop, dachte sie, und der Wind blieb fort. *Wind* dachte sie, und das Lüftchen umschmeichelte ihre Stirn. Bleib, dachte sie und freute sich. Auch das hatte man ihr verschwiegen. Was konnte sie noch vollbringen?

Es klingelte.

*

Jule zupfte sich Klebereste von den Fingern. Zwar waren die Fotografien von ihr und Simon nun wieder miteinander verbunden, doch die Bruchlinie teilte sie nach wie vor. Sie schenkte sich ein Glas Rotwein ein und sortierte die Bilder. Ihr Blick heftete sich auf die zerfasterten Linien, als gelänge es ihr, sie mit bloßem Starren zum Verschwinden zu bringen. Dieser verdammte, leicht gezackte Riss zwischen ihr und Simon ließ sie nicht los. Und immer noch hatte er sich nicht gemeldet. Sie stürzte den Wein hinunter und schenkte nach. Es klingelte. Egal. Sollte klingeln, wer wollte. Sie war nicht zu Hause. Ende der Durchsage!

Kurz darauf klopfte es, und sie hörte Daniel, der fragend ihren Namen rief.

»Was?«, pflaumte sie ihn an, als sie die Tür geöffnet hatte. Unwillkürlich wich Daniel einen Schritt zurück. In der einen Hand hielt er eine Flasche Wein, in der anderen eine kleine Kiste mit einer Schleife. Wie auch immer. Sie war jetzt nicht in der Stimmung, mit fremden Männern Wein zu trinken. Simon könnte anrufen. Oder sogar zu ihr kommen. Hätte sie ihm überhaupt geöffnet? *Ach, lasst mich doch alle in Ruhe.*

185

»Oh, sorry. Falscher Moment?« Daniel zog die Brauen hoch und wirkte betreten.

»Richtig. Absolut falscher Moment.« Mit diesen Worten knallte sie ihm die Tür vor der Nase zu, griff sich ihr Glas und stürzte den Wein hinunter. Was war nur in sie gefahren? In ihr tobte ein ihr völlig unverständlicher Zorn. Warum? Und auf wen? *Auf dich selbst, Jule. Weil du so dämlich bist und dir Simon vergrault hast.*

Sie musste zu ihm fahren, mit ihm reden. Heute Abend.

*

Marcello nahm sich die letzte Olive und lehnte sich zurück. »Eine wirklich schöne und ruhig gelegene Wohnung hast du, Elisa. Hier geht sogar ein laues Lüftchen. Und dieser Blick auf die Burgen … Irre. Hier hält man es aus.«

Eine Stunde saßen sie bereits auf dem Balkon und plauderten. Hauptsächlich über Jule, wobei sich Elisa größtmögliche Mühe gab, nicht zu viel zu verraten. Von sich, von ihrem Wissen um Jules Beziehung, von ihren Absichten. Glaubhaft hatte sie ihm versichert, sich um die spürbar unglückliche Kollegin, ja beinahe schon Freundin, zu sorgen. Außerdem hätte sie sehr wohl die Blicke aufgefangen, die Jule ihm zugeworfen hatte. Ja, das hatte sie. Und er solle nicht aufgeben. Nicht nach nur einem Korb. Aber so etwas wisse er ja sicher.

Nachdenklich betrachtete sie sein Gesicht, seine Züge, die weich wurden, wenn er von Jule sprach. Er war ein sehr attraktiver Mann mit markanten Gesichtszügen. Die Haut von Natur aus leicht gebräunt ließ sein Lachen zu jeder Jahreszeit strahlend erscheinen. Der Dreitagebart, die verwuschelten schwarzen Haare und die dunklen Augen gaben ihm etwas von einem Cowboy am Lagerfeuer. Gab es italienische Viehhirten? Egal. Lagerfeuer. Wie kam sie nur auf solche Gedanken. Moment mal. Irgendetwas roch hier seltsam.

»Riechst du das auch?«, fragte sie Marcello.

Er hob den Kopf an und schnupperte. »Ja, da wird vermutlich gegrillt. Riecht leicht angebrannt.« Er rümpfte die Nase.

»Oh nein!«

Sie schlug sich mit der flachen Hand an die Stirn, sprang auf und rannte in die Küche. Aus dem Backofen qualmte es. Sie öffnete ihn, wedelte mit der Hand den Rauch beiseite und zog das Backblech mit verkohlten Baguettescheiben heraus. Anschließend öffnete sie alle Fenster.

»Na, kochen ist nicht deins, wie?« Gabriel projizierte sich auf die Mikrowelle und legte schmunzelnd den Kopf schief.

Elisa hustete und runzelte die Stirn. »Sieht so aus. Danke, dass du mich darauf hinweist. Kann ich jetzt gut gebrauchen.«

»Oh, schnippisch heute? Auf Krawall gebürstet?«

»Nein, nur nicht zum heiteren Plaudern aufgelegt, weil …«

Unvermittelt stand Marcello hinter ihr. »Weil was? Mit wem redest du?«

»Was? Mit niemandem. Mit mir. Wenn ich mich ärgere, mache ich das. Blöde Eigenart, haha.« Sie huschte vor die Mikrowelle und hoffte, sie ausreichend verdeckt zu haben und wedelte zur Ablenkung mit dem Tuch. »Baguette. Angebrannt. Hab sie einfach vergessen. Schwupps. Verbrannt.«

Marcello linste auf die verkohlten Brotstücke und lachte. »Du bist sehr sonderbar, liebe Elisa. Aber irgendwie mag ich dich. Und nun? Brauchst du Hilfe? Oder ... soll ich besser gehen?« Er zwinkerte. »Ich muss mir ja noch einen Plan zurechtlegen, wie ich das Herz Jules erobern kann.«

Er griff zu seinen Autoschlüsseln. In diesem Moment klingelte wie bestellt das Telefon. Elisa überkam sofort eine Ahnung. Ulli. Und sie wartete mit schlechten Nachrichten auf. Hastig stieß sie »Bleib noch« heraus und nahm das Gespräch entgegen.

Drei Minuten später legte sie auf. Marcello spielte mit dem Schlüssel in seiner Hand und sah sie gespannt an. »Und?«

»Wir müssen los«, informierte sie ihn knapp. »Simon Grasser verschwand soeben mit einer Frau, die nicht Jule heißt, in seiner Wohnung. Ulli ist eben zufällig dort vorbeigefahren, hat sie gesehen und gefragt, ob wir uns in einer halben Stunde vor Simons Haus treffen, ihn zur Rede stellen und ...«, sie holte tief Luft, »Jule ist auf dem Weg dorthin.«

»Oh, das ist ... hat Ulli Jule etwa angerufen?«

»Was? Nein, nein. Sie hat ihr nichts erzählt, aber ich glaube, Jule hat erwähnt, sie wolle heute Abend zu

Simon fahren.« Das war geflunkert. Vor ihrem inneren Auge hatte sie es gesehen. Jule war auf dem Weg zu diesem Scheusal, aber das konnte sie Marcello ja nicht mal eben so erzählen.

»Aha.« Er sah sie irritiert an. »Und was kann ich dabei tun?«

Elisa blickte ihn streng an. »Jetzt sperr mal die Lauscher auf, du italienischer Hengst. Dein Julchen wird vermutlich in der nächsten halben Stunde ihren falschen Traummann als das entlarven, was er ist. Ein untreuer Kerl, der eine Jule nicht verdient hat. Alle Engel sind Zeuge, dass ich es nicht dazu kommen lassen wollte. Und du wirst da sein, um sie aufzufangen. Verstanden? Da hast du dann deinen Plan. Nichts ist so beständig wie der Wandel. Also komm.«

Hastig löschte sie die Lichter und zog den sprachlosen Marcello mit sich. Die arme Jule. Die Vorstellung, sie leiden zu sehen, mit ansehen zu müssen, wie sie den geliebten Mann mit einer anderen in flagranti erwischen würde, schnitt ihr schmerzhaft ins Herz. Genau das hatte sie vermeiden wollen, und es nicht zustande gebracht. Sie musste sich schleunigst etwas einfallen lassen.

*

Jule trat in den Flur hinaus und zog die Tür energisch hinter sich ins Schloss. Sie verharrte, überlegte und kam zu dem Ergebnis, ein wenig ruppig mit Daniel umgesprungen zu sein. Was konnte er dafür, dass sie sich fühlte wie ein Neutrum? Nicht Fisch, nicht Fleisch. Ihre Gefühlswelt geriet aus den Fugen und sie knallte dem liebenswerten Mann von nebenan ihre Wut auf sich selbst vor die Füße. Er musste sie zwangsläufig für eine mürrische Ziege halten. Dieser Gedanke und die Tatsache, ein ungehobeltes Verhalten an den Tag gelegt zu haben, stießen ihr unangenehm auf. Sie sollte das bereinigen. Sofort. Unerledigte Dinge besaßen die Eigenart, sich ausgesprochen störend im Innersten festzufressen und alles andere beiseitezuschieben.

Sie atmete einmal tief durch und betätigte entschlossen die Klingel. Kurz darauf näherten sich Schritte und die Tür wurde geöffnet. Daniel stand kauend vor ihr, in einer Hand ein Brötchen, in das er vermutlich wenige Augenblicke zuvor hineingebissen hatte, und sah sie erstaunt an. »Oh. Hao Jule, Schuliung, ich …«

Unwillkürlich musste Jule lachen. Zu niedlich sah er aus, wie ein Junge, der verbotenerweise vom Marmeladenglas genascht hatte. Mit einem Male entsann sie sich, wo sie ihm in ähnlicher Haltung schon einmal begegnet sein musste. Ein junger Mann, der auf einer Parkbank in ein Brötchen biss, eine Dogge, die auf der Jagd nach einem Tennisball über diese Bank sprang. Der Mann, der vor kurzem auf eben dieser Bank gesessen und ungläubig dem Hund hinterhergesehen hatte, war Daniel gewesen. Wie klein die Welt doch war. Und jetzt stand er in verwaschenen Jeans vor ihr, den Zipfel eines Geschirrtuches in die Hosentasche gesteckt, das weiße T-Shirt erkennbar frisch, jedoch nicht gebügelt. Und an diesem wischte er sich seine freie Hand ab und streckte sie ihr hin.

»Hallo. Jetzt hab ich fertig gekaut. Entschuldige bitte. Was kann ich für dich tun?«

»Wein«, stammelte Jule, »Vorhin. Ich meine, ich hab es nicht so gemeint, ich meine …« Sie spürte, wie ihr die Röte ins Gesicht schoss, während sie ununterbrochen seine Hand schüttelte.

Er lachte. »Du meinst, dass du es nicht so gemeint hast? Meinst du das?«

»Ähm, ja.« Vorsichtig ließ sie seine Hand los und glaubte mit einem Schlag, mindestens zwei Hände zu viel zu haben, die unsicher einen Platz suchten, um ihre Nervosität zu verbergen. Hastig vergrub sie die Finger in den Hosentaschen und zog die Schultern hoch. Eine peinliche Situation, in die sie sich da manövriert hatte.

Er winkte ab. »Schon in Ordnung, Jule. Ehrlich.« In seinem Blick lag Ehrlichkeit und auf seinen Wangen hatten sich lustige Grübchen gebildet. Er trat einen Schritt zur Seite, öffnete die Tür etwas weiter und beschrieb mit dem Brötchen eine einladende Bewegung. »Möchtest du vielleicht hereinkommen?«

»Oh, nein. Nein, entschuldige. Ich habe noch etwas vor. Aber morgen hätte ich Zeit. Glaube ich. Nein, ich nehm sie mir. Ja genau. Wie findest du morgen?«

Der Gedanke, mit diesem netten Nachbarn ein Glas Wein zu trinken und ungezwungen zu plaudern war verlockend. Gerne wäre sie eingetreten und ihr Vorhaben, Simon einen Überraschungsbesuch abzustatten, kam ihr mit einem Male wie eine lästige Verpflichtung vor. Unwillkommen, aber notwendig. Kein guter Tag. Keine gute Woche. Das Schicksal machte sich einen Spaß daraus, ihr Steine in die vertrauten Wege zu legen. Sei´s drum, sie würde ihr Vorhaben umsetzen. Das tat sie immer. Kein Grund, von diesem Weg abzuweichen.

»Morgen ist wunderbar. Achtzehn Uhr?«

Fünf Minuten später fuhr sie mit quietschenden Reifen aus der Parklücke.

Sie fühlte sich wunderbar.

*

»Du bist ja barfüßig«, stellte Marcello atemlos fest, als sie ihm mit einer Handbewegung bedeutete, schneller zu laufen. Er konnte ja nicht ahnen, dass Jule jeden Moment eintreffen würde. Sie mussten vor ihr dort sein, um sie abzufangen, zu verhindern, dass sie ihren falschen Traumprinzen mit einer anderen beim Vögeln erwischte. Irgendwie gefiel ihr dieses Wort.

»Na und? Diese Schalen sind unbequem.«

»Diese was?«

Elisa verdrehte die Augen. »Schuhe. Komm jetzt. Beeil dich.« Sie packte ihn an der Hand und zog ihn mit sich um die Häuserecke. Oh nein! Keine hundert Meter entfernt stand Ulli wild gestikulierend vor Maike auf der gegenüberliegenden Straßenseite von Simons Wohnhaus. Was hatten sie vor? Hastig blickte sie sich um. Von Jule keine Spur. Es konnte sich nur noch um Minuten handeln.

»Endlich«, polterte Ulli, »Wir dachten schon, du hältst vorher ein Nickerchen. Wieso hast du keine Schuhe an? Na egal, es gibt Wichtigeres.« Sie deutete mit dem Zeigefinger nach oben. «In dem einen Raum ist das Licht angegangen, dann wurde es gedämpft.«

»Und jetzt?« Elisa blickte sich suchend um, erwartete jeden Moment, Jules Wagen zu erblicken.

»Gehen wir hoch und stellen diesen smarten Wichser zur Rede«, beschloss Maike und trat ihre Zigarette auf dem Pflaster aus, als zerdrücke sie eine übergroße Kakerlake. Anschließend warf sie Marcello einen skeptischen Blick zu. »Und wer bist du?«

Noch bevor Marcello antworten konnte, preschte Ulli vor. »Ein Kollege. Hallo Marcello. Was machst du hier eigentlich?«

Wieder setzte er zu einer Erwiderung an und kam nicht weit.

»Er hat mich besucht und wir ...«, startete Elisa den Versuch einer Erklärung und schrie auf. Ein brennender Schmerz durchschnitt ihre Fußsohle. Elisa hob den Fuß und rieb sich die Unterseite. Sie war auf Stück Glut getreten, die offenbar von Maikes Zigarette abgefallen war. Während sie versuchte, durch Reiben den Schmerz zu vertreiben, hüpfte sie auf einem Bein, um die Balance zu halten. Es gelang ihr nicht. Sie strauchelte, ruderte mit den Armen. Reflexartig versuchte sie, den drohenden Fall mit den Flügeln abzufangen. Doch da waren keine Flügel mehr, da konnte sie mit den Schultern zucken und kreisen, bis die Hölle gefror. Marcellos Hände packten sie gerade noch rechtzeitig.

Elisa bedankte sich, ignorierte die irritierten Blicke und beschloss, diesen Vorfall unter den Teppich zu kehren. Peinlich. Gar nicht so einfach, als Engel mit beschränkten Fähigkeiten und ohne Flügel Probleme zu lösen. Aber sie durfte sich nicht beschweren, die Erdlinge waren den alltäglichen Schwierigkeiten ständig ausgesetzt und lösten diese ohne das geringste Fingerschnipsen. Außerdem musste sie sich zunächst bewähren. Im Prinzip hatte sie zwei Aufgaben zu bewältigen. Jules Dilemma und ihr eigenes.

»Tut mir leid, Elisa. Ich glaube, das ist von meiner Zigarette abgefallen, lass mich mal nachsehen.« Maike wirkte sichtlich betreten, bückte sich und wollte die Brandwunde in Augenschein nehmen, als eine scharfe Stimme die Gruppe zusammenfahren ließ.

»Was macht ihr denn hier?« Jule starrte mit gerunzelter Stirn von einem zum anderen.

Auf Marcello ruhte Jules Blick einen Moment länger und Elisa spürte einen kleinen Stich in ihrem Herzen, der nicht ihrer war. Es war ein Fehler Marcello mitgenommen zu haben, das wurde ihr spontan bewusst. Jetzt lag es an ihm, wie er die Situation zu seinen Gunsten nutzte. Und zu ihren, musste sie zugeben.

Für Sekunden herrschte betretenes Schweigen, selbst Ulli schien zu überrascht, ein Wort herauszubringen. Maike steckte sich eine weitere Zigarette zwischen die Lippen und Marcello starrte Jule an. Die italienische Redseligkeit hielt sich spontan in peinlichen Grenzen. Elisa beschloss, diesem unerträglichen Zustand ein Ende zu machen.

»Jule. Wir haben uns spontan hier getroffen, weil Ulli zufällig gesehen hatte, wie Simon mit einer Frau in seine Wohnung gegangen ist. Wir wollten ihn zur Rede stellen.« Jetzt war es raus. Manchmal halfen klare Worte, manchmal töteten sie. Elisa wand sich innerlich. Solch eine Situation hatte Elisa unbedingt vermeiden wollen. Wieder ein Fehler. Oder?

Jule starrte sie mit offenem Mund an. »Ihr wolltet was? Das ist ja ... das ist ... Ich weiß nicht, was es ist, aber ich kann es nicht fassen.«

In diesem Augenblick schossen ihr die Tränen in die Augen. Sie sah ihre Freundin an. »Maike ... warum hast du mir nichts gesagt? Gerade du? Ihr wolltet Simon nicht wirklich zur Rede stellen, das glaub ich einfach nicht. Marcello?«, sie wandte sich um und sah ihn bohrend an, »Du auch?«

Elisa sprang hinzu und legte ihre Hand auf Jules Arm. »Wir hatten uns zufällig getroffen, als der Anruf kam. Und ich dachte, er könnte ...«

»... mich trösten? Also bitte!« Jule lachte auf, drehte sich um und blickte hinauf zu Simons Wohnung. In der Küche ging in diesem Moment das Licht aus.

»... uns unterstützen, ja«, beendete Elisa den Satz und verspürte Mitleid mit Jule. Dieser miese Frauenheld hatte eine Frau wie Jule einfach nicht verdient. Und die Art und Weise, wie Jule sich von ihm lösen sollte, hätte eine andere sein sollen.

Schleichend mischte sich eine neue Empfindung unter ihre Anteilnahme. Sie fühlte Ärger in sich hochsteigen, auf Jules Verhalten, die Ignoranz gegenüber unumstößlichen Tatsachen, ihre Art, Wunschvorstellungen als Fakten hinzustellen und sie bei Bedarf nach Gusto aufzuhübschen, bis es wieder passte. Aber auch Unzufrieden-

heit mit sich selbst. Hartes Brot für einen frischgebacke-
nen Engel. Wieder ein neues Gefühl. Eines, das sie nicht
mochte. Aber - herrje - Jule war auch zu starrköpfig und
ihr schwammen die Felder weg. Sagte man das so? Die
Felder? Nein, Felle. Ihr schwammen die Felle weg.

Ihre Gedanken wurden von einem scharfen Ton jäh
unterbrochen.

»Hör mal zu, Julchen!« Die fast einen Kopf größere
Ulli baute sich vor der zierlichen Jule auf und stemmte
die Fäuste in die Hüften. »Dein schmieriger Womanizer
ist gerade mit einer rassigen Schwarzhaarigen in seiner
Wohnung verschwunden. Aber du wirst mir sicher
gleich klarmachen, dass das mitnichten eine Frau, sondern lediglich ein wichtiger Geschäftspartner sei, mit
dem er weitere Projekte besprechen muss.«

»Genau!«, pflichtete Maike bei, »Und du gehst da jetzt
hoch und bläst ihm mal ordentlich den Marsch, verstanden? Und der Schlampe haust du kräftig eine auf die
Zwölf.«

Marcello gluckste und trat neben Jule, nahm sie in den
Arm, als wolle er sie vor der geballten Tatkraft der
Freundinnen schützen. »Ich denke, Jule sollte sich erst-
mal an den Gedanken gewöhnen, dass sie betrogen
wird. Das muss ein echter Hammer für sie sein. Schon
mal darüber nachgedacht, die Damen?« Er blickte scharf
von Ulli zu Maike und drückte Jule noch eine Spur fester an sich. »Ich finde, wir brechen hier die Zelte ab und
gehen zu mir. Oder nein, wir gehen zu Jule. Was meinst
du, Bella Juliana?« Zärtlich blickte er sie an und strich
ihr eine Strähne aus dem Gesicht.

Elisas Herz hüpfte vor Freude kurz auf, als sie die Dankbarkeit in Jules Augen sah. Jules Schulter schmiegte sich passgenau unter Marcellos Achselhöhle. Kein Zweifel, sie fühlte sich in diesem Moment von ihm verstanden und behütet. Offenbar hatte *Italian Stallion* instinktiv die passenden Worte gefunden. Sie beglückwünschte sich selbst zu diesem Schachzug.

Ulli trat auf Marcello zu und funkelte ihn an. »Daran gewöhnen. Ja nee, is klar, Mr. Bardolino. Jetzt pass mal auf. Sanfte Hinweise und angedeutete Halbsätze in diese Richtung hat Jule bisher erfolgreich ignoriert. Da oben«, sie deutete mit ausgestrecktem Arm Richtung Edelwohnblock, »bumst ihr zukünftiger Ehemann seit mindestens einer halben Stunde eine brasilianische Nymphomanin durch und du schwafelst hier was von Gewöhnen. Scheiß drauf, Marcello. Wir gehen da jetzt hoch.«

Elisa blieb die Sprache weg. Sie starrte ihre Kollegin ungläubig an. Okay, sie wusste, dass sie forsch und direkt war, aber so forsch und so direkt? Jule bekam ebenfalls den Mund nicht zu, genau so wie der südländische Charmeur. Nur Maike steckte das Gesagte locker weg. Nein, sie setzte noch eins drauf.

»Aber bevor wir hochgehen, Jule, zeigt du deinem Simonarsch, zu was du fähig bist. Hier.« Sie zog ein Schweizer Klappmesser aus der Handtasche, klappte die Klinge heraus und hielt sie Jule hin. »Zerstich dem Kackstiefel die Reifen. Jeden Einzelnen.«

Ulli klatschte in die Hände und hüpfte in diebischer Vorfreude auf der Stelle. »Oh ja, und dann ritzt du *Untreues Arschloch* in die schwarze Glanzlackierung. Herrlich, herrlich.« Jule wich zurück und löste sich somit aus Marcellos Umarmung.

»Spinnt ihr? Ich kann ihm doch nicht … wieso sollte ich? Das ist doch keine Art. Also wirklich …« Sie schüttelte so energisch den Kopf, dass sich das Haargummi löste und die Haare um ihr Gesicht flogen. Dann schlug sie die Hände vor das Gesicht und schluchzte.

»Ach«, bläffte Ulli unbeeindruckt, »Und was tut er dir an? Maike, gib mal das Messer her.«

Elisa wollte nicht glauben, in welche Richtung sich dieses Treffen entwickelte. Sachbeschädigung, Rache, Hass. Nein, sie wollte das nicht mehr mit Ansehen. Ein dicker Hund, was sich die beiden da erlaubten. Das überschritt Grenzen. Das machte sie wütend. So etwas durfte ein Engel nicht dulden. Schluss mit lustig.

»Still! Sofort!« Elisas Arm schoss nach oben, die Handinnenfläche zeigte auf die vier Erdlinge.

Schlagartig umgab sie ungewöhnliche Geräuschlosigkeit und vier Augenpaare blickten sie überrascht an. Jule sagte etwas, ihr Mund bewegte sich, doch sie hörte nichts. Wie in Zeitlupe zogen sich die Augenbrauen der anderen nach oben, während sie sich gegenseitig ansahen und die Münder lautlos Worte sprachen. Ein Auto fuhr vorbei, sie hörte kein Motorengeräusch. Nichts. Kein Laut. *Ups.* So hatte sie das nicht beabsichtigt. Mehr noch, bis eben hatte sie keinen Schimmer gehabt, diese Fähigkeit zu besitzen. Gott war ein Scherzkeks, in jeder Hinsicht. Sicher lachte er sich gerade gemeinsam mit Gabriel über dem Eiszapfenmikado einen Ast und war gespannt darauf, wie sie aus der Nummer wieder rauskam.

Die Ungläubigkeit der anderen drohte in Panik umzu-kippen. Sie musste etwas tun. Nur was? Fieberhaft spielte sie die Situation noch einmal durch. Aufgeregt war sie gewesen, wütend, ungehalten. Offenbar begünstigten starke Emotionen ihre Gaben. Okay, im Augenblick befand sie sich ebenfalls in einer mentalen Erregung, und zwar in absoluter Verzweiflung. Sie musste das beenden. Klar, aber wenn sie wieder sprechen und sich hören konnten, würden sie Fragen stellen. Unangenehme Fragen, die den Schleier um ihr Geheimnis lüften würden. Das war es dann mit *Engel Undercover*, und das musste sie unter allen Umständen verhindern.

War sie imstande, die Szene zurückspulen, wie es der Herr mit einzelnen Sequenzen auf HeavensTube tat? Zurückdrehen, die Zeit einige Minuten vorher aufsetzen. Zu dem Moment, in dem Jule die Hände vor das Gesicht schlug.

Hilf mir, Herr.

»Zurück!« Erneut hob sie Hand und brüllte lautlos die Worte heraus. Für einen Augenblick sah sie in vier vor Entsetzen geweitete Augenpaare, dann erfasste sie ein Wirbel. Als wäre rings um sie herum ein Video auf Schnellrücklauf gestellt, vollführten die Körper seltsame Verrenkungen und mit einem Male waren die Töne wieder zu hören. Beinahe musste Elisa lachen, als Ulli mit umgekehrtem Klatschen die Worte *hcolhcsrA seuertnU* ausspuckte.

Oh, zu weit zurückgespult. Wieder vor. Elisa vollführte eine Handbewegung. Es wunderte sie, dass es so ohne weiteres funktionierte. Aber warum nicht? Lachen war auch eine Emotion, eine der stärksten überhaupt, wenn nicht die Machtvollste, neben der Liebe, versteht sich.

Im Handumdrehen brachte der schnelle Vorlauf sie in die Szene, in der Jule ihr Gesicht in den Händen vergrub und losschluchzte. Zeit, zu stoppen und in den Normallauf überzugehen. Schon irre, diese Sache. So langsam fand sie Gefallen am Engel-auf-Erden-sein. Eine Handbewegung und ein gehauchtes *Start* später, befanden sich alle Figuren wieder an ihrer Ausgangsposition. Perfekt.

»Ach«, bläffte Ulli, »Und was tut er dir an? Maike, gib mal das Messer her.« Sie hielt kurz inne. »Irgendwie ist mir, als hätte ich das schon einmal gesagt. Na, egal. Ich erledige das mit den Reifen.«

Hervorragend. Sie erinnerten sich nicht. Puh! Gerade nochmal gutgegangen.

*

Jule überrollte eine Welle der Erleichterung, als Elisa resolut zwischen Ulli und Maike trat und Maikes Messer an sich nahm und wegsteckte. »Jule hat Recht, das ist keine Art. Sie muss selbst entscheiden, was sie jetzt unternimmt.« Sanfter wandte Elisa sich ihr zu. »Willst du zu Simon hochgehen? Ihn womöglich in flagranti erwischen? Schaffst du das?« Noch während Elisa die Worte aussprach, überkam Jule das Gefühl, das hinter ihr etwas passierte.

Ullis Gesichtsausdruck sprach Bände, und im nächsten Moment zischte diese auch schon. »Sie kommen wieder raus. Simon und seine Schlampe. Da.« Mit dem Kinn deutete sie in Richtung Hauseingang. Alle drehten sich um.

Jule wusste nicht, ob sie heulen oder lachen sollte. Die Situation war an Irrwitz nicht zu übertreffen.

»Das ist nicht Simon.«

Er sah ihm sehr ähnlich, das stimmte schon. Und wenn man ihn wie Ulli nur von hinten gesehen hatte, konnte er durchaus für Simon gehalten werden. Sie kannte den Mann nicht, die Frau schon. Mrs. Garcia war alleinstehend, wohnte im zweiten Stock, hatte die fünfzig bereits weit überschritten und sah immer noch verboten gut aus. Offenbar hatte sie jemanden kennengelernt, dessen Rückseite Simons glich.

Hinter ihr schwieg es still. Ulli meldete sich als Erste.

»Shit.«

»Mensch, Ulli. Da haste jetzt aber die Pferde wild gemacht.« Maike trat eine Zigarette aus.

»Die sammelst du aber bitte auf, bevor ihr jetzt alle geht«, bemerkte Jule säuerlich und trat zu Marcello. »Hey.«

»Hey, Jule. Blöde Situation, hm?«

»Ohne Frage. Du verstehst doch, dass ich jetzt zu Simon gehe?«

»Aber natürlich, Bella Juliana.« Er zog sie in seine Arme und hielt sie fest. Für einen kurzen Moment schloss sie die Augen und lehnte ihre Stirn an seine Brust. Einen Wimpernschlag überkam sie das Gefühl, ewig in dieser Position verweilen zu wollen. Die letzten Minuten hatten sie unvermittelt in einen Wirbel der Gefühle gestoßen. Fassungslosigkeit, Entsetzen,

Schmerz, unglaublicher Schmerz, als sie dachte, Simon wäre mit einer anderen Frau ... und zuletzt Verblüffung, Erleichterung. Sie fühlte sich, als wäre sie einen emotionalen Marathon gelaufen und wollte jetzt nur noch eines: Schlafen. Augen zu, Augen auf, neuer Tag.

Langsam schälte sie sich aus seinen Armen, drehte sich zu Ulli und Maike um, die sichtlich betreten nebeneinanderstanden.

»Ulli, wir sehen uns Montag. Und Maike?« Sie ging auf ihre Freundin zu, sie konnte ihr nicht böse sein, hatte diese doch nur versucht, ihr zu helfen, ihr die Augen zu öffnen. Aus welchem Grund auch immer. Sie irrten sich. Alle.

Schließlich traf ihr Blick Elisas, die sie warm und freundlich anlächelte. In ihren Augen glomm noch etwas anderes, das Jule nicht einzuschätzen vermochte. Es schien, als wisse Elisa mehr als alle anderen um sie herum. Elisa nickte zustimmend und deutete mit dem Finger auf Simons Haus.

Ja, genau das würde sie jetzt tun. Simon und sie hatten etwas zu klären. Es konnte nicht sein, dass er wegen eines Fummels aus dem Sexshop solch einen Aufstand probte.

Ihr Herz klopfte. Als zufällig ein Bewohner das Haus verließ, schlüpfte sie hinein. Sie nahm die Treppe, immer zwei Stufen auf einmal, hatte keine Geduld auf den Fahrstuhl zu warten. Kurz darauf stand sie hochroten Kopfes und nach Luft schnappend vor seiner Tür. Verschlossen. Nanu? Sie klopfte.

»Simon. Ich bin es. Jule.«

Schritte. Ein Schnauben. Die Tür öffnete sich. Simon stand vor ihr. Bis auf das um die Hüften gewickelte Handtuch war er nackt, seine Haare nass. Wassertropfen perlten auf dem glatten Brustkorb. Wie jedes Mal verschlug ihr sein Anblick die Sprache.

»Was machst du denn hier?« Die Verblüffung stand ihm ins Gesicht geschrieben. Wenn sie mit allem gerechnet hätte, nicht damit. Er wirkte … ertappt. Nein, eher unangenehm berührt? Angespannt? Genervt? Ja, eher das. Beim genauen Hinsehen bemerkte sie, seine Wangen schimmerten in zartem Rot, so als hätte er sich beeilt, oder …

»Mir geht es nicht gut, Jule. Ich friere, stand eben unter der heißen Dusche und gehe jetzt zu Bett.« Er verzog sein Gesicht zu einem gequälten Lächeln. »Das verstehst du doch sicher.«

Beinahe hätte sie angefangen zu weinen. Alle Enttäuschung wollte aus ihr heraus und liebend gern würde sie ihm die Geschichte, die sich noch vor wenigen Minuten vor seinem Haus abgespielt hatte, vor die Füße kübeln. Tapfer schluckte sie Tränen und Worte hinunter und fragte stattdessen, ob sie nicht hereinkommen und ihm einen Tee kochen solle. Dabei trat sie wie selbstverständlich zwei Schritte vor und schob die Tür auf. »Julchen, mein Herz, heute nicht. Bitte, ich will einfach nur schlafen.« Er nahm sie sanft und doch nachdrücklich bei den Schultern und schob sie in den Flur hinaus. Ein letzter entschuldigender Blick traf sie und die Tür schloss sich vor ihrer Nase.

Es dauerte eine Weile, bis sie die Fassung wiedererlangte und sich endlich in der Lage fühlte, ihre Gliedmaßen zu bewegen, die sich vor Bestürzung versteift hatten. Nach wie vor starrte sie auf die anthrazitfarbene Hochglanzbeschichtung der Eingangstür, als könne sie durch sie hindurchsehen, holte sich ins Bewusstsein, was sie lediglich aus dem Augenwinkel wahrgenommen hatte.

Seine nackten Füße hatten feuchte Spuren auf dem schwarzen Granit hinterlassen. Vom Badezimmer bis zur Haustüre. Große, breite Spuren. Dahinter fragmentarisch schmale, auf dem Boden vorhandene, fast nur erahnende Abdrücke, die ins Schlafzimmer führten.

Sie ballte die Hand zu einer Faust und hob den Arm, bereit, gegen die Tür zu dreschen, bis er öffnete. Doch irgendetwas hinderte sie daran.

Da war sie wieder, diese dumpfe Leere, mit der sie nichts anfangen konnte, die sie nicht einzuschätzen wusste. Dieses Nichts in ihr fühlte sich endgültig an, ganz so, als wartete etwas in ihr darauf, dass sie etwas tat, nur um dann sich dann vollends ihrer zu bemächtigen. Nur was sollte sie tun?

Sie hob den Arm erneut und ließ ihn wieder sinken. War eine andere Frau bei ihm? Wenn ja, wollte sie es wissen? Was zog ihre Hand nach unten, was hinderte sie daran, Klarheit zu schaffen? Die Angst vor dem, was sie sähe? Die Angst, sich zu blamieren? Simon steckte das Mieder des Grauens noch in den Knochen - verständlicherweise. Und heute ging es ihm nicht gut. Es war seine Art, sich zurückzuziehen, wenn er kränkelte. Jetzt galt es, nicht überzureagieren.

Jule zupfte ein Haar von ihrem Shirt und legte es fein-säuberlich über den Handknauf an der Tür, bevor sie sich zur Treppe wandte.

Vor dem Haus atmete sie die warme Nachtluft ein. Sie wechselte die Straßenseite und stand vor Simons Wagen. Fast erwartete sie, den Schriftzug *Untreues Arschloch* zu sehen. Es hätte zu Ulli gepasst.

Überrascht bemerkte Jule ein leises Lächeln ihre Lippen umspielen. So etwas taten nur Freunde. Wer sonst setzte sich derart enthusiastisch für jemanden ein?

Moment mal. Wenn alle vier davon überzeugt waren, dass Simon ein falsches Spiel mit ihr spielte, stand es Vier zu Eins. War sie etwa ein mentaler Geisterfahrer? In ihrem Magen zog es unangenehm und sie hatte das Gefühl, sich übergeben zu müssen. Hastig zog sie den Autoschlüssel aus ihrer Tasche und umschloss ihn so fest, dass die Knöchel ihrer Hand weiß hervortraten. Nein, sie würde sich nicht auf das Niveau begeben, mit der Schlüsselspitze den Lack zu zerkratzen. Nein, das würde sie nicht.

Entschlossen setzte sich in ihren Wagen und fuhr los, versuchte, die in ihr tobenden Empfindungen zu ignorieren. Es gelang ihr nicht. Tränen verschleierten die Sicht und sie wischte sie mit dem Handrücken fort. Ihr doch egal, ob die Wimperntusche verschmierte.

Verdammt, sie kannte dieses Gefühl des Betrogenwerdens. Vor langer Zeit hatte sie es durch ihre Mutter kennengelernt. Damals, als ihr Vater sie und ihre Mutter verlassen hatte. Schluss damit. Herrje, Simon betrog sie nicht. Was sollte dieser bescheuerte Gefühlswirrwarr?

Nichts hatte mehr seine Ordnung, nichts seinen Platz. Und das machte sie wahnsinnig.

Beziehungsweisen

Der Sonntag versprach, ein wolkenloser Tag zu werden.

Jule schleppte sich durch den Vormittag und versuchte, die widersprüchlichen Aussagen ihres Hirns und die Purzelbäume ihres Herzens außer Acht zu lassen. Sie zappte in langweilige Sonntagsmorgensendungen, las die Zeitung vom Vortag, studierte sogar die Immobilienanzeigen und kam zu dem Schluss, dass Heidelberg und seine Vororte gnadenlos überteuert waren. Interessierte das irgendjemanden? Scherte sie, ob der Stammtisch - Jahrgang 71 - zu einem Treffen mit Altlehrer Schmotzke in die *Blinde Eule* lud?

Seufzend legte sie die Zeitung zum Altpapier und schenkte Kaffee nach. Elf Uhr vormittags. Ein sich endlos in die Länge ziehender Tag lag vor ihr. Sie hasste das.

Die Sonne schickte ihr ein aufmunterndes Strahlen durch das Küchenfenster. Jule kniff die Augen zusammen, genoss die Wärme auf dem Gesicht und nippte an der Tasse. In der kommenden Woche würde Simon den Vertrag mit dem Investor unterschreiben und sie am Sonntag endlich seine Eltern kennenlernen.

Juliane Grasser. Hm.

Bei diesem Bild vor Augen hatte es ihr noch vor wenigen Tagen ausgesprochen angenehm in der Magengrube gezogen und sie voller Ungeduld den Sonntag herbeigesehnt. Und nun? Huhu, du absolut unerträglich kribbelndes Gefühl gespannter Vorfreude. Würdest du bitte mal aufwachen und loslegen?

Nichts. Oder doch, ein kleines, in Erwartung stehendes Männchen schien in ihrer Bauchhöhle mit den Fingern zu trommeln und ein nachdenkliches Gesicht zu machen.

Hm.

Das Telefon klingelte. Simon! Oh, Gott sei Dank.

»Hallo Süße. Ich dachte mir, ich mach das von gestern Abend wieder gut, komme gleich vorbei und koche Spaghetti. Mit viel Parmesan, mit Unmengen von Parmesan - man gönnt sich ja sonst nichts, haha. - und einer perfekten, italienischen Tomatensoße dazu. Ich bringe alle Zutaten mit. Nein, keine Widerrede. Du musst dich heute von mir bekochen lassen, das bin ich dir schuldig. Okay? Bis gleich.«

Bevor Jule auch nur einen Ton von sich geben konnte, hatte Maike-ich-beschließe-und-du-folgst-Maibaum aufgelegt. Typisch. Aus diesem Grund war sie ihre Freundin. Gegensätze zogen sich an. Die eine hatte das, was der anderen fehlte.

Und ihr fehlte ganz aktuell die Lust, vergnüglich plaudernd Spaghetti zu essen.

Jule wählte Maikes Telefonnummer. Besetzt. Dann eben via SMS. Sie griff zum Handy.

Es klingelte an der Tür.

Schon wieder so ein Tag. Angefangen mit letztem Montag beschloss ihre Welt seither aus den Fugen zu geraten und wollte nicht mehr aufhören, ihr täglich neue Überraschungen zu präsentieren.

Sie blickte in einen monströsen Strauß roter Tulpen. Langsam und unsicher schob sich erst ein dunkler Schopf, danach ein Augenpaar hinter den Blumen in die Höhe.

»Bella Juliana, verzeihst du mir den gestrigen Abend?«

Aus ihrem Mund quoll ein langer Seufzer.

»Komm rein, Marcello. Was für schöne Tulpen. Dankeschön.«

Kaum hatte sie den Strauß in eine Vase gestellt und Marcello einen Kaffee angeboten, klingelte es erneut.

Jule hatte das Gefühl schreien zu müssen, atmete stattdessen tief durch. Ruhig, ganz ruhig. So viel Schreckliches konnte gar nicht mehr geschehen, als dass es sie aus den Latschen katapultieren würde. Diese Woche hatte bisher alles gegeben. Das zu toppen würde schwierig. Schicksal, du kannst mich mal.

»Was ein Wetter!« Maike stürmte mit einer Klappkiste beladen an ihr vorbei direkt in die Küche und begann, Spaghetti, Lauchzwiebeln, Parmesan und noch einige Dinge mehr aus der Kiste zu zaubern.

»Viel zu schön draußen, um hier drinnen zu versauern, Julchen. Nachher gehen wir schwimmen. Gute Idee? Gute Idee. Und anschließend …« Sie trat ins Wohnzimmer. Der Anblick Marcellos schien ihr kurz die Sprache zu verschlagen.

»Oh, hallo. Hatten wir uns nicht gestern kennengelernt? Marcello, stimmt´s?« Marcello stand auf, wie es sich für einen wohlerzogenen Italiener gehörte. Maike schüttelte ihm die Hand und strahlte ihn an, während er verlegen zurücklächelte und eine vage Begrüßung herausstotterte.

Jule schmunzelte. Ja, das war ihre Maike. Sie überfuhr die begehrten Wesen mit ihrer unverblümten Art, anstatt sie zu locken. Da verhaspelten sich selbst die abgebrühtesten Casanovas. Ob Maike jemals einem begegnete, der ihrem Naturell entsprach?

Sie schüttelten immer noch die Hände. Für ihren Geschmack eindeutig zu lang.

Hallo?

Maike hatte entschieden, dass sie zusammen kochten, wenn schon ein Italiener anwesend war, der Spaghetti bereits in der Muttermilch zu sich genommen hatte. Unterdessen plapperte Maike unaufhörlich, schwor bei allen Giottos der Welt, dass sie nie wieder Zweifel an Simons Treue haben und Jule mit belehrenden Weisheiten bezüglich der geeigneten Partnerwahl künftig in Ruhe lassen würde. Marcello schnippelte schweigend Lauchzwiebeln, bereitete die Tomatensoße vor und schien Maikes Ausführungen äußerst interessiert zu folgen.

Anderthalb Stunden später saßen sie satt und gesellig beisammen und Maike wollte den Grund Marcellos Besuch wissen, denn - sie zwinkerte ihr zu - kein Mann der Welt bringt einfach so Blumen vorbei, nicht wahr, Marcello?

Jules Handy gab einen Ton von sich. Hastig griff sie danach.

Simon!

Meine liebste Jule. Mir geht es nicht gut. Ein übler Virus scheint mich erwischt zu haben. Ich bleibe heute im Bett, morgen vielleicht ebenfalls. Am Dienstag meldet sich der Investor und ich muss dringend die finale Präsentation auf die Beine stellen. Ich melde mich. Dein Simon.

Fragend blickten Maike und Marcello sie an.

»Simon ist krank, liegt im Bett«, lächelte sie und zuckte mit den Schultern.

Sie wartet auf das Mitgefühl, das normalerweise Besitz von ihr ergriff. Simon war krank. Ausgerechnet jetzt, wo er doch so viel vorzubereiten hatte. Das wichtige Event, der große Geldgeber. Es setzte ihm offenbar mehr zu, als sie ahnte. Und doch, es wollte sich kein übermäßiges Bedauern für seine Lage einstellen. Seltsam. Wenn Simon kränkelte, dann immer an den Wochenenden.

»Der hat nur Zeit krank zu sein, wenn er nicht arbeiten muss. Ein Workaholic, dein Simon. Weinchen?« Maike stellte Gläser, eine Flasche Wasser und Wein auf den Tisch. Marcello entkorkte die Flasche.

»Jule, am Samstag fahre ich für zwei Wochen nach Italien zu meiner Familie. Möchtest du nicht doch mitkommen? Ganz unverbindlich, versprochen. Ich rühre dich nicht an. Ich habe nur das Gefühl, du bräuchtest mal Tapetenwechsel, um dich zu sortieren. Liege ich da falsch?«

Oh, was ein toller Mann. Er verstand sie ja so gut. Und er konnte kochen. Die Soße war ein Traum und das ganz ohne Trüffel. Sie öffnete den Mund zu einer Erwiderung, doch Maike kam ihr zuvor.

»Du fährst nach Italien? Wohin denn genau?«

»Ach, es ist nur ein kleines Dorf in der Toskana am Fuße des Monte Prado. Meine Eltern haben dort ein bescheidenes Weingut. Giovanni, mein Bruder, und seine Frau Ana bewirtschaften es. Die fünf Kinder sind tagsüber in der Schule und am Nachmittag kümmern sich die Großeltern um sie. Ana stellt zusätzlich italienische Keramik her. Es ist eine ganz zauberhafte Gegend dort. Ja, ich überlege sogar, wieder dorthin zu ziehen. Giovanni meinte, das Weingut bräuchte familiäre Verstärkung. Es ist der perfekte Ort für eine Familie. Das Anwesen ist groß genug.«

Jule bemerkte Maikes glänzende Augen. »Das hört sich wunderbar an. Aber, du sagtest, es wäre ein bescheidenes Weingut? Pool?«

»Ja, auch einen Pool«, lachte er, »Bescheiden ist es, Maike, aber groß genug, um uns alle zu ernähren.«

Hallo? Sie war auch noch da. Schließlich hatte Marcello sie gefragt, ob sie mitwolle.

»Und? Möchtest du, Jule?« Treffer, versenkt.

»Hm, ich weiß nicht, Marcello. Das hört sich in der Tat nach einem entspannten, allerdings auch sehr familiären Urlaub an. Aber ich kann nicht. Am Sonntag sind wir bei Simons Eltern eingeladen.« Mit den Fingerspitzen fischte sie eine einsame Nudel vom Tellerrand und steckte sie in den Mund.

Die Enttäuschung in seinem Gesicht schnitt ihr ins Herz und ein dicker Kloß machte sich in ihrem Hals breit.

»Na, wenn Jule nicht will, frag doch mich, Marcello. Ich geh mit. Von mir aus heute schon.« Sie lehnte sich zurück und drehte das Weinglas in den Händen. »Hach, zwei Wochen in den Hügeln der Toskana weilen, Oliven essen, Wein trinken, auf Zypressen schauen. Und jeden Tag Spaghetti. Gibt es was Schöneres?« Unvermittelt beugte sie sich nach vorne und blickte ihn an. »Wir teilen uns die Fahrtkosten, und wenn es nicht funktioniert, fliege ich alleine zurück. Na?«

Maike, wie sie leibte und lebte.

Zu Jules Überraschung schien Marcello weder überrascht noch peinlich berührt. »Haha, wie Mama, herrlich«, platzte es aus ihm heraus.

Allerdings nahm er auch keine Stellung dazu und Maikes Ansinnen blieb unbeantwortet.

Gegen drei Uhr schob sie die Plaudertaschen aus ihrer Wohnung, versicherte wiederholt, dass ihr die Lust zum Schwimmen fehlte, und wusste nicht, welcher Empfindung sie Raum geben sollte. Der, dass Marcello die letzte Stunde wie gebannt an Maikes Lippen hing oder der Tatsache, dass sie austauschbar war? Dann konnte es ja mit *Bella Juliana* nicht so weit her gewesen sein.

Möglicherweise auch, dass sie Simon die vermeintliche Krankheit nicht abnahm. Zum ersten Mal in ihrer Beziehung zweifelte sie an seinen Worten. Und gerade jetzt hatte Maike bekundet, Simons Verhalten nie wieder in Frage zu stellen. Missmutig schaltete sie den Geschirrspüler ein. Es klingelte an der Tür. Schon wieder. Herrje, nahm das heute kein Ende?

»Na? Bereit für einen Ausflug?« Daniel hielt einen Rucksack hoch und lächelte sie auf eine Art an, die es ihr unmöglich machte, seinen Wunsch abzulehnen. Mist, das hatte sie völlig vergessen. Moment, wollten sie nicht nur etwas zusammen trinken?

»Ja, aber das Wetter ist so herrlich, das schreit doch geradezu nach Freiluftaktivität. Meinst du nicht?«

Sie nickte. Im Prinzip war sie bereits überredet. Alles schien besser, als in der Bude zu hocken, die Zeit totzuschlagen und auf etwas zu warten, das nicht kam. Was das genau sein sollte, wusste sie allerdings auch nicht.

»Wo soll es denn hingehen? Zwei Wochen Thailand oder ein Trip durch die Vogesen?« Die Größe seines Backpacks ließ auf einen längeren Aufenthalt im Irgendwo schließen.

»Nur auf die Neckarwiese. Brauchst nichts mitnehmen, habe alles dabei. Hast du ein Fahrrad?«

*

Einen breiten Strohhut tief ins Gesicht gezogen verfolgte Elisa durch die schützenden Gläser der Sonnenbrille das Federballspiel.

In letzter Sekunde hatte sie die einzig freie Bank an der Neckarwiese im Umkreis von sicherlich einem Kilometer ergattern können. Zeitgleich war sie mit einem jungen eisessenden Pärchen an der Bank zusammengetroffen und hatte spontan einen leichten Schwächeanfall simuliert. Völlig unbeeindruckt hatten die beiden sie zur Seite gedrängt und das Mädchen - höchstens fünfzehn Jahre alt und viel zu dick um die Hüften herum - *Besetzt* in ihre Richtung gebrummt. Unerhört. Kein Respekt vor

dem Alter. Am liebsten hätte sie ihr mit einem Fingerschnipsen das Eis in das pickelige Gesicht befördert.
Entschlossen, den Platz nicht kampflos aufzugeben
hatte sie sich vor dem Paar aufgebaut und einen Schwall
nicht wirklich höflich formulierter Sätze über ihm aus-
geschüttet. Gut, okay, möglicherweise hatten ihre Augen
geglüht, zumindest glaubte sie das, denn das pubertie-
rende Gespann hatte ziemlich eingeschüchtert den Platz
an der Sonne mit Blick auf Jule und Daniel verlassen.
Ging doch.

Seitdem beobachtete sie und ihr gefiel, was sie sah.

Im Moment hob Daniel den Arm zum Aufschlag. »Bereit?«

»Bereit.«

Er schlug auf, Jule sprang wendig nach dem Ball und
schoss ihn elegant zurück.

»Wo ist eigentlich dein zukünftiger Gatte? Wie heißt er
noch gleich? Siegfried?«

»Simon. Krank.«

Und wieder konterte sie den Schlag und Daniel hatte
Mühe, den Federball zu erreichen. Er musste sich ins
Gras werfen. Jule blieb stehen und stemmte die Hände
in die Hüften.

»Sechs zu vier, Herr Rose.«

So ging das nun schon seit einer Stunde. Zwischendurch hatten sie sich auf eine Decke gesetzt, etwas
getrunken, gegessen und weitergespielt. Jule wirkte
gelöst, und wenn Elisa die Zeichen korrekt interpretier-
te, bestand bei Daniel deutlich mehr Interesse als nur
ein Federballspiel mit der sympathischen Nachbarin.

Sie blickte auf die Uhr. Der Zeiger näherte sich der Sieben. Genug gespielt.

Distel.

*

»Aua!« Mitten im Schlag hielt Jule inne, hob den Fuß und humpelte zur Decke. Blöde Distel.

Um sie herum nur Grashalme und Gänseblümchen, und sie musste ausgerechnet in ein stechendes Unkraut treten. War ja klar. Passte zu diesem primär beschissenen Tag, der erst die letzte Stunde ankündigte, doch noch ein angenehmer zu werden.

Daniel sprang ihr helfend zur Seite und stütze sie. »Hast du dir den Fuß verknackst? Lass mal sehen.«

Sie glitt auf die Picknickdecke und er tastete vorsichtig ihr Sprunggelenk ab. »Tut das weh?«

Unverkennbar fachmännisch nahm er ihren Fuß in Augenschein und sie zögerte, ihm zu verraten, dass sie nur in eine Distel getreten war. Niedlich, wie er sich um sie sorgte.

»Nein, nein, es hat an der Fußsohle gepikst.«

Vorsichtig hob er ihren Unterschenkel an, kniff die Augen zusammen und zog einen kleinen Distelstachel aus der Fußsohle.

»Eine Distel, nichts Schlimmes, zum Glück.« Er lächelte, hielt den kaum erkennbaren Dorn zwischen Daumen und Zeigefinger hoch und schnippte ihn fort.

»Danke«, strahlte sie ihn an. »Heute habe ich keine Lust mehr auf Federball. Du? Es ist auch schon spät und ich muss morgen früh raus.« Sie zögerte, wollte den Tag genau genommen noch nicht beenden.

»Nein, genug gespielt. Lass uns einen Moment ausruhen und dann zurückfahren. Okay?«

Ein guter Vorschlag, zumal die Geräuschkulisse um sie herum allmählich abnahm und die Abendsonne die Umgebung in beschauliches Licht tauchte. Die Neckarwiese leerte sich. Hier und dort saßen oder lagen vereinzelt Pärchen im Gras, Jugendliche hockten in Grüppchen beisammen und jedermann genoss die letzten Stunden des Wochenendes.

Auf die Ellenbogen gestützt streckte Jule das Gesicht in Sonne. Herrlich. Herrlich? Sie verbrachte den späten Nachmittag mit einem so gut wie fremden Mann und fühlte sich wie ein Fisch im Wasser.

Finde den Fehler.

»Wann heiratet ihr denn?«

»Was?«

Daniels Frage riss sie aus der Bemühung, ein schlechtes Gewissen heraufzubeschwören, was ihr nur mäßig gelang. Sie drehte sich zur Seite und sah ihn an. Er lag auf dem Rücken, hatte die Hände hinter dem Kopf verschränkt und die Augen geschlossen. Die blonden Haare standen in alle Richtungen ab und gaben ihm den Look eines Rebellen. Ein bisschen wie James Dean - sie liebte den Film *Giganten*. Dazu passte das fleckige Shirt, an dem er sich während des Spiels ständig die Hände abgewischt hatte, und die an den Jeans klebenden Grasflecken. Er störte sich einfach nicht daran und das fand sie irgendwie klasse.

»Na, Siegbert sagte doch, du wärst seine künftige Frau.«
Machte er das mit Absicht?

»Simon. Ja, aber ein Termin steht noch nicht fest. Am Sonntag …« Sie verstummte. Erwartete sie kommendes Wochenende einen Heiratsantrag? Wenn sie ehrlich wahr, ja.

»Was ist am Sonntag?«

Sie hörte auf, ihn anzustarren, lehnte sich zurück und schloss ebenfalls die Augen.

»Da stellt er mich seinen Eltern vor.«

»Oh, dann ist eure Beziehung noch ganz frisch. Gratuliere.«

»Zwei Jahre.«

»Oh.«

»Was *oh*?«

»Ach nichts.«

»Hey!« Sie setzte sich auf und funkelte ihn an. Wie sie diesen Spruch verabscheute, der dem männlichen Wesen so eigen zu sein schien. *Was denkst du gerade?* Nichts. *Aber du musst doch irgendetwas denken?* Nein, wieso?

Männer!

Daniel kam ebenfalls in die Höhe, kreuzte die Beine zum Schneidersitz und grinste sie belustigt an.

»Ich meine ja nur. Nach zwei Jahren wird es ja auch Zeit, dass du seine Eltern kennenlernst.«

»Er hatte eben bis jetzt immer viel zu tun. Dazwischen wurde der Termin öfter verschoben. Aus diversen Gründen.« Sie kniff die Lippen zusammen. Wer war sie denn, dass sie sich rechtfertigte? Hallo?

218

Er erwiderte nichts, sah sie stattdessen lange an. Jule wusste seinen Blick nicht zu deuten, doch er berührte sie so sehr, dass ihre Finger nach etwas suchten, an dem sie sich festhalten konnten. Hastig wandte sie sich ab, griff zur Wasserflasche und trank sie in einem Zug leer.

»Du hast da was. Darf ich?« Er zupfte ein loses Haar von ihrem Shirt. »Schöne Farbe übrigens.«

»Das Haar?«

»Nein, das T-Shirt. Diese Bonbonfarben - sagt man das so? - stehen dir gut. Gefällt mir. Dein Haar aber auch. Es duftet nach Frühling, Blumen und … nach einer ganz besonderen Frau.«

Dieser Mann brachte sie mit wenigen Sätzen aus dem Konzept und warf Fragen auf, die sich noch niemals zuvor gestellt hatte.

Waren zwei Jahre eine zu lange Zeit bis zum ersten Elterndate? Durfte ein anderer Mann ihr Haare von den Klamotten zupfen? Das war ihr Job, verdammt. Wieso roch dieser Typ so gut, obwohl die Schwitzflecken unter seinen Achseln unübersehbar waren? Weshalb zitterten ihre Finger und warum gefielen ihm knallige Farben? Simon akzeptierte ausschließlich Variationen von Grau an ihr.

Eine Farbe, die sich zurückhaltend in die Umgebung einfügt und stets elegant wirkt, liebe Jule.

Sie stand auf. »Danke. War ganz billig, nein, günstig. Erst letzte Woche bei … Ist ja egal, wir sollten gehen«, sagte sie mit einem Blick auf die Uhr.

*

»Na, wie geht es voran?« Ein abgerissener Typ nahm neben Elisa auf der Bank Platz. In der Hand hielt er einen Pappbecher mit Kleingeld und auf seiner Nase saß eine Sonnenbrille mit defektem Glas. Er nahm sie ab und zwinkerte ihr zu.

»Bitte? Wie kommen Sie dazu, mir ... Oh, Verzeihung, Herr. Ich habe dich nicht erkannt.«

Wenn sie mit allem gerechnet hätte - dem Einschlag von Meteoriten beispielsweise, dem Platzen fetter Jugendlicher aufgrund von übermäßigem Eisgenuss oder einer spontanen Sonnenfinsternis - mit dem Erscheinen des Herrn persönlich fühlte sie sich kurzfristig überfordert. Sie wollte ihm so viel sagen und brachte kein Wort heraus.

Er grinste, stellte den Becher auf den Boden und hielt ihr eine Flasche Mineralwasser hin. »Auch ein Schluck?«

Sie schüttelte den Kopf. Der Bann war gebrochen.

»Hättest du dir nicht eine nettere Erscheinung heraussuchen können? Ein smarter Jüngling, eine liebenswerte Großmutter oder ein Eichhörnchen?«

Elisa rümpfte die Nase. Er roch genauso, wie er aussah und die Wärme der Sonne kitzelte jedes Duftmolekül aus ihm heraus.

»Das hatte ich alles schon. Bettler sein ist eine äußerst interessante Erfahrung. Man kann verrückte Dinge tun und die Menschen halten es für normal. Grandiose Sache.«

»Du bist schon ein wenig durchgeknallt, Herr, wenn ich das so sagen darf.«

Er lachte. »Unbedingt, Elisa. Wie sonst ließe sich so manches ertragen? Scherz beiseite. Das Leben soll Freude bringen, und unvernünftige Dinge gehören dazu. Mit dem Kopf im Backofen und den Füßen im Eisfach geht´s dem Herrn durchschnittlich gut. Altes Sprichwort.«

»Von wem?«

»Von mir natürlich. Also, wie läuft´s?«

»Ganz gut, denke ich.« Sie deute auf Jule und Daniel, die einträchtig nebeneinandersaßen und sich angeregt zu unterhalten schienen.

»Der Zweifel ist seit gestern gesät, obwohl ich vermute, er reicht nicht aus und ich hatte damit nicht wirklich etwas zu tun. Dieser Daniel Rose wäre neben Marcello ein Kandidat, der Jule auf andere Gedanken bringen könnte. Was meinst du?«

»Wunderbar, gleich zwei Bewerber im Spiel. Du konntest im Übrigen sehr wohl etwas dazu.«

»Ach ja? Ich hatte die Eingebung, dass Marcello etwas von ihr abgerückt ist.«

»Nicht wirklich. Aufgegeben träfe es eher. Die endgültige Richtung ist jedoch noch offen. Nicht gemerkt?«

»Nein.« Sie ärgerte sich über sich selbst.«

»Mach dir nichts draus, du übst noch. Mit der Zeit wirst du feinfühliger.« Er setzte die Brille wieder auf.

»Hm. Aber was genau meintest du damit, dass ich gestern etwas zu der Entwicklung zugesteuert hätte?

»Nicht nur gestern. Die Summe der kleinen Dinge bringt den Effekt. Du hast ihr Bilder in den Kopf geredet, die sie anfangs zwar nicht ernst genommen, sie jedoch sehr wohl verinnerlicht hat. Nach und nach gelangen diese an die Oberfläche. Außerdem hast du die Situation gestern gerettet, etwas unbeholfen, dennoch erfolgreich. Wie sagtest du am Anfang? Sie soll nicht leiden müssen, sondern selbst erkennen, was ihr Weg ist, nicht wahr?«

»Aber sie leidet doch. Gestern zum Beispiel hat sie die feuchten Spuren von Frauenfüßen bei Simon erkannt. Die Sache ist doch klar.«

»Nicht für Jule. Sie hat Zweifel, ja, die hat sie. Und zwar genau das richtige Maß.«

»Hätte ich nicht gedacht.« *Wunderbar, Zeit den Trank ins Spiel zu bringen.*

»Deswegen bin ich hier.«

»Aber hätte Gabriel mir das nicht auch am Bildschirm sagen können?«

»Und mich um jede Menge Spaß gebracht?« Er lachte lauthals heraus und tätschelte ihr den Oberschenkel. »Mach weiter so, Elisa. Und lass dich von deinen Gaben überraschen.«

»Ach ja, das ist auch so ein Punkt.« Sie holte tief Luft. Durfte sie sich bei ihm beschweren? Bei Gott?

»Ich finde es schon mühsam, dass ...«

»... die Kompetenzen dir nach und nach bewusst werden? Da, liebe Elisa, muss jeder Engel durch. Erarbeite sie dir und du wirst sie zu nutzen wissen. Nichts ist gefährlicher als ein Korb voller Zaubereien ohne Bedienungsanleitung. Die Gabe tritt immer zum richtigen Zeitpunkt in Kraft. Nur so verstehst du sie.«

Elisa zog einen Schmollmund. Er hatte Recht. Haha, Gott hatte immer Recht. Sie seufzte.

»Nun«, er erhob sich, »Ich gehe dann mal an die nächste Tankstelle. Ich wünsche dir viel Erfolg, Elisa. Glaub an dich. Versprichst du mir das?«

Sie versprach es. Aber was um Himmels willen wollte er an einer Tankstelle?

»Betteln. Was sonst?«

*

Du liebe Güte, erst Dienstag.

Wie sollte sie diesen Tag überstehen, geschweige denn eine ganze Woche? Bereits der Montag hatte sich endlos dahingeschleppt, nur unterbrochen von einem Telefonat mit Simon, in welchem er ihr lange erklärte, dass es ihm mies ginge, er sie nicht anstecken wolle und diese Woche der Investorenentscheid fällig wäre. Das Letztere interessierte sie nicht die Bohne und dieser Drecksinvestor konnte von ihr aus in einer Gletscherspalte verschwinden. Wenn er nicht wäre, hätte Simon mehr Zeit für sie. So sah es aus.

Blödsinn. War der eine Geldgeber an Land gezogen oder vom Tisch, kam das nächste Projekt, der nächste Investor. Eine Endlosschleife.

Den restlichen Tag hatte sie mehr oder minder schweigend hinter sich gebracht und vorsichtige Versuche ihrer Kolleginnen Elisa und Ulli, ein Gespräch zu beginnen mit kurzen Argumenten zurückgewiesen. Sie wollte nichts sehen, nichts hören, nicht reden. In ihr herrschte seit gestern ein Durcheinander, das keinerlei Störungen von außen duldete, und ihr Hirn bemühte sich verzweifelt, eine gewisse Grundordnung wiederherzustellen.

Doch je mehr sie nachdachte, nachfühlte und sortierte, der rote Faden ließ sich nicht blicken. Wie immer, wenn man etwas suchte, verschwand es spurlos. Weg, in Luft aufgelöst, entmaterialisiert. So wie die zweite Socke. Also musste sie zwangsläufig weitersuchen und nebenher erledigte sie Büroarbeit, bei der man nicht denken musste. Gerne auch die Pause hindurch. Essen wurde sowieso überbewertet, und der Gedanke an Nahrung verursachte latenten Brechreiz. Nicht einmal das bekam sie sortiert. Simon war krank. Na und? Das kam gelegentlich vor. Kein Grund, Trübsal zu blasen.

Sie würde ihn nicht anrufen. Unter keinen Umständen. Wahrscheinlich lag er im Bett und fieberte vor sich hin oder kotzte sich die Seele aus dem Leib. Mit einem Male drängte es sie, ihm den Eimer zu halten und seine fiebrige Stirn mit kühlen Tüchern zu betupfen.

»Jetzt mach nicht so ein Gesicht, Jule. Das ist ja nicht zum Aushalten. Ist ja niemand gestorben, oder?« Ulli platzte in die Stille hinein.

Elisa erschrak und ließ den Stift fallen, auf dem sie herumgekaut hatte. Abrupt drehte sie sich zu Ulli und sprang für Jule in die Bresche.

»Lass doch Jule in Ruhe, Ulli. Du siehst doch, dass sie sich Sorgen macht und mit Sicherheit auch noch das Wochenende verdauen muss. Ist doch so, oder? Wir lassen dich einfach in Ruhe, Jule, und wenn es dir besser geht, sag einfach Bescheid.«

Elisa steckte den Stift wieder in den Mund, als wäre das Thema damit für sie erledigt, und begann, einen Ordner durchzublättern.

»Ja, gute Idee. Hast Recht, Elisa. Morgen ist ein neuer Tag. Heute ist der Wurm drin. Simon ist krank und er muss so dringend … ach je, was wenn er hohes Fieber hat?«

Was hatte sie da gerade gesagt? Sie war doch nicht seine Mutter und … Jule zuckte zusammen, als Ulli ohne Vorwarnung mit der flachen Hand auf den Tisch schlug.

»Hallo? Jule? Das ist ein erwachsener Mann. Der kommt mit einem kleinen Infekt schon klar. Vorausgesetzt, der Virus heißt nicht Jutta, Chantal oder Carmen. Jetzt reiß dich mal zusammen. Hörst du dir gelegentlich mal zu?«

Nein, tat sie nicht. Sie verstand sich selbst nicht mehr.

Und nur, weil Ulli das Butterfassproblem aus der Vergangenheit nicht abschütteln konnte, musste nicht jeder Mann ein notorischer Fremdgänger sein. Was erlaubte sie sich eigentlich? Die sah ja nicht mal, dass dem Brenner die Augen aus den Höhlen quollen, wenn sich Ulli in seiner Nähe aufhielt. Aber dann anderen gute Ratschläge geben, das waren ihr die Liebsten. Scheiß auf Zartgefühl.

»Liebe Ulli, kümmere dich doch bitte mal um deine eigene Lovestory und hör auf, hinter jedem männlichen Wesen einen testosterongesteuerten Gaul zu sehen, der jede Stute bespringt. Gehe einfach mal mit dem Brenner joggen, der steht nämlich total auf dich. Und jetzt lass mich mit dem Anti-Simon-Gelaber in Ruhe. Auch wenn du vielleicht Recht hast.« Den letzten Satz nuschelte sie in sich hinein, wusste nicht, warum sie ihn gesagt hatte.

»Ja«, meldete sich Elisa und hob den Stift hoch, »da muss ich zustimmen, Ulli. Da ist was Wahres dran.« Sie sagte es, schob sich den Stift zwischen die Lippen und arbeitete weiter.

Zurück blieb eine sprachlose Ulli, die den Mund öffnete, schloss, öffnete und wieder schloss und rot anlief.

Wenn Ulli nicht gleich was sagte, würde sie noch platzen, dachte Jule. Spannung lag in der Luft, nur Elisa saß gelöst und mit einem angedeuteten Lächeln auf den Lippen über ihren Unterlagen.

Ruckartig schoss Ulli in die Höhe, wirkte einen Moment wie versteinert und in ihrem Gesicht arbeitete es angestrengt, während es dunkelrot anlief. »Ich … du … was glaubst du eigentlich, warum … ach!«

Hals über Kopf verließ sie das Büro und knallte die Tür hinter sich zu.

»Bravo, Jule.« Elisa hob den Daumen.

»Bravo?« Sie fühlte sich beschissen. Die Worte waren einfach so aus ihr herausgesprudelt. Ohne Sinn und Verstand, verletzend und scharfzüngig. Nein, wer immer das gesagt hatte, nicht Juliane Lobenstein.

»Ja, das war überfällig. Unsere Ulli ist nicht empfänglich für sanfte Hinweise, sie braucht das volle Brett.«

»Und du meinst, das hat sie jetzt?«

»Definitiv. Wie fühlt sich das an?«

»Mies.«

»Tatsächlich?«

»Ja, das war nicht ich.«

»Und wie du das warst. Du hast ja nicht geflunkert, oder? War doch deine ehrliche Meinung, die rauswollte.«

»Schon …«

»Na also.« Elisa schlug den Ordner zu. »Ich geh mal zu Ulli, sie wird in der Küche sein oder auf dem Klo, und gehe mit ihr essen. Du willst wahrscheinlich nicht mit, oder?«

»Äh, nein? Lieber nicht.«

Die Tür schloss sich hinter Elisa und Jule ließ den Kopf auf die Tischplatte sinken.

Gott, mach einen Krater auf und lass mich reinfallen.

Nach einer Weile tat ihr die Stirn weh, sie stand auf und öffnete das Fenster. Gleich darauf schloss sie es wieder. Überlautes Kinderlachen ertrug sie im Moment einfach nicht. Stattdessen griff sie nach einem roten Edding und kreiste den Sonntag im Wandkalender dick ein. Nächsten Montag konnte sie das Fenster immer noch öffnen, dachte sie und ließ sich erschöpft auf den Drehstuhl fallen.

»Liebste Kollegin, gehst du mit mir ins *Goldene Lamm*? Ich habe einen Bärenhunger. Komm. Abwechslung tut gut.« Unvermittelt war Marcello ins Zimmer getreten und versprühte eine unverschämt gute Laune.

Er sollte sich zum Teufel scheren, sie hatte Dinge in Ordnung zu bringen und Fröhlichkeit war hier gerade absolut fehl am Platz. Sie wollte ihre gewohnte Ordnung wieder, zum Henker.

Sie schlug die Hände vors Gesicht und begann zu lachen. Ein leises, verzweifeltes Gackern, nein, eher irres

Gekicher. Jetzt war es so weit, sie wurde wahnsinnig. Konnte man sie nicht einfach in Ruhe lassen?

Schon spürte sie sich an den Händen gepackt und hochgezogen.

»Hey, Bella Juliana. Wer wird denn bei diesem Traumwetter dunkle Wolken aufziehen lassen? Komm. Ich bringe dir das wirkliche Lachen zurück.«

»Marcello.«

»Juliane.«

»Ich denke, wir sollten nirgendwo gemeinsam hingehen. Heute nicht, morgen nicht. Nicht mal ins Restaurant um die Ecke.«

Wie gesagt, sie wollte mit niemandem reden, niemanden sehen. Schon gar keine verdammt gutaussehenden italienischen Verführer, die Frauen mir nichts, dir nichts das Herz raubten und kurz darauf mit der besten Freundin unter dem Monte Prado im Pool planschten. Da starb sie lieber einsam und kichernd.

»Nicht?«

»Nein.«

Einen Moment standen sie sich einfach nur eine Weile gegenüber und hielten sich an den Händen.

»Bella Juliana«, sagte er leise, senkte den Kopf und sah sie von unten herauf an. »Hat dich dieser Simon so sehr gefangen, dass du mir nicht auch nur die kleinste Chance geben willst?«

Mit diesen Worten trat er ein Stück näher.

Hoppla. Halt. Jule wich zurück und löste die Hände aus seinen. Das Spiel kannte sie bereits. Er würde sie sanft an sich drücken, die Nase in ihren Haaren vergraben und mit einem tiefen Gurren *Bella Juliana* hauchen. Und ruckzuck stünde sie unter italienischer Sonne und würde ihr Glück aufs Spiel setzen. Nein, nein. Außerdem …

»Marcello. Fahr mal mit Maike nach Italien und hab Spaß. Ich gehöre zu Simon, das weißt du doch.«

Überrascht hob er die Hände an die Brust. »Warum sollte ich mit einer anderen Frau fahren?«

»Weil sie ist wie Mama?« Jule verzog gequält das Gesicht.

»Das war ein Lächeln, ich hab´s genau gesehen. Gib es zu.«

Jule schüttelte lachend den Kopf.

»Okay, Jule. Ich habe verstanden. Jetzt hast du wenigstens einmal gelacht. Das gefällt mir schon viel besser.« Er zwinkerte und zuckte in der Folge die Schultern. »Tja, dann gehe ich mal, hm?«

Sie nickte und sah ihm nach, wie er schwungvoll auf dem Absatz kehrtmachte und durch die Tür verschwand.

Noch fünf Tage. Nein, eigentlich nur noch vier. Gegebenenfalls könnte sie sich bis dahin unter Valium setzen.

Mettbrötchen

»Ach du dickes Ei, Elisa, was ist denn mit dir passiert?«, stieß Jule überrascht aus, als sie ihre Kollegin am nächsten Morgen auf dem Parkplatz traf. Fröstelnd zog sie die dünne Strickjacke etwas fester um sich, offenbar hatte es in der Nacht einen kleinen Temperatursturz gegeben.

Gemeinsam schlenderten sie über das um diese Uhrzeit noch menschenleere Firmengelände und Elisa strahlte sie unbekümmert an.

»Wieso, was soll passiert sein? Ich habe Make-up benutzt.« Stolz deutete sie mit den Zeigefingern auf ihre Augen, die aussahen, als hätte man ihr hellblau bemalte Tennisbälle darauf gedrückt. Die Lippen leuchteten in demselben Knallrosa wie die Wangen und scheinbar hatte sie für die Augenbrauen einen schwarzen Edding benutzt.

Jule beschleunigte ihre Schritte und zog eine verdutzte Elisa mit sich. »Schnell, bevor jemand dich so zu Gesicht bekommt. Bis Fasching dauert es noch eine Weile.«

Zum Glück hatte sie immer Handcreme in der Schreibtischschublade und nach fünf Minuten, der halben Tube und einigen Papiertüchern später schimmerte ihr Elisas Antlitz leicht gerötet und unentstellt entgegen.

»Hast du vergessen in den Spiegel zu sehen, als du dich angemalt hast, oder bist du in den Tuschekasten gefallen?«

Elisa erklärte ihr, dass sie bis dahin noch niemals diese Art von Kosmetik benutzt hatte und gestern wäre Ulli beim Mittagessen auf die Idee gekommen, sie solle ihre Attraktivität mit ein bisschen Farbe hervorheben. Und, na ja, sie war neugierig gewesen und nach Feierabend hätte sie sich im Drogeriemarkt mit allerlei Stiften, Foundations und Pudern eingedeckt. Eine absolut sympathische Kosmetikerin hatte ihr diverse Dinge empfohlen und kurzerhand hatte sie alles gekauft.

»Und alles auf einmal ausprobiert.« Jule lachte und versicherte ihr, dass sie ungeschminkt eine Wirkung hätte, die so manche Frauen sich wünschen würde.

Elisa blickte beschämt zu Boden und lächelte. Jule musste sie einfach umarmen.

»Du bist toll, so wie du bist, Elisa. Lass dir nix einreden. Okay? Und das Schminkzeug wirfst du am besten weg oder schenkst es Ulli.«

Wie auf Kommando ging die Tür auf und Ulli trat herein. »Was ´n hier los? Netter Plausch auf der Damentoilette?«

Jule nutzte die Gelegenheit, um sich bei Ulli zu entschuldigen.

»Ähm, Ulli, hör mal, wegen gestern … Das war blöd von mir, ich wollte nicht so direkt … Es kam einfach über mich und …«

»Lass mal gut sein«, winkte Ulli ab. »Du hast ja Recht«, und verschwand in der Toilette.

Jule und Elisa blickten sich verwundert an. Plötzlich ging die Tür wieder auf und Ulli streckte den Kopf heraus.

»Wenn ihr es wissen wollt: Ja. Ich finde den Brenner verdammt sexy. Er ist eine Schnitte und heute Abend gehen wir joggen.« Damit schloss sie die Tür wieder.

Jule rief »Aber nur, weil ihr für den Mitarbeiterlauf die Strecken auskundschaftet.«

»Sowieso«, erscholl eine glucksende Stimme hinter der Tür.

*

Elisa starrte auf den Bildschirm.

Der Plan, den sie in den letzten Tagen mit Gabriel ausgeheckt hatte, war gut. Nein, er war fantastisch. Aber auch gefährlich. Das Zeitfenster, dass ihnen bleiben würde, war knapp. Jede Minute zählte, jede Aktion musste auf den Punkt ausgeführt werden. Versemmelte sie es, flog nicht nur ihre Deckung auf, auch das Projekt *Übergabe Phiole* misslänge. Das größte Hindernis stellte Gott selbst dar. Er durfte nichts mitbekommen, denn Gabriel musste unbeobachtet in den DWR-D - den Dimensionswechselraum für Deutschland - gelangen und dort für die Dauer der Übergabe die Stellung halten. Zu blöd aber auch, dass der Herr erst nach fünftausend erfolgreichen Einsätzen den Alphaengeln gestattete, eigenmächtig einen Dimensionswechsel zu initiieren. Bis dahin hielten die D-Wechsler, speziell ausgebildete und erfahrene Alphaengel, die Finger drauf, zu riskant wäre ein Misslingen. Die Menschen könnten es bemerken und es bedeutete einen Heidenaufwand, diese Lücke wieder zu schließen. Denn trotz jeder Bemühung würde im Unterbewusstsein dieses Wissen weiterleben und irgendwann an die Oberfläche drängen. So ein Blitzdings wie in *Men in Black* wäre hierfür eine feine Sache.

Nervös nagte sie auf der Unterlippe herum, wartete auf das Zeichen Gabriels, der just zu diesem Zeitpunkt den Einsatz vorbereitete.

Soweit sie wusste, weilte der Herr heute auf der Gebärstation. Ein bedeutender Moment, denn nur einmal im Jahr entstanden dort aus dem Odem des Herrn die kleinen Alphaengelchen.

Kurzum, heute schien der ideale Tag für die Übergabe. Gott war beschäftigt, er durfte nur nicht zu früh zurückkehren, in Jule keimte der Zweifel und in vier Tagen war Sonntag.

Perfekt.

Zehn Uhr. Jules Telefon klingelte, Ulli befand sich in einer Besprechung mit Brenner. Elisa musste wissen, wie die Dinge standen. Schnell huschte sie auf die Toilette, schloss sich ein und zog ihr Handy hervor. Mit zittrigen Fingern zeichnete sie ein unsichtbares *G* auf das Display.

Gabriel erschien umgehend. Seine Augen flackerten nervös, ständig sah er sich um. »Alles klar, Elisa. Der Raum wird heute nicht genutzt. Josie hat mir den Belegungsplan zukommen lassen. Sie ist ein Schatz. Und sie ist eingeweiht, hat sich sogar bereit erklärt, Wache zu stehen. Keine Angst, wir können ihr vertrauen.«

Elisa stöhnte auf. Beim Kiel der schwarzen Feder, wenn Gott das rausbekam, dann durften sie gemeinsam Wolkenputzen, bis die Antarktis am Äquator lag.

»Gut, geht wohl nicht anders.« Sie flüsterte. Nicht auszudenken, wenn jemand sie belauschte. »Weißt du
schon, was genau du tun musst?«

Gabriel lachte. »Ja, alles in Butter. Ist ähnlich wie in
einer Verkehrsteuerungszentrale. Nur, dass hier genaue
Fragen gestellt und eingegeben oder bestätigt werden
müssen.«

»Hä?«

»Egal. Stell es dir so vor: Jede Menge blinkende Lämp-
chen, Monitore, Tastaturen und Mikrophone, einfach
irre. Ich kann einzelne Stationen durch Eingabe der
Adresse ansteuern, ähnlich wie bei einem Navigationsgerät. Wenn ich das richtig verstanden habe, muss ich
die genauen Koordinaten ermitteln und dann wird vom
System auf Knopfdruck eine Zwischendimension gene-
riert und das innerhalb des Bruchteils einer Sekunde.«

Ihr brummte der Kopf. Hauptsache er verstand, was er
da erzählte.

»Und wo bekommst du die Koordinaten her?«

»Na, von der Adresse, die du mir jetzt sagst.«

»Ach so.« War ja klar, oder?

»Und?«

»Was, und?«

»Hast du die Adresse?«

»Ja, Moment.« Elisa zog einen Zettel aus einem Fach
an der Handyhülle. Am Montag hatte sie sich die
Adresse aufgeschrieben. Es war gar nicht so einfach
gewesen, einen Ort für die Übergabe auszuwählen. Es
musste eine Gegend sein, in der Jule sich bewegte, eine
Stätte, die sie gelegentlich aufsuchte. Die Metzgerei Ker-

bel drei Blöcke weiter. Jule hatte einmal fallen lassen, dass es dort die besten Mettbrötchen der Welt gäbe.

»Mennigerstr. 21, Heidelberg. Hast du? Gut. Und die Erdlinge in der Metzgerei bekommen davon nichts mit? Bist du dir sicher?«

»Laut Ablaufdokumentation wird sich die Dimension lediglich für die genau spezifizierte Personengruppe materialisieren. Das wären in dem Falle du und Jule. Zwei Haken hat es dennoch.«

Sie hatte es geahnt. Elisa schloss die Augen, ihre Handinnenflächen wurden feucht.

»Welche? Sag schon.«

»Du musst nah bei Jule stehen und sie berühren. Irgendwie. In diesem Moment startet der Dimensionswechsler.«

»Ach du je.«

»Ja, du musst also ungesehen in die Metzgerei gelangen und sie berühren. Da wäre der Haken.«

»Ich glaub, ich suche einen anderen Weg.«

Gabriel schnaubte ungehalten. »Hey, dafür habe ich mir die Mühe gemacht und setze meinen guten Ruf aufs Spiel?«

»Schon gut. Ich machs ja. Noch ein Haken?«

»Sobald ihr wieder in der Ursprungsdimension landet, musst du klammheimlich aus der Metzgerei verschwinden.«

»Wieso? Ich könnte mir doch auch ein Mettbrötchen holen wollen. Hauptsache, sie sieht mich am Anfang nicht.«

»Stimmt auch wieder.«

Elisa verdrehte die Augen. Trotzdem. Ein schwieriges Unterfangen. »Und das mit der Erscheinung klappt?«

»Klar, warum nicht? Ich konnte in der Datenbank keinen derart formulierten Eintrag finden, also vermute ich mal, dass alles so klappt, wie geplant. Gehen wir deine Erscheinung nochmal durch? Ich habe Ist- und Sollaussehen bereits ins System eingetragen. Lass uns das Soll nochmal checken.«

»Okay, lies vor.«

»Elisa wird zur properen Samara. Einsfünfzig groß, vierundsechzig Jahre alt, ein dickes Muttermal auf der Wange, kastanienbraune gelockte Haare, dicke Lippen, Hakennase, ein rotes Stirntuch. Wallende Kleidung, genauer: braunes Kleid mit Fledermausärmeln, ein paillettenbesticktes Tuch um die Schultern, dunkelgrüne marokkanische Spitzschuhe. Du trägst eine Menge goldener Ringe und Ketten, und natürlich hast du überlange rote Fingernägel. An alles gedacht?«

»Hört sich gut an. Und der Raum?«

»Orientalisches Zimmer im Stil von 1001 Nacht, mit Moschusduft und Kerzenschein.«

»Wunderbar.«

»Noch eines, Elisa.«

»Ja?«

»Wenn du Jule berührst, musst du *Jetzt* oder *Start* oder *Go* oder etwas in der Richtung sagen, denn ich muss es hören und hier auf einen Knopf drücken.«

»Na toll!«

Alles Mögliche wurde mit Magie bewegt und er musste einen Knopf drücken. Wie bescheuert war das denn?

Sie hörte, wie im Vorraum die Tür geöffnet wurde. Keine Minute zu früh. Die Daten waren abgeglichen, die Phiole ruhte einsatzbereit in ihrer Handtasche. Jetzt durfte nichts mehr schiefgehen.

Kurz vor zwölf. Jule stand auf, öffnete das Fenster, verzog das Gesicht und schloss es wieder.

Sie ist reif, dachte Elisa und freute sich.

Sie holte das Bild der Metzgerei vor ihr inneres Auge, ließ Jule hineingehen und ein Mettbrötchen bestellen. Sie stellte sich vor, wie Jule hingebungsvoll in ein Mettbrötchen biss und genüsslich kaute. Diese Fantasie garnierte sie mit dem Gefühl absoluter Beglückung und Zufriedenheit. Jule durfte sich jetzt nichts Angenehmeres vorstellen dürfen, als in ein frisches, saftiges, mit Zwiebeln garniertes Mettbrötchen zu beißen.

Hm, lecker. Jetzt brummte sogar ihr der Magen.

»Irgendwie hab ich Hunger«, hörte sie Jule murmeln. »Na ja, hab die letzten Tage nicht wirklich viel gegessen.« Sie stand auf. »Kommst du mit zum Metzger, Elisa? Der ist gerade ein paar Straßen weiter. Netter Spaziergang.«

Strike. Elisa jubelte innerlich auf.

»Ach nein, ich hatte ein üppiges Frühstück. Außerdem habe ich jede Menge zu tun. Aber danke. Vielleicht morgen?«

»Ja, warum nicht? Simon hat sich übrigens gemeldet. Er ist wieder gesund, sitzt schon in der Firma und arbeitet wie ein Wilder.« Jule wirkte gelöst, ja beinahe glücklich.

Hm. Dieser Simon wird doch nicht im letzten Moment ihren Plan über den Haufen werfen?

238

»Na, dann war es ja nur ein kleiner Infekt. Ist doch wunderbar.«

»Ja…« Jule schulterte ihre Tasche, legte die Hand auf die Klinke und drehte sich noch einmal zu ihr um. »Gestern hat er gewirkt, als sterbe er gleich und heute klang er schon wieder ganz normal. Aber … ist wohl so. Manche Infekte kommen schnell und verschwinden noch schneller. Ich geh dann mal ein Mettbrötchen holen. Bis gleich, Elisa.«

Sie winkte Jule zu und lächelte breit. Wenn Jule zu Fuß die Strecke zurücklegte, schaffte sie es, noch vor ihr dort zu sein. Besser konnte es gar nicht laufen.

Kaum hatte sich die Tür hinter Jule geschlossen, schnappte sich Elisa ihre Handtasche mit der wertvollen Fracht und schlich hinterher. Zum Glück war das Gebäude um diese Zeit fast ausgestorben, die Beschäftigten aßen außerhalb oder nahmen ihr Mittagessen hinter geschlossenen Türen ein. Das Glück war ihr hold.

An der Treppe lauschte sie, bis Jules Schritte verhallten.

Dann gab sie Gas.

Elisa parkte den Wagen in einer Seitenstraße. Aus dem Augenwinkel hatte sie Jule die andere Querstraße entlanggehen sehen. Sie musste sich beeilen. Kurzerhand zog sie die Schuhe aus und rannte, hoffte, noch vor Jule durch die Tür zur Metzgerei schlüpfen zu können.

Sekunden später betrat sie den Laden. Den überfüllten Laden. Halb Heidelberg schien sich dort versammelt zu haben.

Ein Vorteil für sie.

Sie musste sich hinten anstellen und ein hochgewachsener Mann mit breiten Schultern diente ihr vor der Theke mit den warmen Mahlzeiten als Deckung. Hinter ihr drängten weitere Menschen in den kleinen Verkaufsraum.

Jetzt betrat Jule die Metzgerei und steuerte zielgerichtet die Stelle mit den Mettbrötchen an. Danach betrat ein junger Mann das Geschäft und reihte sich hinter Jule ein.

Elisa schlich hinter den Wartenden vorbei. Ihr Herz klopfte. Wenn Jule sich jetzt umdrehen würde, konnte sie die Aktion in die Tonne kippen.

Sie drehte sich aber nicht um und starrte unbeteiligt nach vorne. Jetzt trennte sie nur noch der Typ von Jule.

Elisa zückte das Handy. Gabriel blickte ihr bereits ungeduldig entgegen. »Na endlich!«

Hastig legte sie die Finger an die Lippen, schließlich stand sie in einem Pulk von Menschen.

Sie hob den Daumen. Gabriel nickte. Also los. Rasch trat sie einen Schritt zur Seite. Fast zeitgleich schoss ihre freie Hand nach vorn und packte Jule bei den Schultern.

»Jetzt!«

*

Sie hasste es zu warten, wenn ihr Magen brummend nach Nahrung verlangte. Keine zwei Meter vor Jule verbreiteten die leckersten Mettbrötchen Heidelbergs ihren Duft und besonders das Vierte von links lächelte sie verführerisch an. Sie würde sich gedulden müssen, denn vor ihr standen fünf hungrige Personen und den Verkäuferinnen konnte man beim Arbeiten die Schuhe besohlen.

»Jetzt«

Irgendetwas berührte sie an der Schulter. Jule zuckte zusammen. Noch bevor sie sich umdrehen konnte, übernahm der Raum dies für sie. Ihr Herz hüpfte erschreckt. Innerhalb eines Atemzuges drehte sich alles und die Gesichter der Umstehenden verschwammen. Immer schneller wirbelte der Raum um sie herum, als stünde sie im Auge eines Hurrikans. Übergangslos stoppte der Strudel. Sie schwankte und sah verwirrt nach allen Seiten.

Ohne Zweifel träumte sie, denn plötzlich steckte sie mitten in einer orientalischen Fantasie. Um sie herum Teppiche, Wandbehänge und Kissen in Rot- und Brauntönen und Unmengen von Kerzen, die den Raum in ein behagliches gelb-orange tauchten. Glänzende Organzastoffe umrahmten ein persisches Esstablett und davor waren marokkanische Sitzkissen einladend um das Tablett platziert. Moschusduft umnebelte ihre Sinne und Ruhe kehrte in ihr Herz ein. Seltsamerweise fand sie Gefallen an diesem Raum, hatte das Bedürfnis, sich auf diesen Kissen auszustrecken.

Die Verwirrung wich von ihr, sie würde sowieso nicht erklären können, was hier geschah, also konnte sie sich genauso gut darauf einlassen, oder? Wahrscheinlich nur ein Traum. Auch gut. Nachher würde sie aufwachen und zu Hause im Bett liegen und feststellen, dass sie verschlafen hatte. Büro, Schminke, Mettbrötchen - alles nur geträumt. Sie kicherte. Oh, was war das? Das sah ja äußerst interessant aus. Auf dem Tisch stand ein kleines Fläschchen. Es schien sie zu locken. Jule trat einen Schritt vor, noch einen. Ein Parfumflakon? Sie wollte es in die Hand nehmen, traute sich jedoch nicht.

»Nimm reichlich Platz, Juliane Lobenstein.«

Eine alte Frau trat hinter einem Wandbehang hervor, nein, eine alte Wahrsagerin. Lange, dunkelrote Locken wurden nur unzureichend von einem Haarband zurückgehalten, sie trug jede Menge goldenen Schmuck und war in weite Gewänder gehüllt. Spitze, lange Fingernägel glänzten in einem satten Rotton. Ganz so, wie man sich orientalische Wahrsagerinnen eben vorstellte.

Geduldig wartete die skurrile Erscheinung ab, bis Jule fertig mit Staunen war, und lächelte sie währenddessen freundlich an.

Toller Traum, der könnte noch eine Weile dauern. Hoffentlich wachte sie nicht zu früh auf.

»Wer bist du?«, fragte Jule. »Und warum bin ich hier?«

»Ich bin Samara. Willkommen, Juliane. Nimm doch bitte Platz. Ich habe dir etwas zu geben«, sagte sie, glitt galant auf eines der dicken Bodenkissen, überschlug die Beine zum Schneidersitz und deutete mit einer Handbewegung auf das gegenüberliegende Polster.

Geiler Traum.

Jetzt wollte sie wissen, was es mit dem Flakon auf sich hatte. Hastig setzte sie sich und kniff gespannt die Lippen aufeinander.

»So.« Samara legte die Hände um das Fläschchen. »Es geht um diesen Trank, der …«

»Trank? Ich dachte, es wäre Parfüm.« Jule zog die Brauen hoch. Es wurde immer interessanter. Und seltsamer. Samaras Augen passten irgendwie nicht zu ihrer Erscheinung. Sie blitzten jung und frisch und verdammt blau. Ach, egal. War ja ein Traum.

»Unterbrich mich nicht, Süße. Hör zu. Danach kannst du reden.« Jule nickte eifrig und hob entschuldigend die Hände. »Also«, fuhr Samara fort. »Dies ist ein Trank, der dir helfen wird, etwas zu erkennen. Hast du eine Idee, was das sein könnte?«

Hm, was sollte ihr ein Zaubertrank offenbaren? Jule legte den Zeigefinger ans Kinn und überlegte. Oh, ja, natürlich.

»Ob Simons Eltern mich mögen? Ob wir noch dieses Jahr heiraten? Ob …«

Samara hob die Hand und bewegte den Kopf langsam von rechts nach links und wieder zurück. »Nicht so oberflächlich, Kleines. Ich sage es dir, sonst sitzen wir noch Stunden auf diesen Kissen. Dieses Elixier beantwortet dir deine innigste Frage und wenn …«

»Also doch, ob Simon mich noch dieses Jahr heiratet. Oh, Entschuldigung, ich bin schon ruhig.«

Samara verdrehte die Augen und verlieh in der Folge ihrem Blick etwas ausgesprochen Bedeutungsvolles.

»Wenn du einen kleinen Schluck des Elixiers im Beisein von Simon zu dir nimmst, dann wird er eine Aura erhalten, deren Farbe dir Auskunft über die Stärke seiner Liebe zu dir gibt.«

»Ist ja irre«, platzte Jule heraus.

Das ist total abgefahren. Schade, nur ein Traum.

»Ja, ziemlich irre«, lachte Samara und zeigte eine Reihe weißer Zähne. »Hör zu. Es sind ein paar Dinge zu beachten. Merke sie dir gut. Die Wirkung dauert maximal zwanzig Sekunden. Jeder, den du in diesem Moment ansiehst, wird diese Aura erhalten, also konzentriere dich auf das Objekt deiner Frage und sieh nicht zur Seite. Jetzt zu der Aurafärbung. Je heller sie ist, umso größer ist die Liebe zu dir. In diesem speziellen Falle ist nicht Rosa die Farbe Liebe, sondern das reine Weiß. Je strahlender und intensiver dieses Weiß erscheint, umso stärker ist die Liebe zu dir. Je dunkler die Abstufung, desto ... na, kannste dir ja denken. Weiter. Gelb- und Orangetöne deuten auf eine Verbindung freundschaftlicher Natur oder auf ehrliche Geschwisterliebe hin. Rot ist Wollust ohne Liebe. Bei Grün weiß er nicht, was er will. Violett ist Emotionslosigkeit und Pragmatismus, Blau bedeutet Misstrauen. Jede Nuance von Braun bis hin zum tiefen Schwarz ist negativ und geht von Neid und Gier bis hin zu abgrundtiefem Hass. Aber ich denke, von Letzterem wirst du verschont bleiben.«

Jule schnappte nach Luft. Dieses kleine Fläschchen wäre der Traum jeder Frau, die auf der Suche nach dem Richtigen ist. Aber was sollte sie damit? Simon liebte sie, da war sie sich sicher. Egal. Es war auf jeden Fall aufregend und würde sie nur bestätigen. Insgeheim sah sie Simon schon mit einem weiß schimmernden Wölkchen über den Kopf vor sich sitzen. Herrlich. Hoffentlich dauerte dieser Traum bis dahin an.

»Noch Fragen?« Samara reichte ihr die Phiole.

Jule schüttelte den Kopf und nahm das zarte Fläschchen entgegen, betrachtete es staunend. Leicht war es, zerbrechlich.

»Geh vorsichtig damit um. Und denk dran, du hast nur zwei Versuche.«

Mit Bedacht steckte Jule die kleine Flasche in ihre Handtasche und nickte.

»Gut, dann schicke ich dich jetzt wieder zurück.«

Unerwartet wendig stand Samara auf und bedeutete ihr, dies ebenfalls zu tun.

Jule blickte sich noch einmal um und überlegte, ihr Schlafzimmer ebenfalls eine Oase aus tausendundeiner Nacht zu verwandeln. Sie wollte noch nicht gehen.

Samara trat neben sie und legte eine Hand auf ihre Schulter. »Jetzt.«

*

Elisa blinzelte. Die Sonne spiegelte sich auf dem Bildschirm und hinter sich vernahm sie das vertraute Tippen von Ulli. *Huch?*

Sie hatte erwartet, in der Metzgerei hinter Jule zu stehen und sich klammheimlich aus dem Staub machen zu müssen. Was war geschehen?

Sie blickte auf die Uhr. Kurz nach zwölf. Nach ihrem Ermessen mussten seit Jules Aufbruch in etwa zehn Minuten vergangen sein.

Ihr Handy summte. Nachricht von Gabriel. Elisa streckte die Arme aus und gähnte, schielte zu Ulli. Diese saß vertieft vor dem PC und nahm keine Notiz von ihr.

Gut so.

Eilig huschte sie zur Toilette.

»Hallo Elisa«, meldete sich Gabriel, nachdem sie eilig ein *G* auf das Display gezeichnet hatte. »Stell dir vor, kurz vor knapp hatte ich entdeckt, dass ich den Rückkehrzeitpunkt einstellen kann. Da frag ich mich doch, wer hier von wem geklaut hat. Die Macher von *Zurück in die Zukunft* von Gott oder Gott von den Drehbuchschreibern. Haha, lustig, nicht wahr?«

»Du hättest ja mal was sagen können.«

»Wann denn? Du warst mitten in deiner Samira-Show.«

»Stimmt auch wieder. Was ist mit Jule? Wo ist sie zu sich gekommen?«

Er zuckte die Schultern und machte ein betretenes Gesicht. Das war nicht gut, gar nicht gut. Sie schloss die Augen und suchte Jule.

Oh nein!

Zauber, Zauber

Um sie herum brach das Chaos aus.

Jule stand mitten auf einer stark befahrenen Kreuzung. Autos rasten in beiden Richtungen laut hupend an ihr vorbei, von hinten brüllte eine Frau, sie solle machen, dass sie von der Straße kommt, und ein Kind heulte. Kreischendes Bimmeln einer Fahrradklingel ließ Jule zusammenzucken und zeitgleich zeigte ihr ein vorbeifahrender Cabrioletfahrer den Mittelfinger und brüllte sie an. »Hey, Tussi, bescheuert oder was?«

Panisch drückte sie die Handtasche an sich und rannte los, stoppte, als ein Wagen vor ihr vorbeisauste, rannte weiter.

Schnaufend erreichte sie die andere Straßenseite und stützte sich an einer Laterne ab. Langsam hob sie den Blick. Was war hier los? War sie jetzt völlig durchgedreht? Nur allmählich schob sich das Bild der Metzgerei in ihr Bewusstsein. Ja, ach ja. Sie war auf dem Weg, sich ein Mettbrötchen zu holen. Nein, sie hatte bereits in der Schlange gestanden, als … Mist, jetzt war es so weit, sie wurde verrückt.

Die Handtasche immer noch an sich gepresst steuerte sie mit zittrigen Knien einen schmalen Grünstreifen an und setzte sich auf eine Bank. Die Knie schlotternd zusammengepresst, die Tasche auf den Oberschenkeln starrte sie vor sich hin und versuchte die Kontrolle über ihre Gliedmaßen wiederzuerlangen.

Sie musste einen Blackout gehabt haben. Die letzte Woche war zu anstrengend gewesen. Ja, so musste es sein. Ihr Hirn hatte sich für einen kurzen Moment aus dieser Welt zurückgezogen. Und das mitten auf der Kreuzung.

Der Angstschweiß kitzelte sie auf der Stirn und der Hunger war ihr vergangen. Heute Abend würde sie zum Arzt gehen, der sollte sie in die Röhre schieben, vielleicht waren ein paar Synapsen verschmort. Oder ihr ein Beruhigungsmittel verschreiben. Sie hatte gelesen, dass Stress alles Mögliche auslösen konnte, warum nicht auch Halluzinationen?

Sie fischte ein Papiertuch aus der Tasche und ihre Finger stießen an etwas Hartes. Sofort bekam sie eine Gänsehaut und die Haare an den Armen stellten sich auf. Sie betastete das kühle, kleine Ding.

Das wird doch nicht ... nein, das kann nicht sein. Oder doch?

Hastig zog sie den Gegenstand heraus, und hielt die Phiole in den Händen.

Aus ihrem Mund löste sich ein spitzer Schrei. Wenn sie nicht gesessen hätte, wäre sie auf der Stelle umgekippt.

Schnell die Flasche wieder wegstecken. Aus den Augen, aus dem Sinn.

Danach zog sie das Handy hervor, wählte Maikes Nummer. *Der gewünschte Gesprächspartner ist nicht erreichbar. Drücken Sie die Eins, wenn Sie ...*

Nein, sie wollte keine Nachricht hinterlassen. Sie wählte die Nummer der Massagepraxis und bekam die

Info, dass Maike den Rest der Woche spontan Urlaub genommen hatte. *Und ausgerechnet bei diesem vollen Terminkalender, also sie hätte das nicht genehmigt.*

Ja, schon gut. Wieso hatte Maike ihr nicht Bescheid gesagt? Das war untypisch. Und irgendwie beunruhigend. *Simon.*

»Herr Grasser befindet sich bis um 16 Uhr in einer wichtigen Besprechung und darf nicht gestört werden. Darf ich etwas ausrichten, Frau …?«

»Lobenstein«, brummte Jule, »Nein, ich melde mich später nochmal. Danke.« Simons Sekretärin kannte sie genau, machte sich jedoch wohl immer einen Spaß daraus, sie affektiert und wiederholt nach ihrem Namen zu fragen. Blöde Kuh.

Wenn man mal jemanden brauchte, war keiner da.

Mittlerweile hatten ihre Knie aufgehört, unkontrolliert zu zittern, und Jule beschloss, pragmatisch an die Sache heranzugehen. Es blieb ihr ja nichts anderes übrig. Erfahrungsgemäß brachte ein kühler Kopf sie immer zum Ziel.

Gut, es war also keine Wahnvorstellung, kein Blackout, kein Traum. Dieser Flakon in ihrer Tasche existierte genau so, wie Samara existiert haben musste. Und wenn beides Realität war, musste der Trank eine Wirkung haben.

Am besten sie probierte das gleich mal aus. Die Alte hatte erwähnt, dass der Trank ihr die Aura desjenigen zeigen würde, den sie gerade ansah. Egal wen. Sie benötigte nur ein verliebtes Paar und einen winzigen Schluck aus der Phiole.

Moment. Was sagte die Uhr? Himmel, sie musste zurück ins Büro. Musste sie?

Kurz entschlossen wählte sie die Nummer ihres Vorgesetzten und entschuldigte sich für den Rest des Tages. Spontane Übelkeit, das Mettbrötchen hatte auch seltsam geschmeckt. Ja ja, die Hitze, schlechte Kühlung. Ja, Mett sollte man sowieso nicht essen. Wiederhören, Herr Brenner.

Wenige Minuten später stieg sie in ihren Wagen, lenkte ihn vom Firmengelände und steuerte das Neckarufer an. Wenn irgendwo verliebte Pärchen turtelten, dann dort.

Zwei Versuche, hatte Samara gesagt. Gleich würde sie den Ersten starten.

Es dauerte nicht lange und sie entdeckte ein sichtlich verliebtes Paar im Schatten einer Buche. Sie saßen sich im Gras gegenüber. Die junge Frau sagte irgendetwas und strich ihrem Freund zärtlich eine Strähne aus der Stirn.

Soweit Jule es einschätzen konnte, wirkten die Blicke sehr, sehr verliebt. Das perfekte Versuchsobjekt.

Nicht weit von ihnen ließ sich Jule ins Gras sinken und ihre Blicke vordergründig über die in der Sonne glänzende Wasseroberfläche gleiten. Nach einer Weile griff sie zur Phiole, zog den miniaturhaften Korken heraus, nahm den jungen Mann ins Visier und nahm einen winzigen Schluck. Sie wollte wissen, ob sich die beiden aus vollem Herzen liebten. Im Geiste formulierte sie diese Frage abermals langsam und deutlich.

Den Korken in der einen, die geöffnete Phiole in der anderen Hand beobachtete sie, was sich vor ihren Augen abspielte.

Es war ihr nicht möglich gewesen, den Blick ausschließlich auf ihn zu konzentrieren, zu nah saß seine Partnerin bei ihm. Aber es funktionierte. Irre, es funktionierte tatsächlich.

Ein strahlend weißer Schein zeichnete die Konturen des Mädchens nach, deren Antlitz ihr mit einem Male wie das eines Engels erschien. Kurz versank Jule in diesem Schauspiel und fühlte die behutsame Zärtlichkeit der jungen Frau, als wäre es ihre eigene. Es war so anrührend, dass ihr beinahe die Tränen in die Augen schossen.

Beinahe. Denn die Aura des Partners hätte Jule am liebsten aufspringen lassen. Dunkelrot leuchtete es um ihn herum, als schwämme er in einem Meer aus Blut. Mehr noch, sein Gesicht verzog sich zu einer gierigen Fratze und in seiner Hose pulsierte es sichtbar.

Angewidert schloss Jule die Lider.

Was ein Ekel! Waren alle Männer so?

Als sie kurz darauf wieder aufblickte, versperrte etwas gleißend Helles ihre Sicht. Sie kniff die Augen zusammen und legte die Hand wie einen Schirm an ihre Stirn.

»Was machst du um diese Uhrzeit hier? Müsstest du nicht im Büro sitzen und dieses Wetter verpassen?«, sagte eine bekannte Männerstimme.

Schlagartig verflog das grelle Leuchten und Daniels Umrisse schälten sich vor der Sonne heraus. Er stand gebeugt vor ihr, die Hände auf den Knien abgestützt. Um seine Schultern hing ein Handtuch.

Sie hielt immer noch die Hand wie einen Schutz vor Augen.

»Daniel?«

»Wie er leibt und lebt.« Er nahm neben ihr Platz. »Hast du Urlaub?«

»Nur einen halben Tag«, log sie und schämte sich nicht einmal dafür. »Und du?«

Er deutete mit dem Finger auf eine Gruppe keuchender Damen, die im Schatten standen und Wasserflaschen leertranken. Eine etwas fülligere Dame lag mit einem Handtuch auf dem Gesicht langgestreckt auf einer Bank.

»Ich bin mit der Mittwochs-Walkinggruppe unterwegs. Wir machen gerade eine kleine Pause.«

»Die sehen ziemlich fertig aus.« Sie bemitleidete die Frauen, die aussahen, als würden sie sich lieber ins kühle Nass stürzen, als auch nur einen einzigen Schritt zu gehen, geschweige denn zu walken.

»Ja. Haha«, lachte er. »Das sind die Anfänger. Deswegen auch die Pause.« Er blickte auf die Uhr. »Oh, ich muss los. Die nächste Gruppe wartet schon.« Sprachs, sprang auf und federte leichtfüßig der Truppe entgegen.

Jule schmunzelte, als ein Großteil seiner Kundschaft entnervt die Augen verdrehte. Tja, wer schön will sein, muss leiden Pein, hatte ihre Mutter immer gesagt, wenn sie ihr die Knoten aus den Haaren gebürstet hatte.

Daniels Walkinggruppe marschierte los und sie hörte ihn rufen.

»Hopp, hopp, gleich haben wir es geschafft. Nicht schlappmachen auf den letzten Metern, Mädels. Und nach hinten abdrücken. Federn, federn, nicht stampfen. So ist es gut, Rosita. Das gibt straffe Waden und einen schönen Po.«

Sie grinste und blickte nach links. Unter der Buche saß wieder nur ein augenscheinlich sehr verliebtes Paar.

Gedankenverloren verschloss sie den Flakon, steckte ihn in die Tasche und begab sich auf den Rückweg.

Das arme Mädchen. Welch bittere Erfahrung wartete da auf sie. Ohne lange zu überlegen, machte sie auf dem Absatz kehrt und steuerte auf die Buche zu. Dabei wedelte sie mit ihrer Sonnenbrille.

»Huhu, hast du das hier verloren? Ja, dich meine ich.«

Die junge Frau blickte sich irritiert um, bemerkte schließlich, dass Jule sie meinte, stand auf - welch ein höfliches Ding - und ging auf Jule zu.

»Ja? Ich habe nichts verloren, glaube ich.«

»Das weiß ich«, zischte Jule leise, »Ich wollte dir nur sagen, dass du besser die Finger von diesem Typen lässt. Der will dich nur ins Bett kriegen. Nein, frag nicht, woher ich das weiß. Ich weiß es einfach.«

Die Mimik des Mädchens verdunkelte sich und sie trat einen Schritt zurück.

»Sie haben ja was an der Klatsche, Lady. Also wirklich. Nicht, dass es sie etwas anginge, aber wir lieben uns, kapiert? Sie sind ja echt strange.« Damit wandte sie sich brüsk um und kehrte mit langen Schritten zu dem rotgefärbten Verführer zurück.

Jule blickte ihr hinterher. Sah die Kleine nicht, was er im Sinn hatte? Spürte sie es nicht? Sie musste dieses Mittel unbedingt an Simon testen. Sollte sie es tatsächlich ausprobieren? Was wenn sie sehen würde, was sie nicht sehen wollte?

Die Abendsonne tauchte ihren Balkon in anheimelndes Licht. Mit einem Glas Weißwein in der linken und dem Telefon in der rechten Hand ließ sich Jule auf den Liegestuhl fallen, verschüttete dabei Wein, fluchte und verrieb die Flüssigkeit auf dem Oberschenkel. Sie wollte später sowieso duschen.

Es klingelte. Typisch.

Umständlich wuchtete sie sich aus dem Liegestuhl hoch und tapste zur Tür.

Daniel streckte ihr ein Kästchen mit Schleife entgegen. »Das hatte ich ganz vergessen. Ich wollte es dir eigentlich am Sonntag schon geben.«

Jule blickte fragend von der Kiste zu ihm und wieder zurück. »Warum schenkst du mir etwas, Daniel?«

»Ähm, Schlüsseldienst? Übernachtung? Du erinnerst dich?«

Wie dämlich von ihr. Das hatte sie völlig vergessen. Vor ihrem inneren Auge erschien Daniel, der vor ihrer Tür gestanden und ihr Wein und ein Geschenk hingehalten hatte. So lange war das noch gar nicht her. Sie hatte ihm die Tür vor der Nase zugeknallt, weil … Egal.

Sie schlug sich mit der Hand an die Stirn und nahm das Geschenk an sich. »Stimmt. Oh, das ist ja total lieb von dir, Daniel. Danke.«

Kurz überlegte sie, ob sie ihn hereinbitten sollte, als Barbie die Treppe hinaufstöckelte und Daniel anstrahlte. »Ah, da bist du ja. Können wir los?«

Er drehte sich zu Barbie-wie-hieß-die-noch-gleich um, Küsschen links, Küsschen rechts, und winkte ihr flüchtig zu. »Wir sehen uns, Jule.«

Achtlos stellte sie das Geschenk auf der Kommode ab, schmiss sich auf den Liegestuhl und legte die Füße auf die Balkonbrüstung.

Was wollte sie tun, bevor es geklingelt hatte? Ach ja, Simon anrufen. Wie konnte sie das vergessen haben? Die Ereignisse der letzten Tage brachten sie aus dem Konzept. So durfte das nicht mehr weitergehen. Sie, Juliane Lobenstein, brauchte Struktur. Alles hatte seinen Platz, seine Regelmäßigkeit, seinen gewohnten Gang. Es drängte sie, die ursprüngliche Ordnung wiederherzustellen.

Überraschend schnell nahm er ab, wirkte atemlos.

Nanu? Ein Rückschlag? Fieber?

»Kein Fieber. Stress. Ich bin am Packen.«

»Am Packen? Willst du verreisen? Heute?«

»Nein, mein Herz, erst morgen. Moment ...«. Offenbar hatte er den Hörer zur Seite gelegt, sie hörte ihn ächzen, kurz darauf ein dumpfes Geräusch, dann schnaufte er wieder ins Telefon.

»Hab den Koffer vom Schrank gewuchtet, ganz schön schwer das Teil. Sollte mir einen leichteren Aluminiumkoffer zulegen. Was gibt´s?«

»Was es gibt?«, bläffte Jule und richtete sich auf. »Vorgestern warst du noch todsterbenskrank und ich hatte überlegt, dir den Kotzeimer zu halten, und heute gehst du auf Reisen? Was es gibt! Ich wollte fragen, wie es dir geht, ob die Besprechung anstrengend war, ob ich dir etwas vorbeibringen soll? Ob du nicht wissen willst, wie mir es mir so geht und ob wir endlich mal wieder wie ein normales Paar ein paar Tage miteinander verbringen können.«

Sie konnte es nicht fassen. Das Schicksal hatte es auf sie abgesehen. Zweifellos.

»Hm, das ist jetzt ganz schwierig, Jule, ganz schwierig.« Er schien während des Gespräches den Koffer zu packen. Plötzlich wurde es still. »Mist.«

»Was?« Jetzt würde er sich bei ihr entschuldigen und …

»Ich finde meinen USB-Stick nicht. Ich könnte schwören, ich habe ihn neben die Aktentasche gelegt.«

»Simon!« Jetzt reichte es. Abrupt sprang sie vom Stuhl auf, als könne sie so ihre Worte bekräftigen. »Jetzt hör mir mal zu. Mit keiner Silbe hast du eine Reise erwähnt. Seit wann weißt du das? Und wohin geht es überhaupt?«

Stille.

»Simon?«

»Stimmt. Wie unbedacht von mir. Jule, mein Herz, ich hätte dich sofort nach der Besprechung anrufen sollen. Das wird mir jetzt klar. Verzeihst du mir? Es ging alles so schnell. Der Boss hat uns vor vollendete Tatsachen gestellt, die Flüge bereits buchen lassen. Ich konnte das unmöglich absagen. Das verstehst du doch sicher?« Ja, klar. Immer verstand sie. Sicher. »Jule?«

»Ja, ich höre dich. Und womit bitte haben sie euch überrascht?« Sie schenkte Wein nach. Zeit, sich gepflegt zu betrinken.

Simon stieß einen lauten Seufzer aus. »Morgen geht es nach Ibiza. Du weißt doch, dieses Hotel ist unsere erste Adresse, wenn es um große Entscheidungen geht. Der Investor will die Präsentation nicht in unseren Räumen, sondern in einem, wie er sagt, privaten Rahmen, der die Möglichkeit bietet, sich besser kennenzulernen. Er möchte wissen, mit wem er sich auf Jahre hinweg bindet.« Er legte eine kurze Pause ein und sprach weiter. »Was ich gut verstehen kann. Wenn ich im zweistelligen Millionenbereich Geld in die Hand nehmen müsste, wollte ich auch wissen, wo es hinfließt und wer es verwaltet. Das verstehst du doch sicher.«

»Ja, die Jule versteht immer, Herr Grasser. Du musst das nicht laufend wiederholen«, brummte sie in den Hörer und nahm einen Schluck Wein. »Ich dachte, die Riesenpräsentation fängt heute an und geht bis Freitag?«

»Kurzfristige Planänderung. Sie fängt morgen an und geht bis Sonntag.«

»Bitte?« Ihre Stimme erreichte beim *te* unangenehm piepsige Höhen. Sie nahm noch einen Schluck.

»Sie fängt morgen an und …«

»Ja, Herrgott, ich hab´s gehört.« Wieso war ihr Glas schon wieder leer?

»Was bist du denn so aufgebracht?«

Jule klemmte den Hörer zwischen Kinn und Schulter und entkorkte eine weitere Flasche. Auf seine Frage wusste sie keine Antwort, es hatte ihr die Sprache verschlagen. Eine Flut, angefüllt mit Emotionen, überschwemmte sie, kämpfte in ihrer Brust darum, auszubrechen. Wut, Traurigkeit, Verzweiflung, Unglauben. Ihre Stimme überschlug sich.

»Und unser Termin am Sonntag bei deinen Eltern? Was ist damit? Kommst du vorher zurück?«

»Leider nein, Jule. Der Flieger geht um fünfzehn Uhr. Aber am Abend können wir im *Gigolos* dinieren, was hältst du davon? Ich werde noch heute einen Tisch dort bestellen. 19 Uhr? Das müsste ich schaffen. Das ist doch eine hervorragende Idee, oder nicht?«

«Ja, super Idee ...«

Mit der Flasche in der Hand stand sie mitten im Zimmer und fühlte sich nicht in der Lage, einen weiteren Schritt zu tun. Eben erst war ihm eingefallen, dass sie den Sonntagabend zusammen verbringen könnten? Und wieder würde sie seinen Eltern nicht kennenlernen. Wie so oft die letzten zwei Jahre.

Eine Träne lief ihr brennend die Wange hinunter.

»Wie heißt das Hotel noch gleich?«

»Ich weiß nicht genau, der Vorzimmerdrachen hat es gebucht. Aber in diesem Hotel sind wir immer, wenn wir Veranstaltungen in dieser Größe anberaumen, das weißt du doch.«

Ja, wusste sie. »Aber du musst doch den Namen wissen?«

»Mensch Jule! Die Sekretärin bucht, der Taxifahrer fährt. Dazwischen schlafe ich oder bereite Präsentationen vor. Keine Ahnung wie der verdammte Schuppen heißt. Irgendwas mit Curaçao. Warte... Ja, Can Curaçao oder so ähnlich. So, jetzt muss ich mich sputen. Der Flieger geht um fünf Uhr morgen früh. Wir sehen uns am Sonntag im *Gigolo*, mein Herz. Neunzehn Uhr, nicht vergessen. Bussi.«

Konsterniert starrte sie auf den Hörer in ihrer Hand. Simon hatte nach dem *Bussi* einfach aufgelegt. Hastig stellte sie die Flasche ab und wählte Maikes Nummer.

Geh dran, Freundin, ich brauch dich jetzt.

Erleichtert atmete sie auf, als Maike sich meldete.

Die Idee ist nicht schlecht, dachte Jule, als sie eine Stunde später das Gespräch beendet hatten. Entgegen Maikes aufbrausendem Naturell hatte ihre Freundin sie überraschenderweise mit beruhigenden Worten getröstet und ihr Mut zugesprochen. Eine Liebe hing nicht von dem Segen der Eltern ab, hatte sie gesagt. Es kommt, wie es kommt. Warum sie ihm nicht einfach nachreisen würde? Ein paar Tage Ibiza täten ihr sicher gut. Nebenbei könne sie feststellen, wie dienstbeflissen und gewissenhaft Simon seinen Job erledigte und als seine zukünftige Frau dürfte es kein Problem sein, mit ihm ein Zimmer zu teilen. Während der Gatte in spe arbeitete, könne Jule die Insel erkunden. Na?

Wieso bin ich da nicht selbst draufgekommen?

Weil das Warten auf Simon ihr in Fleisch und Blut übergegangen war. Deswegen. Ab sofort gehörte das der Vergangenheit an.

Auf keinen Fall durfte sie den Zaubertrank vergessen.

*

Elisa fühlte sich beschissen.

Müde saß sie an ihrem Arbeitsplatz und gähnte verhalten. Sie hatte die Nacht kein Auge zugetan und stundenlang mit Gabriel geredet. Prompt quittierte ihr Spiegelbild diese Aktion mit dunklen Augenringen. Da half auch Engelsein nichts. Und die dritte Tasse Kaffee verschaffte ihr höchstens ein flaues Gefühl in der Magengegend, anstatt die Lebensgeister zu wecken. Dramatisch. Nicht nur das.

Jule war ein zäher Brocken. Wenn sich diese junge Dame was in den Kopf gesetzt hatte, zog sie es durch, selbst wenn sie dabei zugrunde ginge. Wenn permanentes Sich-in-die-Tasche-Lügen und Erzwingenwollen von Situationen eine Eigenart der Erdlinge sein sollte, wollte sie niemals als Mensch auf Erden wandeln. Und davon war sie im Moment nicht weit entfernt. Zum zweiten Mal in ihrem Dasein verspürte sie Angst. Und ein schlechtes Gewissen.

Von Gabriel hatte sie erfahren, dass Gott zürnte, weil er ihn und Josie - und somit auch ihr - auf die Schliche gekommen war. Wie hatten sie nur annehmen können, irgendetwas bliebe vom Herrn unentdeckt? Wie dämlich von ihr. Wie töricht, den Erfolg ihres ersten Auftrages so leichtfertig aufs Spiel zu setzen, und darüber hinaus andere Engel mit in dieses unehrliche Spiel hineinzuziehen. Und warum? Nur weil sie glaubte, es ohne Hilfe nicht zu schaffen, und zu verbotenen Mitteln gegriffen hatte. Nicht der Zaubertrank, nein, dieser hatte laut Fiona aus ihrer, Elisas, Kraft seine Wirkung erhalten. Der Dimensionswechsel war das Übel. Davon hätten sie die Finger lassen sollen. Nun waren Gabriel und Josie zu zwei Jahren Wolkenputzen eingeteilt. Wobei zwei Jahre für dieses Vergehen ein Witz waren.

Die Hauptstrafe bekomme dann wohl ich aufgebrummt.

Und davor hatte sie eine Himmelangst. Das Schlimmste war, Gott meldete sich nicht bei ihr und ignorierte ihre Anrufe. Hundertmal mindestens hatte sie vergangene Nacht erfolglos ein *G* auf alle möglichen Oberflächen gezeichnet. Gott hatte wohl den Stecker gezogen.

Mindestens genauso dramatisch war, dass das Treffen mit Simons Eltern nicht stattfinden würde. Eigentlich hätte sie frohlocken müssen, so blieb ihr mehr Zeit. Doch der Umstand, dass Jule alles beiseiteschob, was gegen eine Heirat mit Simon sprach, machte sie ... ja, sprachlos. Mittlerweile glaubte sie selbst nicht mehr an Jules widersprüchliche Gefühle, die sie in unregelmäßigen Abständen wahrnahm. Jule würde es gelingen, jeden noch so eindringlichen Hinweis des Unterbewusstseins zu unterdrücken. Verdammt, sie spürte doch, dass Jule schwankte. Aber wie gesagt traute sie ihr mittlerweile alles zu.

Wo blieb sie überhaupt? Die Uhr zeigte auf neun. Vor einer halben Stunde hatte sie genuschelt, sie wolle Kaffee holen. Auf dem Weg war sie anscheinend immer noch.

Elisa schloss die Augen und sah Jule heulend auf der Toilette sitzen. Entfernungen spielten bei dieser Gabe eine Rolle. Es kam ihr zupass, dass Jule sich in der Nähe aufhielt, denn auf eine weitere Strecke wäre ihr diese intensive Verbindung nicht möglich. Also los.

Angestrengt versuchte sie, Jules Empfindungen wahrzunehmen. Ein Bild eines Flugzeuges schob sich in ihren Kopf. Dem folgte ein Restaurant. Wo? Ah, Mannheim. Wie eine Laufreklame flog das Wort *Gigolo* an ihr vorbei. Wohl der Name des Lokals. Jetzt spürte sie Entschlossenheit, kurz darauf Skepsis, Unsicherheit. Ganz so, als wisse Jule nicht, was sie tun solle. Oh, jetzt krampfte sich ihr Magen zusammen, unglaublicher seelischer Schmerz. Die arme Jule. Sie kämpfte mit sich und ihren Gefühlen. Elisa wartete ab, bis der Schmerz nachließ. Wenn die Liebe das mit einem Menschen machte, musste Gott dringend etwas unternehmen. Die Menschen sollten klarer erkennen können, wer zu ihnen gehörte und wer nicht. Das würde vieles vereinfachen. Jule hatte aufgehört zu weinen. Jetzt spürte Elisa ihr Inneres von Zorn überschwemmt. Ein roter Feuerball bündelte sich hinter ihrem Brustbein, bereit, auf jeden gespuckt zu werden, der des Weges kam. Zorn auf Simon, auf sich selbst. Wieso auf sich selbst? Ah, die Dinge entwickelten sich. Wunderbar. Ups, sie musste abbrechen. Jule machte sich auf den Weg in die Küche.

Sie rieb sich die Augen und tippte die Wörter »Gigolo, Mannheim« ein. Aha, ein Edelrestaurant für gehobene Ansprüche. Der ideale Ort für einen Heiratsantrag.

»Du siehst müde aus, meine Liebe.« Ulli trat in den Raum, stellte ihre Handtasche unter den Schreibtisch und schaltete den PC ein.

Irgendetwas schien anders. Elisa runzelte die Stirn. Ulli kam ihr verändert vor. Natürlich! Die Handtasche. Anstatt des üblichen Rucksackes, den sie unter den Tisch zu pfeffern pflegte, trug Ulli eine Damenhandtasche bei sich.

Elisa legte den Kopf schief und nahm sie genauer in Augenschein. Die sonst so forsche und scharfzüngige Person wirkte weicher, die Gesichtszüge entspannter, ihre Bewegung weniger männlich. Das könnte an den Pumps liegen, die sie trug.

»Ist was?«, schnodderte Ulli heraus, als sie ihren Blick bemerkte.

»Du gefällst mir heute ausnehmend gut.« Elisa stützte ihr Kinn auf ihre Hand und lächelte sie an. Jaja, harter Kern und weiche Schale. Nein, umgekehrt.

»Findest du?« Ihre ungewohnt rotwangige Kollegin breitete die Arme aus und sah an sich herunter, dann wieder zu Elisa. »Danke. Das war …«

»Sag jetzt nicht *Total billig, gerade bei Aldi für neun Euro neunundneunzig im Angebot*. Das sagen nämlich alle Frauen, wenn man ihre Kleidung lobt. Ich eingeschlossen. Musst mal drauf achten. Das Kleid steht dir im Übrigen ausgesprochen gut, Kollegin, sollest du öfter tragen.« Jule balancierte zwei Kaffeetassen und stellte eine davon vor Elisa. »Mit Milch und Zucker. Richtig?«

»Richtig«, lächelte Elisa und unterdrückte einen Brechreiz. Sie würde den Rest ihrer Erdzeit keinen Kaffee mehr anrühren.

Jule schien sich nachgeschminkt zu haben. Rote Augen waren keine zu erkennen.

»Scheint so, als tauscht ihr beide die Rollen«, sprudelte es spontan aus Elisa heraus und sie klatschte in die Hände. »Ulli wird bürotauglich und Jule erscheint neuerdings in Jeans statt in gedecktem Grau.«

Und die eine tritt fester, die andere weicher auf. Das behielt sie jedoch für sich. Sie erhielt von beiden keine Antwort. Sowohl Ulli als auch Jule schienen emsig damit beschäftigt, beschäftigt zu sein. Was hatte Ludwig van Beethoven neulich zu ihr gesagt? *Das Beste, an dein Übel nicht zu denken, ist Beschäftigung.* Ja, das sah sie gerade. Sie bezweifelte nur, dass es sich um Übel handelte.

Eine Weile arbeitete jeder schweigsam vor sich hin. Schließlich platzte es aus Jule heraus. »Simon ist heute bis Sonntag geschäftlich in Ibiza.« Das letzte Wort spuckte sie förmlich in die Luft.

»Ist nicht wahr!«, sagte Ulli, »Und das Essen bei seinen Eltern? Nein, sag nichts. Es fällt aus. War ja klar.«

Noch ehe Elisa einen Kommentar ablassen konnte, war Ulli bei Jule und nahm sie den Arm. »Och Mensch, das tut mir ja so leid für dich. Du hattest dich so darauf gefreut.«

Elisa registrierte, wie sich das Wasser in Jules Augen sammelte, und sie zu einem Taschentuch griff.

»Ja«, schluchzte Jule, »Aber diesmal werde ich etwas unternehmen. Ich habe es satt, zu Hause zu sitzen und auf Herrn Grasser zu warten. Ich fliege ihm hinterher. Gleich morgen. Das heißt, wenn ich einen Flug bekomme.«

Ulli klopfte ihr auf die Schulter. »Na, geht doch. So gefällst du mir. Ab mit dir. Halali.«

Gut so, Kleines, dachte Elisa, und schickte spontan eine Prise Willensstärke in Jules Richtung. Rein prophylaktisch, damit sie nicht wieder umfiel. Vordergründig verlieh sie ihrer Mimik Entsetzen, so hoffte sie zumindest, doch innerlich jubelte sie.

»Hast du schon nach Flügen geschaut?«

»Nein, noch nicht …«

»Das erledigen wir für dich. Nicht wahr, Elisa? Wer zuerst den günstigen Flug auf die Insel findet, hat gewonnen.« Ulli war Feuer und Flamme.

Elisa fand Gefallen an der Entwicklung sowie an dem Tatendrang, der heute Morgen durch das Büro schwebte. »Einverstanden. Und du, Jule, rufst in Simons Hotel an und buchst ein Zimmer.«

Gesagt, getan. Sofort begann sie damit, einschlägige Seiten nach günstigen Flügen von Frankfurt nach Ibiza zu durchstöbern.

Der Gedanke an Gottes Strafe rückte zunehmend in den Hintergrund. Wichtig war jetzt einzig und allein ihr Auftrag. Eine Sanktion war ihr sicher, das war klar, aber jetzt wollte sie nicht darüber nachdenken, wie diese sich gestalten würde.

Warum schwitzten ihre Füße eigentlich? Sie hatte extra ihre Lieblingsschalen angezogen, weil sie so schön luftig waren. Na egal, dann würde sie diese eben ausziehen. Sah ja niemand.

Unbemerkt schlüpfte Elisa aus den Badelatschen und schob sie mit einem Fuß zur Seite.

*

Ein Hotel mit der Bezeichnung *Can Curaçao* gab es auf Ibiza nicht.

Sicher hatte Simon die Buchstaben durcheinandergebracht. Es gab nur ein *Can Curreu*, und das war für ihr Empfinden absolut überteuert. Fotografien eines kleinen, jedoch exklusiven Landhotels erweckten in ihr das dringende Bedürfnis nach Urlaub. Hier gab es keine Zimmer, nur Suiten. Und was für welche. Sie klickte sich durch die Galerie. Du liebe Güte, die hatten sogar einen eigenen Reitstall. Das nächste Bild zeigte schneeweiße Pferde, deren Mähnen lang und seidig schimmer-

ten. Sie konnte den kernigen Geruch warmer Pferde-
flanken förmlich riechen, das dunkel vibrierende
Schnauben aus Nüstern hören. Wie lange war sie nicht
mehr auf einem Pferd gesessen?

Traumhaft, einfach nur traumhaft.

Auf der zweiten Seite leuchtete ihr die Fotografie einer
Braut in einem mit weißen, flauschigen Federn besetzten Kleid entgegen. Sie hielt ein Schild mit der Aufschrift *And she said … Yes* in die Höhe.

Unwillkürlich zog sich ihr Magen zusammen. Sich dort
das Ja-Wort zu geben, musste der Himmel auf Erden
sein. Und wie es aussah, schien diese Luxusabsteige auf
Hochzeiten eingerichtet und wurde diesbezüglich heftig
frequentiert. Die Bilder sprachen für sich. Im Verlauf
blätterte sie sich eher desinteressiert durch Landschafts-
und Personenaufnahmen.

Hm, wer weiß, vielleicht ließ sich der Firmeninhaber
die Überzeugung des Investors was kosten? Aber hatte
Simon nicht erwähnt, dass sie öfter in diesem Hotel
abstiegen? Sie verwarf den Gedanken. Zu teuer. Und
wer sagte ihr, dass auf der Seite des richtigen Hotels
surfte? *Ach, ich ruf da jetzt einfach an.*

Eine angenehme männliche Stimme sagte »Can Curreu« und sprudelte Spanisch weiter. Sie verstand kein
Wort, fragte höflich auf Englisch, ob er Deutsch verstünde. Er murmelte ein *Wait a Minute* und kurz darauf
meldete sich eine Frau namens Maria in holprigem
Deutsch.

»Bitte? Gesellsaft? Jaja, näste Woche. Spanise Ochseis-
gesellsaft. Diese Woche? Bis Soontag? No. Oh, momen-

to. Si, Firma aus Deusland? Jaja, ist gesrieben in Buch. Ses Perrsonnen. Sie wollen Simmer? Momento. Ja, is frei eine Simmer. Wann? Morgen? Wie lang? No Problem. Sie kann verlängen, wenn sie mösten.«

Jule buchstabierte ihre Adresse, ihre E-Mail-Adresse, bedankte sich und legte auf.

Puh!

Sie hatte eben gerade ein Zimmer für zweihundertfünfzig Euro die Nacht gebucht. Hätte ihr jemand vor einer Woche gesagt, dass sie einen solchen Betrag ohne Skrupel für eine einzige Übernachtung auf den Tisch legen würde, sie hätte lauthals herausgelacht und ihm den Vogel gezeigt. Hatte sie das wirklich getan? Sie, Juliane Lobenstein? Planerin, Kontrollfreak und Cent-Dreimalumdreher?

Diese kleine, ganz persönliche Grenzüberschreitung fühlte sich ähnlich gut an wie der Kauf türkisfarbener Traumkleider. Sie sollte öfter über die Stränge schlagen.

»Flug gefunden. Erster. Gewonnen.« Ulli sprang auf und riss die Arme hoch.

»Wohin geht es denn, Ulrike?« Brenner trat mit einem Stapel Unterlagen unter dem Arm ins Zimmer und schmunzelte.

Ulli setzte sich und wurde puterrot.

»Nicht sie«, sprang Elisa für Ulli in die Bresche und taxierte ihren irdischen Vorgesetzten auf Zeit amüsiert. Jule und Ulli schienen nicht die Einzigen zu sein, die eine Wandlung durchlebten. Brenner trug kein Sakko und - was besonders ungewöhnlich war - keine Krawatte. Sogar die obersten zwei Knöpfe seines Hemdes standen offen. Und dabei war erst morgen Casual Friday. »Juliane fliegt morgen nach Ibiza.«

»Ach«, zog er die Augenbrauen hoch, »sind meine Mitarbeiter so erholungsbedürftig, dass sie buchen, ohne vorher den Urlaub genehmigen zu lassen, Frau Lobenstein?« Jule schüttelte den Kopf und öffnete den Mund, schien nach einer möglichst geistreichen Erwiderung zu suchen.

Elisa beschloss, diese Hürde für sie zu nehmen, stand auf und ging barfüßig auf Brenner zu. Sehr wohl hatte sie bemerkt, dass der Chef mit Ulli auf ein *Du* gewechselt hatte.

Mit dem Stift tippte sie an seine Brust. »Jetzt sind sie mal nicht so, Herr Brenner. Unsere Juliane steht kurz vor einem Beziehungsdesaster. Sie muss nach Ibiza fliegen, wenn sie die Sache in den Griff bekommen will. Wollen sie etwa schuld an einem depressiven Zusammenbruch unserer werten Kollegin sein und einen Totalausfall über mehrere Wochen provozieren. Nur zu, lehnen sie ab.«

»Hoho«, grinste er, klemmte die Akten unser die Achsel und hob die Hände. »Gegen geballte Frauenmacht komme ich nicht an.«

Er zwinkerte Jule zu. »Geht klar, Frau Lobenstein. Nur den Freitag, oder länger?«

»Nein, nur morgen. Danke, Herr Brenner. Sie sind ein Schatz. Ehrlich.«

»Ich weiß. Tja …« Er zog die Akten wieder unter seinem Arm hervor. »Dann nehm ich das mal wieder mit, was? Schönen Urlaub. Und regeln Sie ihre Angelegenheit. Ich drück die Daumen.«

»Huch?«, staunte Jule und hatte ihren Blick nach wie vor auf die Tür geheftet, als träume sie. »Der kann ja richtig nett sein.«

»Ja, das kann er«, bemerkte Ulli beiläufig und wechselte abrupt das Thema. »Dein Flug geht morgen früh um zehn Uhr und kostet dich schlappe fünfundachtzig Euro. Allerdings nur der Hinflug. Wann willst du zurück?«

»Das weiß ich nicht.«

»Oh, was machen wir denn da?«

Elisa verdrehte die Augen. »Na, nur One-way buchen. Sobald du zurückwillst, buchst du eben vor Ort. Wo ist das Problem?«

Beide nickten. Kein Problem. Sagte sie doch. Menschen waren kompliziert. Okay, sie hatten auch keine Flügel. Hm, sie allerdings auch nicht.

Flugs wechselte Jule an Ullis Rechner, schloss die Buchung ab und verschwand mit einem Urlaubsschein in Brenners Büro.

»Sag mal, Ulli«, Elisa drehte sich mit dem Bürostuhl zu ihrer Kollegin um, nahm den Stift aus dem Mund und schlug die Beine übereinander. »Du kannst ruhig zugeben, dass du dich in unseren Chef verliebt hast. Eure Blicke sprechen Bände. Also ich freu mich für dich.«

Gab es menschliche Karpfen? Nicht? Dann litt ihre Kollegin unter temporärer Schnappatmung.

Treffer. Wusste sie es doch. Sie hatte ihr Herzklopfen gefühlt, als Brenner das Büro betrat und das vertrauliche Duzen hatte ihr Gefühl bestätigt.

»Woher weißt du … wie hast du …?«

»Also bitte. Das ist so offenkundig wie ein Maskierter mit einer Waffe und einem Sack Geld, der gerade aus einer Bank rennt. Der braucht auch kein Schild mit der Aufschrift *Achtung, Bankräuber*. Du trägst *Frisch verliebt* auf der Stirn. Haha. Brenner übrigens auch. Und er hat dich geduzt.«

Es war ein Vergnügen, Ulli sprachlos und verlegen zu sehen. Und bis über beide Ohren verknallt.

Hatte was, diese Liebe. Sie schien die Menschen bis in den kleinsten Winkel auszufüllen. Kein Wunder, denn sie war der Sinn des Lebens. Die Liebe zu sich selbst und zu seinem Nächsten. Stand auch so geschrieben, nur jeder legte es aus, wie es ihm in den Sinn kam. Im Prinzip bedeutete es lediglich, dass der Mensch zunächst einmal sich selbst mögen sollte. Wie sollte er andere lieben, wenn er sich selbst nicht leiden kann?

Ach, wenn nur Ulli ihr Auftrag gewesen wäre. Im Vergleich zu Jules Kapriolen ein entspannter Spaziergang in weichem Sand.

Durch die Wolken

Die Boeing 737 der Fluggesellschaft Condor rollte gemächlich an die Startposition und wartete auf das Go.

Jule drängte sich der Vergleich eines Panthers vor dem Sprung auf. Geballte Power, bereit loszusprinten, um alle Dynamik in Sekundenbruchteilen auf den Punkt zu konzentrieren. Ihr Herz klopfte vor Aufregung. Sie liebte den Start, die drastische Beschleunigung, wenn der Flugkapitän vollen Schub gab, die Kraft, die sie leicht in den Sitz drückte.

Sie fischte nach der Packung Kaugummi, die Ulli ihr zugesteckt hatte, schob einen Streifen in den Mund und blickte aus dem Fenster. Maike, Ulli und Elisa hatten darauf bestanden, sie zum Flughafen zu bringen und ihr neben einigen nützlichen Dingen wie Kaugummi, Nasenspray und Schokolade einen Packen guter Ratschläge mit auf den Weg zu geben.

Jetzt ging es los. Go.

Der Schub kitzelte sie in der Magengrube. Oh sie liebte, liebte, liebte es. Die Begrenzungen der Startbahn und vereinzelt in der Ferne stehende Bäume flogen nur so an ihr vorbei. Endlich hob das Flugzeug ab und ein wolkenloser Himmel schenkte ihr lange die Sicht auf eine immer winziger werdende Landschaft. Nach zwei langen Kurven lehnte sie sich im Sitz zurück und schloss die Augen. Sie hatte einen kleinen Koffer gepackt und eingecheckt. Um sie herum saßen ausschließlich Ferienreisende und freuten sich auf erholsame Tage oder einen Partyurlaub auf Ibiza. Die Insel der weißen Kleidung. Natürlich hatte sie daran nicht gedacht und kein einziges weißes Stück dabei. Es fühlte sich an wie Urlaub.

Es fühlt sich so an, aber es ist keiner.

Maike hatte Recht. Dieser Kurztrip riss sie wenigstens aus der ständigen Warterei und gab ihr das Gefühl, mehr zu unternehmen, als Simon permanent hinterherzutelefonieren oder auf ein Lebenszeichen von ihm zu hoffen. Wie würde er auf diese Überraschung reagieren? Unter Umständen erst einmal sprachlos. Nein, alles würde gut. Es würde ihn aus den Socken hauen, denn so eine Initiative traute er ihr nicht zu. Ihr, der angepassten Jule. Immer adrett, stets verlässlich und allzeit berechenbar. Sie lächelte in sich hinein. Anschließend würde er sie in den Arm nehmen und sich ein Loch in den Bauch freuen. Hm, möglich wäre aber auch, dass er ihr Erscheinen als unpassend auslegte und sie mit Nichtbeachtung abstrafte. Sollte sie seine Reaktionen nach zwei Jahren Beziehung nicht besser einschätzen können? Verdammt, wenn sie ehrlich zu sich selbst war, hatte sie Angst vor dem, was sie auf dieser traumhaften Insel erwarten würde.

Über diesem Gedanken musste sie eingeschlafen sein, denn als sie die Augen öffnete, erscholl das leise *Bing* der Anschnallzeichen. Die Maschine befand sich bereits im Landeanflug. Sie gähnte verhalten und blickte aus dem Fenster. Unter sich erstreckten sich die Ausläufer der Insel und kein Wölkchen trübte den Himmel.

Meine sehr geehrten Damen und Herren, es ist jetzt zwölf Uhr und fünf Minuten. In wenigen Minuten landen wir auf Ibiza, oder auch Eivissa, wie die Insel hier genannt wird. Die Außentemperatur beträgt vierunddreißig Grad und wird im Laufe des Tages leicht ansteigen. Die Crew dieser Maschine wünscht Ihnen einen angenehmen und sonnigen Aufenthalt. Bitte bleiben Sie angeschnallt, bis wir die Zielposition erreichen.

In Jule überwog die Vorfreude auf diese schöne Insel. Die drittgrößte und grünste der Balearengruppe, Reiseziel des internationalen Jetset.

Simon, ich komme. Auf deine Miene bin ich gespannt.

Ein bereits im Vorfeld bezahltes Taxi brachte sie innerhalb einer Stunde in den Osten der Insel, nach San Carlos. Hier bogen sie hinter einem Schild mit der Aufschrift »Las Dalias-Hippiemarket« links ab und fuhren einen Olivenbaum besäumten, mit weiß gekalkten Mauern begrenzten Privatweg hinauf. Schließlich stoppte der Taxifahrer auf einem Parkplatz, holte ihr Gepäck aus dem Kofferraum und deutete mit einer Hand in Richtung einer Natursteintreppe.

Jule blieb die Spucke weg. Die Anlage bestach durch eine unaufdringliche Architektur, die sich ausgesprochen harmonisch in die Umgebung einfügte. Maximal zehn ineinander verschachtelte, flache Gebäude, höchstwahrscheinlich die Suiten, leuchteten ihr weiß entgegen. Jedes besaß eine Terrasse und an den weiß gekalkten Mauern leuchteten Bougainvillea in tiefem Violett. Staunend stieg sie die Stufen hinauf. Hier lag kein Blättchen herum, die Anlage wirkte wie geleckt, die Oliven- und

273

Orangenbäume gepflegt und sorgfältig beschnitten. Hier und dort prangten gefällig arrangierte Sukkulenten in Blumentöpfen, die Beete vor den Häusern wurden von Natursteinen gerahmt, Terrakottaleuchten hingen an den Mauern. Eine Komposition aus Weiß und Naturstein. Eine noble Adresse. Na, musste es ja auch für zweihundertfünfzig Euro die Nacht.

Ein ausgesprochen gutaussehender Mann mittleren Alters eilte ihr entgegen und nahm ihr unter unaufhörlichem Geplapper das Gepäck ab. Wahrscheinlich entschuldigte er sich, doch leider verstand sie kein Wort.

An der Rezeption stand Maria, die sie freudig begrüßte. Nachdem sie eingecheckt hatte, begleitete sie Maria zu ihrem Zimmer.

Zimmer? Das war eine Suite vom Feinstem, größer als ihre Wohnung. Atemlos schritt sie durch den Wohnraum mit offenem Kamin und Küche hindurch, dahinter führten drei Stufen in den Schlafbereich hinauf. Sie hatte zwei Terrassen. Eine mit Blick auf sattgrüne Hügel und buschige Palmen, eine weitere mit Aussicht auf das etwas entfernt liegende Meer. Hier könnte sie durchaus mehr als einen Tag verbringen. Aber danach wäre sie arm.

Sie packte aus und beschloss, Simon zu suchen. Er musste ja hier irgendwo sein. Laut Plan hatte das Hotel einen großen Saal, der für Veranstaltungen genutzt wurde. Wahrscheinlich hielt er sich dort auf.

Mit der Badetasche über der Schulter trat sie den Weg ins Hauptgebäude an. Simon würde beschäftigt sein. Sie wollte nur wissen, ob er da war und dann am Pool auf ihn warten. Oh, wie freute sie sich auf ihn.

Seitlich am Restaurant vorbei schritt sie durch eine Art winzige Bibliothek, bis an die Decken gefüllt mit Büchern, an einem antiken Sofa nebst Ohrensessel, vorbei, eine Treppe hinauf. Sie stand vor einer zweiflügeligen Tür, dahinter Stimmen. Ihr Herz klopfte. Dann entdeckte sie das Schild.

Riedel Pharmazeutik GmbH / Geschlossene Gesellschaft

Falsche Firma, schoss es ihr durch den Kopf. Sie las es noch einmal, konnte es nicht glauben. Die Buchstaben brannten sich in ihr Hirn. Es war, als schlüge ihr jemand mit der Faust in die Magengrube und schütte anschließend einen Bottich Eiswasser über ihr aus. Kopflos machte sie kehrt, stürmte durch die Bibliothek, die Stufen hinauf und kam atemlos vor der Rezeption zu stehen.

Maria starrte sie überrascht an. »Gibt es ein Problem, Senhora?«

»Ja, allerdings«, keuchte Jule, »Sagen sie, Maria. Gibt es noch ein anderes Hotel hier mit einem ähnlichen Namen wie Can Curreu?«

»No«, Maria schüttelte den Kopf, »Ist Einziges.« Dann runzelte sie die Stirn. »Was passiert. Katastroff?«

»Und wie«, Jule kamen die Tränen. Heiß und brennend schossen sie ihr in die Augen und in den Beinen floss mit einem Male Gummi statt Blut. Sie musste sich setzen, verbarg den Kopf in den Händen.

Was war passiert? Befand sie sich im falschen Hotel? Oder … hatte Simon sie angelogen?

Maria setzte sich neben sie, stellte ein Glas Hochprozentiges auf den Tisch vor ihr und legte den Arm um sie. »Es geht um Mann, eh?«

Jule nickte und ihre Schultern zuckten unkontrolliert, sie konnte nichts dagegen tun. Maria reichte ihr ein Taschentuch.

»Danke«, sie schnäuzte sich lautstark und blickte Maria an. »Kein Hotel mit …?«

»No. Tut mir leid.«

Was sollte sie jetzt tun? Sie befand sich mitten im Paradies und sah in das Auge der Hölle. Tränen nahmen ihr erneut die Sicht. Hastig griff sie zum Glas und stürzte die scharfe Flüssigkeit hinunter.

»Besser?«

»Ja …«, schniefte sie und atmete tief ein.

Reiß dich zusammen, Jule.

Eine dämliche Idee, ihm hinterherzufliegen, eine absolut bescheuerte, unbedachte und hirnrissige Idee.

»Maria, ich brauche einen Rückflug. Heute noch.«

»Okee.«

Zehn Minuten später teilte sie ihr mit, dass heute kein Flug mehr zu bekommen sei. Aber morgen, Samstag, waren noch Plätze frei. Sechzehn Uhr.

Simon war nicht zu erreichen, weder zu Hause, noch am Handy, noch im Büro. Eine Aushilfssekretärin teilte ihr mit, dass Herr Grasser erst am Montag wieder zu erreichen wäre. »Bitte? Herr Dr. Marquardt? Der ist ebenfalls seit Donnerstag außer Haus.«

Sie wählte Maikes Nummer. Wie zu erwarten, brüllte Maike ins Telefon.

»WAS? Ist ja unglaublich. Und ich dämliche Nuss hatte mich gerade von dir überzeugen lassen, dass … ach, ist ja nicht zu fassen. Was ein Arsch. Nein, Doppelarsch. Der lügt wie andere *Guten Morgen* sagen. Jule! Wenn du diesen Typ nicht sofort verlässt, dann … dann. Mensch, der sucht doch nur eine Vorzeigeehefrau, die zu Hause hockt und den Schein der perfekten Familie aufrechterhält. Der braucht das für seine Reputation. Außen hui, innen pfui. Ich hol dich morgen vom Flughafen ab. Keine Widerrede.«

Sie war der einzige Besucher auf der Poolterrasse. Bis zum Einbruch der Dunkelheit hatte Jule sich auf einer Liege am Pool ausgestreckt und versucht, Struktur in ihre Gedanken, in ihr Herz zu bringen, das sich in unregelmäßigen Abständen schmerzhaft zusammengezogen hatte. Es kämpfte mit dem dumpfen Gefühl der Leere um den vordersten Platz in Jule. Immer noch. Da war er wieder, dieser nagende Zweifel, den sie im Flieger bereits vage verspürt und zur Seite gewischt hatte. Gemischt mit banger Vorahnung, instinktivem Zurückweichen, mit Angst. Ihr Unterbewusstsein hatte sie gewarnt und hektisch mit roten Fähnchen gewedelt. Sie hätte ihrer inneren Stimme folgen sollen.

Und dann? Was hätte es gebracht? Zu Hause sitzen, warten auf Sonntag? Warten auf … einen Heiratsantrag? Sie lachte laut auf.

Jule, du bescheuerte, naive, verbohrte blinde Kuh!

Ja, das konnte sie gut. Bis ins kleinste Detail plante sie ihr Leben wie auf einem Reißbrett, die Milestones perfekt positioniert. Planabweichung? Undenkbar. Ausgeschlossen. Ihr Masterplan mit Simon als rotem Faden stets in der Tasche, hatte sie alle Hinweise und Warnungen ihrer Freunde zur Seite gefegt. Vogel-Strauß-Politik. Weil nicht sein kann, was nicht sein darf. Alles hatte seinen Platz, angefangen von den Gläschen mit Sand über einen penibel aufgeräumten Schreibtisch bis hin zu einem perfekt geregelten Tages- und Lebensablauf. Und jetzt?

Gestatten? Juliane Lobenstein. Organisierte, pflichtbewusste, stets sortierte, begriffsstutzige Büromaus und künftige Gattin eines erfolgreichen Eventmanagers. Lieblingsort: Wolkenschloss. Lieblingsfarbe: Grau.

Entschlossen zog sie das Handy hervor, tippte eine kurze Nachricht und schickte sie ab. Inhalt: Arschloch!

Auf dem klaren Wasser des Pools schwammen beleuchtete Schalen und um sie herum gingen die Lichter an. Dumpf starrte Jule vor sich hin, verfolgte das sanfte Treiben der Kerzen auf der Wasseroberfläche. Zwei der Schalen näherten sich und schienen eine Weile miteinander auf dem Wasser zu schweben. Ein Windhauch - oder die Unterwasserdüsen des Pools - trennte sie voneinander. In verschiedene Richtungen drifteten sie auseinander. Jule blinzelte. Die Leere hatte sich von ihrem Magen in den restlichen Körper ausgebreitet. Sie fühlte nichts, keinen Schmerz, kein Bedauern. Keine Wut und keine Verzweiflung.

Mechanisch zupfte sie ein loses Haar vom Handtuch, betrachtete es und legte es wieder zurück.

Die Anschnallzeichen leuchteten auf. In wenigen Minuten würde sie deutschen Boden erreichen. Im Gepäck brachte sie mehr mit, als zwei weiße Kleider, Schmuck und Fotografien vom weltbekannten Hippiemarkt Las Dalias. Zum einen, dass Ibiza das Ziel ihrer nächsten Urlaubsreise werden würde - wenn auch nicht auf Can Curreu, es war einfach zu teuer - zum anderen, die Gewissheit, Simon einer letzten Prüfung zu unterziehen. Entgegen Maikes Ratschlag, das Essen am Sonntag abzusagen, hatte sie beschlossen, dies nicht zu tun. Sie wollte ihm gegenübersitzen, in seine Augen sehen und …

Ihre Hand berührte die kleine Phiole in ihrer Tasche. Einen Schluck hatte sie noch.

*

Fassungslos schnappte Elisa nach Luft wie ein Fisch an Land und starrte in den Badezimmerspiegel.

»In fünfzig Jahren wieder? Kein Wolkenputzen?«

»Nein.« Gott lächelte ihr milde entgegen und schüttelte den Kopf. »Das schmälert jedoch nicht die Ungeheuerlichkeit deines Vergehens, Elisa. Merke es dir für das nächste Mal. Ich lasse Milde walten, weil es dein erster Auftrag ist und dir ein Komplize zur Seite stand, der dich erst auf diese wahnwitzige Idee brachte.«

»Und der jetzt schlappe zwei Jahre Wolken reinigt.«

Gott hob die Brauen. »Findest du diese Sanktion unangemessen? Soll ich noch ein paar Jahre dranhängen?«

»Nein, nein. Ich dachte nur …«

»Will ich doch meinen.« Gott grinste.

Puh. In der Tat, unerwartet leichte Strafen für den Bock, den sie geschossen hatten. Zwei Jahre Wolken putzen und fünfzig Jahre Warten auf den nächsten Einsatz, ein Witz. Erleichtert entspannten sich ihre Gesichtszüge.

»Danke, Herr.«

»Keine Ursache. Allerdings ist dein Auftrag ja auch noch nicht erfolgreich beendet.« Er hob den Zeigefinger. Trotz der todernsten Mimik glomm in seinen Augen Belustigung.

Klar. Er wusste mehr. Aber das würde er ihr garantiert nicht auf die Nase binden. Und Jule war zu weit weg, als das sie ihre Gefühle orten konnte. Zu blöd. Vielleicht sollte sie Maike anrufen?

»Mit der Zeit wirst du selbst über große Entfernungen hinweg deinen Schützling erspüren können. Hab Geduld. Die ersten Schritte sind immer die Schwierigsten, wie im Himmel als auch auf der Erde.«

Na, davon konnte sie sich jetzt was kaufen. Elisa verdrehte die Augen.

*

»Zwei Cosmopolitan, bitte.«

Ohne Zwischenhalt war Maike von Frankfurt nach Mannheim gerast. Jule wollte wissen, ob Simon zu Hause war. Eine Mitbewohnerin und direkte Nachbarin von Simon hatte nach wiederholtem Klingeln den Kopf zur Tür herausgestreckt. »Herr Grasser befindet sich auf einer Reise und kehrt morgen zurück. Sie können aufhören, Sturm zu klingeln.« Danach hatte sie ihnen die Tür vor der Nase zugeschlagen.

Jetzt saßen sie an einem Tisch auf der Außenterrasse des *Regie* in Heidelberg, einer In-Kneipe seitlich der Fußgängerzone, und Maike bestellte soeben die dritte Ladung Cocktails. Jule fühlte sich angenehm beschwipst, nein, eher ein bisschen mehr als das. Egal. Maike hatte gesagt, sie brauche das jetzt und sie hatte recht.

Simon runterspülen. *Prost.*

»Willst du allen Ernstes morgen ins *Gigolo* gehen?«, wollte die deutlich trinkfestere Maike wissen.

»Ischweißnich«, nuschelte Jule. Verdammt, ihre Zunge gehorchte ihr nicht mehr. Sie sollte etwas essen. Nä, Nahrungsaufnahme wurde absolut überbewertet. Sie pflückte die Zitronenscheibe vom Glasrand und aß sie mit Schale auf.

Uh, kill that cat!

»Vielleicht geh ich zu Simons Wohnung surück, schlag die Tür ein und dann lass ich Wasser in seine Bude laufen und schmeiß ein Scho … Stromkabel rein. Herrje, ich glaub, ich trink nix mehr.«

Der Kellner stellte die Cosmopolitan auf den Tisch.

»Jule! Wenn ich das sagen würde, dann hätte das seine Berechtigung. Aber du? Das ist nicht meine Jule. Ich würde diesem Klappspaten wahrscheinlich sogar das Kabel in den Ar…«

Jule hob die Hand. Das ging zu weit. Aber das war eben Maike.

»Du hast ja recht, das bin nicht ich.«. Aber der Gedanke allein hatte etwas Befreiendes. Das genügte ihr. Zumal diese Art von Überlegungen ihr bisher völlig fremd gewesen waren. Morgen würde sie sich dafür schämen, das wusste sie bereits jetzt. Und den letzten Cocktail konnte trinken wer wollte, sie garantiert nicht mehr. Sie sehnte sich nach ihrem Bett. Schlafen. Oh ja, Augen zu machen, nichts mehr hören, nichts sehen. Nichts fühlen. Und schlecht war ihr auch, und schwindelig und …

»Ach, guck mal, wer da ist.« Maike wackelte mit dem Kopf in Richtung eines freien Tisches, an dem ein Pärchen Platz nahm.

»Ist das nicht die Sahneschnitte, die neben dir wohnt? Na, den würde ich auch nicht von der Bettkante stoßen.«

Jule blickte hoch. Sie sah zwei Daniels und zwei Stellas, blinzelte und kniff die Augen zusammen. Daniel winkte ihr zu, lächelte, stand auf und kam herüber.

Jule bekam Schluckauf.

Auch das noch, dachte sie und wusste nicht, ob sie den Schluckauf oder Daniel meinte, der freudig auf sie zufederte. Wahrscheinlich beides.

»Hallo Jule, da bist du ja. Ich hab mir schon Sorgen gemacht. In deiner Wohnung brennt das Licht und das Radio läuft. Aber du warst nicht da. Haha, zum Glück hab ich mich erinnert, wo du arbeitest, die Nummer herausbekommen und angerufen. Wie war es auf Ibiza? Ein Kurztrip, wie ich hörte.«

Ihre Hand klatschte wie ein toter Fisch in seine. »Ja, ein - hicks - Kurztrip - hicks. Schöne - hicks - Insel.«

Du liebe Güte, wie peinlich. Sie schielte an ihm vorbei zu Barbie, die just in diesem Moment ihre dunkle Mähne zurückwarf und absolut hinreißend und nüchtern aussah.

»Na, dann willkommen zurück.« Er zog seine Hand aus ihrer, steckte die Daumen in die Hosentaschen und hob die Schultern. »Ich geh dann mal wieder.«

»Ja«, hauchte Jule. Zu mehr war sie nicht fähig. Wieso dachte sie ausgerechnet jetzt an Marcello? Moment. Samstag. Mittlerweile schlürfte er aller Voraussicht nach Wein vor dem familieneigenen Privatpool. Und Maike saß hier bei ihr.

»Sag mal, Maike?« Sie schob das Glas von sich weg und sah ihre Freundin an, ignorierte, dass die Umgebung wie mit Weichzeichner bearbeitet, in diffusem Licht waberte. »Ich hätte ernsthaft - hicks - gedacht, dass du mit Marcello nach - hicks - Italien fährst.«

Statt einer Antwort zündete sich Maike eine Zigarette an, blies den Rauch in die Luft und sah sie seltsam an. »Hm, wie kommst du darauf?«

Jule zuckte die Schultern. »Na ja, beim Spaghettiessen, da schien es mir, als ...«, sie schluckte ein *Hicks* hinunter. Oh, der Schluckauf schien sich zu verabschieden. »... als würdest du dich mit Marcello ziemlich gut verstehen. Nicht?«

Maike schwankte von links nach rechts, vor und zurück. Jule kniff die Augen kurz zusammen. Nein, ihre Freundin saß kerzengerade, ihre Wahrnehmung spielte ihr einen Streich. Zuviel Alkohol. Maike ließ sich mit der Antwort ungewöhnlich viel Zeit.

»Maike?«

»Ja«, seufzte Maike, »Irgendwie triffst du damit ins Schwarze.« Sie beugte sich vor. »Jule, würdest du es mir übel nehmen, wenn ich dir sage, dass ich mich schon vor Simons Haus in ihn verguckt hatte? Du weißt, die Geschichte mit der Versammlung, weil wir glaubten, Simon wäre mit einer anderen zugange.«

Jule winkte ab. »Ja, ich weiß. Da schon? Habt ihr euch dort nicht das erste Mal gesehen?«

»Ja eben. Das ist mir noch nie passiert. Und dann haben wir uns zufällig bei dir getroffen ...«

»Beim Spaghettiessen.«

»Und dann wolltest du nicht mit schwimmen gehen.«

»Da seid ihr dann ohne mich gegangen.«

»Ja, danach haben wir uns täglich getroffen und ständig miteinander telefoniert und ...«

»Er ist trotzdem alleine aufgebrochen?« Wie anständig von Maike.

»Nein.«

»Wie, nein?«

»Ich wollte mir erst deinen Segen holen.«

Verblüfft sah sie Maike an. »Aber ich wollte doch nie ... nie im Traum hatte ich ...« Das war gelogen. Natürlich hatte sie die Umgarnung Marcellos genossen und sich darin geaalt, es aufgesaugt wie ein trockener Schwamm. Und ja, vielleicht hatte sie sich auch zu mädchenhaften Schwärmereien und Fantasien verleiten lassen. Selbst diese kleinsten Hinweise ihres Unterbewusstseins hatte sie erfolgreich ignoriert.

»Du hast meinen Segen. Und was heißt das jetzt?«

Mist, ihr drehte sich alles, sie musste sich zurücklehnen. Sollte Maike endlich einen Mann gefunden haben? Wenn sie darüber nachdachte, waren die beiden ein ganz entzückendes Paar.

»Das heißt, dass wir morgen nach Italien aufbrechen, vorausgesetzt, du brauchst mich nicht.«

Jule verneinte und wünschte ihr aus vollem Herzen eine wunderbare Reise.

»Danke, Freundin.« Maike sprang auf und umarmte sie.

Im selben Moment vernahm sie von schräg gegenüber einen Schrei.

Eine schwarze Katze sprang auf Daniels und Stellas Tisch, ein Glas mit milchiger Flüssigkeit fiel um und der Inhalt ergoss sich auf Schneewittchens Minikleid. Stella-Barbie stieß einen spitzen Schrei aus und sprang auf. Die Katze erschrak, hüpfte galant auf Daniels Schoß und stieß dabei ein weiteres Glas vom Tisch, das der Schönen prompt vor die Füße fiel.

Jule gluckste. Das war zu komisch. Gleich darauf drängte ihr Mageninhalt nach oben und sie konnte ihn nur mit Mühe zurückhalten. Was dazu führte, dass ihr das Lachen im Hals stecken blieb. Irgendwie war ihr schwummrig zumute.

»Daniel, so tu doch was!«, hörte sie Stella mit überschlagender Stimme keifen.

Ein Kellner kam gerannt und kehrte die Scherben zusammen, während Barbie ihren Zustand lautstark beklagte. »Mein schönes Kleid! Oh, wie ich Katzen hasse. Sieh nur, alles hinüber.«

Mittlerweile rubbelte der Kellner an Stellas dunkelblauem Kleid herum und sie schlug mit der Handtasche auf ihn ein. »Geh weg, du machst es nur noch schlimmer, du Trottel. Ach je, mein Kleid. Und sieh nur, meine Schuhe. Schweineteuere Gaborpumps. Hinüber. Und das alles nur wegen diesem bescheuerten Plan, der …« damit plumpste sie auf den Stuhl und weinte bitterlich. Vor dem Tisch hielt ein sichtlich verstörter Daniel kraulend eine schwarze Katze im Arm.

Jule blickte sich um. Beinahe alle Anwesenden, die dieses Schauspiel mitbekommen hatten, brachen in Gelächter aus. Selbst Maike lachte aus vollem Hals. Nur eine Person, die am letzten Tisch seitlich vor dem Haus saß, lachte nicht. Stattdessen winkte sie ihr zu und schien sich zu freuen, sie zu sehen.

Elisa?

Verstört blickte sie von Daniel zu Elisa zu Stella und wieder zurück zu Elisa, die immer noch lächelte.

Dann wurde es schwarz vor ihren Augen.

Gigolo

Schrilles Klingeln riss Jule aus einem traumlosen Schlaf.

»Ich komm ja schon. Warte.«

Unwillig öffnete sie die Augen und setzte sich auf. Oh, ihr Kopf. Ihr Schädel brummte und der Schmerz breitete sich ziehend in ihren Schläfen aus. Wie war sie in ihr Schlafzimmer gekommen? Egal. Erst mal ans Telefon und dann ein Aspirin. Nein, zwei.

Wie spät war es eigentlich? Sie drehte sich um und warf einen Blick auf den Wecker. Fünfzehn Uhr? Sie fühlte sie sich wie sechs Uhr morgens. Nicht zu fassen, dass sie so lange geschlafen hatte. Sie schob ihre Beine wie zwei schwere, unbewegliche Fremdkörper aus dem Bett und das Hämmern in ihrem Kopf legte noch einen Zahn zu. Wenigstens hörte das Klingeln auf. Wer immer es gewesen sein mochte, er würde wieder anrufen, wenn es wichtig war.

»Bei Lobenstein? Nein, Jule kann nicht. Sie ist etwas unpässlich. Ja, unpässlich. Nein, nicht krank. Sagen wir mal so, sie hat einen gepflegten Kater. Warum? Weil Cocktails gut schmecken? Also bitte, das musst du sie schon selbst fragen. Ja, natürlich. Ich richte es aus. Wiederhören.«

»Elisa?«

»Oh, guten Morgen. Ausgeschlafen?«

»Eher aufgehört. Mein Schädel platzt. Was machst du hier?«

Elisa ignorierte ihre Frage und hielt ihr ein Glas mit einer leicht sprudelnden Flüssigkeit entgegen. »Hier. Alles vorbereitet. Aspirin. Doppelte Dosis.«

Sie war ein Schatz. Egal, wie sie hier reingekommen und warum sie hier war.

»Du bist ein Schatz, Elisa.«

»Ich weiß. Du sollst Simon zurückrufen und oder nicht vergessen, heute Abend im Gigolo zu erscheinen. Aber nicht um neunzehn, sondern schon um achtzehn Uhr.«

Jule nickte. Besser eine Stunde früher als später.

»Hat er das so gesagt? Und, oder?«

»Genau so.«

Phft.

»Warum bist du eigentlich hier? Ich glaube, ich hatte einen Blackout oder so etwas in der Art.«

»Nun, sagen wir mal so, du bist irgendwann wie ein nasser Sack vom Stuhl gekippt, Maike hat ein Taxi gerufen und wir beide haben dich und den Koffer hier abgeliefert. Zur Sicherheit bin ich bei dir geblieben.«

»Du hast hier geschlafen? Warum habt ihr keinen Notarzt gerufen? Ich hätte sterben können.«

»Sterben? Ach was, das wüsste ich. Du hattest außer Alkohol zu wenig Flüssigkeit in dir, deswegen auch die Kopfschmerzen. Dazu die Aufregung, der Flug, und gegessen hattest du auch nichts, sagte Maike.«

»Stimmt.« Jule setzte sich an den Tisch, stöhnte und stützte den Kopf in die Hände. »Ich hab Hunger. Und Durst. Ich könnte eine Badewanne leer trinken.«

288

Wie auf Kommando sprang Elisa auf, raste in die Küche und brachte ein Tablett mit Brötchen, Orangensaft, Butter, Marmelade, Käse und gekochten Eiern. Dazu zwei Flaschen Mineralwasser und eine Kanne Kaffee.

»Oh. Mein. Gott. Du bist ein Engel.«

»Wie wahr.«

Zwanzig nach fünf fühlte sich Jule wie neu geboren. Sie hatte noch lange mit Elisa über dem nachmittäglichen Frühstück gesessen und sich alles von der Seele geredet. Von Ibiza und ihrer Ohnmacht, als sie entdeckte, dass eine ihr fremde Firma hinter den Saaltüren tagte. Von ihrer SMS an Simon, von dem zähen Gefühlsnebel, durch den sie beinahe den vollständigen Samstag gewatet war. Und von heute Abend, von ihrer Angst, Simon gegenüberzutreten und ihrer Unsicherheit, was dieses Treffen in ihr auslösen würde. Elisa hatte ihr zugehört und verständnisvoll genickt. Erst vor einer halben Stunde war sie gegangen.

Wenn sie es recht überlegte, hatte Elisa tatsächlich nur zugehört und fast kein Wort gesagt und sie, Jule, hatte sie zugequatscht. Wie unhöflich von ihr. Am Montag musste sie ihrer Kollegin unbedingt ein kleines Dankeschön kredenzen. Pralinen, Blumen, ein Buch. Irgendwas in dieser Richtung. Hoffentlich vergaß sie es nicht.

Jule rubbelte sich mit einem Handtuch trocken, verzichtete auf Körperlotion und schlüpfte in das türkisblaue Kleid. Simon mochte es nicht. Sie liebte es.

Die Haare band sie zu einem Pferdeschwanz und legte ein leichtes Make-up auf. Getönte Tagescreme, ein wenig Wimperntusche, Lipgloss. Sonst nichts. Kein Schmuck, kein Armband. So mochte sie sich.

Langsam drehte sie sich vor dem Spiegel und lächelte. Zum ersten Mal an diesem Tag.

Nebenan an war ein kurzes Poltern zu hören, dann ein Lachen. Stella? Ein männliches Lachen gesellte sich dazu. Es schien nicht von Daniel zu stammen. Dann hörte sie auch Daniel auflachen und eine weitere Frauenstimme sagte etwas ziemlich laut. Es mussten mehrere Personen sein.

Ihr Lächeln erstarb. Es half alles nichts. Sie musste los.

Zum Glück hatte das Restaurant eigene Parkplätze hinter dem Haus. Das ersparte ihr mühseliges Suchen, denn freie Lücken in den Quadraten Mannheims waren selten und das nächste Parkhaus weit entfernt.

Jule lenkte den Wagen in die Parklücke, schaltete den Motor aus und atmete tief durch. Die Finger am Lenkrad festgekrallt, blickte sie nach innen, horchte in sich.

Heute würde sich alles weisen. Wie würde seine Aura sein? Alles kam auf Simons Reaktion an. Und doch irgendwie auch wieder nicht. Oh, wie sie ungewisse Situationen hasste, die sie nicht unter Kontrolle zu bringen vermochte.

Ach, stell dir vor, niedliche kleine pausbäckige Kinder, die ihre Händchen nach Papa austrecken und er sie lachend in die Luft wirbelt. Wie sie jauchzen und ihre Augen glänzen. Ist das nicht eine ganz wunderbare Vorstellung?

Warum erinnerte sie sich ausgerechnet jetzt an Elisas Worte?

Lachende Kinder, ein Simon in Jeans und Shirt, die Haare verwuschelt, die Wangen rot vom Toben. Sie roch Gras und Frühlingswind, spürte ihn beinahe um ihre Nase wehen.

Eine Weile hing sie diesem Bild nach und wunderte sich. Irgendwie schien der Mann in dieser Fantasie gesichtslos.

Wenige Minuten später betrat sie das Gigolo. Aus jeder Ritze quoll ihr Dekadenz entgegen. Vom Fußabtreter bis zur Türklinke wirkte alles ausgesprochen exklusiv, blitzblank und sauteuer. Unwillkürlich straffte sie sich und hob das Kinn. Hier durfte man nicht reinschlappen, dieses Ambiente verlangte ein Schweben. Sogleich wurde sie von einem Kellner, Entschuldigung, Garçon begrüßt.

»Frau Lobenstein? Wenn ich bitten darf. Die Herrschaften warten bereits«, sagte er mit spitzen Lippen und verbeugte sich so tief, als wolle er ihre Fußspitzen küssen. Die Herrschaften? Simon hatte doch nicht ...?

Doch, er hatte in der Tat seine Eltern mitgebracht. Wieder eine Situation, auf die sie sich einstellen musste. Dabei hatte sie sich ihre Fragen so schön zurechtgelegt.

Und jetzt das.

In Sekundenbuchteilen wirbelten alle Gefühlsregungen, derer sie mächtig war, durcheinander und nahmen ihr die Luft zum Atmen. Vor wenigen Wochen noch wäre sie vor Freude innerlich in die Luft gesprungen. Auf diesen Tag hatte sie die letzten zwei Wochen hingelebt. Und jetzt stand sie der Situation nicht nur unschlüssig, sondern skeptisch gegenüber.

»Juliane! Wie reizend du aussiehst.« Simon stand auf, ganz Gentleman, hauchte ihr einen Kuss auf die Wange und nahm dem Ober ab, ihr den Stuhl vom Tisch zu rücken.

Stirnrunzelnd sah sie ihn an? Reizend? Sagte er nicht vor wenigen Tagen, die Farbe des Kleides wäre grauenhaft und das Kleid selbst ein billiger Fummel?

Sein Vater erhob sich ebenfalls und reichte ihr die Hand. »Grasser. Freut mich außerordentlich Sie kennenzulernen, Fräulein Lobenstein.«

Oha, Fräulein. Alte Schule.

Die Mutter blieb sitzen, taxierte sie mit dem Blick, den nur Mütter hatten, und nickte ihr aus stahlgrauen Augen freundlich zu.

Offenbar hatte sie den ersten Test bestanden. Sie fühlte sich wie auf einem Präsentierteller, oder wie ein Rassehund auf einer Ausstellung vor der Jury.

Jule lief ein Schauer über den Rücken. Alles in diesem Nobelschuppen war in Weiß- und Grautönen gehalten und Familie Grasser hatte ihr Outfit den Farben entsprechend ausgewählt. Sogar Mutter Grassers Augenfarbe passte. Nur sie leuchtete türkisblau und wäre liebend gerne umgedreht.

Kaum saß sie, eilte der Ober herbei, verteilte Speisekarten und Teller mit je zwei Brotkrümeln darauf.

»Amuse-Gueule«, näselte er.

»Oh, Amuse-Gueule, natürlich«, äffte sie leise und affektiert nach und wollte gerade nach der Bedeutung fragen, als Simons Vater sie anlächelte und ihr mit ähnlich spitzen Lippen erklärte, dass hiermit ein kleiner

Gruß aus der Küche gemeint ist. Aha, ein ziemlich mickriger Gruß aus der Küche, dachte sie und schubste die Bröckchen mit der Gabel zur Seite, um zu sehen, ob sich darunter ein Hauch von Salatblatt versteckt haben könnte.

Simon funkelte sie an. Vermutlich meinte er damit: *Lass das, wir sind hier nicht in einer Pizzeria.*

Jule warf einen Blick in die Karte, fühlte sich überfordert und beschloss, nur einen Salat zu bestellen. Sie hatte ohnedies keinen Hunger. Ihr stand der Sinn nach anderen Dingen. Fragen brannten ihr auf der Seele und wollten heraus.

»Also, ich denke, ich entscheide mich für das Geflügelleberparfait an Melonenchutney und nehme anschließend das im Lardomantel gebratene Perlhuhnbrüstchen. Was meinst du, Heribert?«

»Eine ausgezeichnete Wahl, meine liebe Anneliese. Ich denke, das nehme ich auch«, lächelte Simons Vater und schlug die Karte zu.

Heiliges Kanonenrohr, redeten die immer so gespreizt? Auch beim Sex?

»Ich gehe stark in der Annahme, in Bälde einen Orgasmus vortäuschen zu müssen, Heribert, mein Gemahl.«

»Warte noch eine Sekunde, liebste Anneliese. Oh, ja, ich fürchte, du kannst mir jetzt zu Gefallen sein, wenn es dir nichts ausmacht.«

Schnell gab sie ein Hüsteln vor, um nicht laut herauszuprusten.

Garçon kam mit Stift und Zettel herbeigeeilt. »Sie wünschen?«

Simon bestellte etwas ähnlich mondän Klingendes wie seine Eltern, dann war sie dran.

»Ich hätte einfach nur gerne einen gemischten Salat, bitte. Und ein Wasser.«

Sie erwartete, die berühmte Stecknadel fallen zu hören. Stattdessen zuckte Garçon nur leicht mit der Nase, kritzelte etwas auf seinen Block und entfernte sich geräuschlos.

Genug mit diesem Schmierentheater. Sie hielt es nicht mehr aus.

»Simon, hast du eigentlich meine SMS erhalten?«

Drei fragende Augenpaare richteten sich auf ihn.

»Aber natürlich, mein Herz«, strahlte er sie an.

Heuchler!

»Wie wunderbar«

Ha, das kann ich auch.

Sofort schwenkte Simon auf ein anderes Thema und breitete die komplette Investorenstory vor seinen Eltern aus.

Jetzt brachte Garçon Champagner. Gehörte der auch zum Amuse-Gueule?

Entgeistert beobachtete sie, wie Simon eine kleine Schatulle aus der Anzugtasche zog und sie feierlich zwischen sie legte.

Nicht doch!

Hastig blickte Jule von einem zum anderen. Der Vater musterte voller Stolz seinen Sohn, die Mutter betupfte sich mit einem Seidentüchlein das linke Auge.

Mit einer langsamen Bewegung erhob Simon das Glas, nickte ihr zu und öffnete den Mund.

Anneliese schniefte ins Seidentuch.

»Moment, Simon. Du machst dir das ein bisschen zu einfach.«

»Bitte?«

Diese Bitte kam aus drei Mündern gleichzeitig, aber das war ihr jetzt auch egal. Was konnte sie dafür, dass er seinen Eltern mitschleppte.

»Erlaube mir eine Frage, Simon. Was liebst du an mir?«

»Durchaus berechtigt«, sagte die Mutter und nickte, der Vater verschränkte die Arme und lehnte sich zurück.

»Was ich an dir liebe?«

So begriffsstutzig war er doch sonst nicht?

»Ja, also, ähm, einfach alles an dir, Jule.« Er hob das Glas und zeigte eine Reihe weißer Zähne. »Du bist die perfekte Frau für mich. Die Frau, die den Rest meines Lebens an meiner Seite sein wird. Die Frau, die mich ergänzt, wie maßgeschneidert für mich ist und ich kann mir keine bessere Mutter meiner Kinder vorstellen.«

Anneliese seufzte lautstark und legte eine Hand auf ihre Brust. Dann tupfte sie wieder.

»Ja, Simon«, sagte Jule. »Aber warum?«

Jule konnte es nicht glauben. Täuschte sie sich, oder hatte sie hauptsächlich die Wörter *mich, mein, mir, meine* herausgehört? Ihr fehlte eindeutig das *Uns* in dieser einwandfrei vorgetragenen Rede.

»Warum? Weil ich dich liebe. Genügt das nicht?«

Heribert nickte zustimmend, Anneliese schniefte undamenhaft.

Nein, das genügte ihr nicht.

»Ich geh mal aufs Klo.«

Sie brauchte eine Auszeit, bevor sie ihm noch das Amuse-Gueule in den Champagner spuckte.

Die Hände auf dem Rand des Waschbeckens abgestützt, starrte sie in den Spiegel.

»Meines Lebens, an meiner Seite, Frau, die mich ergänzt, maßgeschneidert für mich, meine Kinder. Blablabla«, äffte sie ihn nach.

Hatte er die letzten zwei Jahre auch mal an sie gedacht? Nach menschlicher Voraussicht nicht. Nur sie hatte sich brav in die Tasche gelogen. Die ganze Zeit.

Kleinste Hinweise schoben sich als mahnende Leuchtzeichen auf die überdimensionale Spiegelfront.

Er hat viel zu tun. Klar …

Steffen braucht mich jetzt.

Du glaubst diesem Idioten einfach alles!

Herr Grasser ist verreist.

Es gibt nur ein Can Curreu.

Spuren auf Granit.

Du wirkst billig in diesem entsetzlichen Fummel. Wie eine Nutte.

Wollte sie, Jule Lobenstein, mit solch einem Mann den Rest ihres Lebens verbringen? Wollte sie nicht viel lieber lachen, unbeschwert in bunten Farben durchs Leben tanzen und Sonnenuntergänge genießen?

Ungefragterweise schob sich eine Situation in ihr Bewusstsein.

»Diese Bonbonfarben stehen dir gut. Gefällt mir. Dein Haar gefällt mir auch. Es duftet nach Frühling, Blumen und … nach einer ganz besonderen Frau.«

Abrupt wurde die Tür aufgerissen und hereinstürmte eine Frau mit verschmiertem Augen-Make-up.

»So ein Riesenarschloch, Lügner, Scheusal!« Sie knallte ihre Handtasche auf die Ablage neben den Waschbecken, zerrte ein Tuch aus dem Spender und rubbelte die schwarze Schmiere unter den Augen weg. Dabei fluchte sie weiter, als gäbe es kein Morgen mehr.

Jule wusste nicht, wie sie reagieren sollte, und tat nichts. Das hieß, sie beschäftigte sich damit, die Phiole aus den Tiefen ihrer Handtasche zu befördern. Der Flakon war so klein, dass er sich unauffällig in ihre Handfläche schmiegte und niemandem auffiel.

»Seit Monaten geht das schon so und ich blöde Kuh habe nichts sehen wollen. Typisch.« Unerwartet drehte sie sich zu Jule um und hob den Zeigefinger. »Hör mal, Kleine. Wenn ein Mann ständig zu viel zu tun hat«, sie hob beide Hände und zeichnete mit Zeige- und Mittelfingern Anführungszeichen in die Luft, »und Dinge verspricht, die er nicht hält und dich permanent vertröstet, kicke ihn soweit und so schnell du kannst.«

Gesagt, umgedreht, rausgestürmt.

Jule drehte sich zum Spiegel, stellte fest, dass sie selten dämlich aus der Wäsche glotzte, und schloss den Mund.

Auf einmal war es ihr egal, ob er sie betrog oder nicht. Ob er auf Ibiza gewesen war oder nicht. Diesen Mann wollte sie auf gar keinen Fall bis zum Ende ihres Lebens. Klunker hin, Eltern her. Beweise? Unwichtig. Er liebte sie nicht. Er kannte sie nicht. Er hatte ihr Wesen nie begriffen. Sie brauchte keinen Zaubertrank, keine Samara, keinen letzten Schluck, keine letzte Prüfung. Den satten Grauton seiner Aura konnte sie sich sparen.

Behutsam steckte sie die Phiole zurück, fischte das Lipgloss heraus und zog sich die Lippen nach. Gut so, Jule. Rücken gerade, Brust raus, Kinn hoch.

Zum ersten Mal seit Jahren durchströmte sie die Gewissheit, das absolut Richtige zu tun.

Als sie an den Tisch zurückkam, lag die Schatulle geöffnet neben ihrem Glas. Ein wahrlich traumhafter Ring lag darin und drei Brillanten blitzten ihr entgegen. Der Traum einer jeden Frau.

Da hatte er sich sein schlechtes Gewissen aber was kosten lassen.

»Simon? Kann es sein, dass auf Ibiza kein Hotel mit dem Namen Can Curaçao existiert?«

Sein siegessicheres Lächeln bröckelte. »Das hast du falsch verstanden, mein Herz. Ich sagte *Can Curaçao* oder so ähnlich.«

»Sicher, du hast Recht«, sie lachte, »Can Curreu vielleicht?«

»Ja. Ja, genau. Can Curreu. Das war es. Haha.«

»Hatten die auch einen Pool? Kein Urlaub ohne Pool.« Sie zwinkerte, nahm einen Schluck Champagner und versuchte, ihrem Blick eine Prise Urlaubssehnsucht zu verleihen.

»Natürlich. Sogar mit Pool-Service, mein Herz. Wir hatten nämlich so lange getagt, dass wir ihn fast nie nutzen konnten, leider. Ab acht Uhr war er gesperrt. Du weißt doch, die reinigen das Wasser für den nächsten Tag. Stand auch auf dem Schild.« Er zuckte die Schultern. »Sind wir eben ans Meer, war ja nur drei Schritte entfernt.«

»Aus diesem Grund reisen wir nur in Hotels, die direkt am Meer liegen, nicht wahr, Anneliese?« Heribert schien froh, auch etwas sagen zu können. Anneliese nickte eifrig.

»Ach, ich merke, ich bin urlaubsreif«, seufzte Jule, »Aber in der Hochsaison sind mir die Hotels zu voll mit Familien und Kindern. Diese Geräuschkulisse ertrage ich nicht.«

Sie überraschte sich selbst, denn sie log, dass sich die Balken bogen.

Simon schnippte nach dem Kellner und bestellte einen Schnaps, bevor er weiterredete. »Dort nicht. Das Hotel wird hauptsächlich von Firmen frequentiert. Privatgäste haben sie kaum. Und das alles zu wirklich günstigen Preisen.«

»Hört sich gut an«, lächelte sie und konnte es nicht fassen, »waren noch mehr Firmen außer eurer dort?«

»Ja, sicher, drei oder vier weitere. Aber die Anlage ist groß, das verläuft sich.«

In welchem Hotel war der Scheißkerl? Und mit wem?

Lügner. Can Curreu vermietete Zimmer ausschließlich in der gehobenen Preiskategorie, war auf Hochzeiten spezialisiert und besaß nur einen einzigen Tagungsraum. Es gab weder ein Schild mit Poolzeiten noch wurde dieser um Acht gesperrt. Und das Meer lag gut fünf Kilometer entfernt und nicht drei Schritte.

Hielt er sie für so dämlich? Offensichtlich. Und zwar zu Recht. Bisher hatte sie ihm alles unbesehen geglaubt, warum sollte es dieses Mal anders sein? Wenn´s dem Esel zu wohl wurde, ging er aufs Eis. Simon fühlte sich sicher. Obwohl sie ihm zugutehielt, dass er sein Versprechen nicht gebrochen hatte, denn seine Eltern waren hier und der Ring ebenfalls, war es ...

... zu spät.

»Na dann, auf Ibiza.« Jule hob ihr Glas.

»Auf Ibiza«, lächelte Simon und hob siegessicher das Glas. Seine Gesichtszüge entspannten.

Für Jule war er auf der Mitte der Eisfläche angekommen.

»Jetzt mach schon, Sohn«, brummte Heribert, und jetzt lehnte Jule sich zurück.

Unglaublich, aber sie hatte aufgehört, ihn zu lieben. Einfach so. Gab es das? Konnte Liebe mit einem Schlag verschwinden, oder schien es nicht wahrscheinlicher, dass sie nur der Vorstellung von Liebe hinterhergejagt war? Vor ihr saß ihr Masterplan und verkümmerte zu einem Haufen nebensächlicher Notizen.

Und dieser Haufen griff nach ihren Händen und sah ihr tief und verlogen in die Augen.

»Juliane Lobenstein, hiermit frage ich, Simon Grasser, dich, ob du meine Frau werden möchtest. Willst du mich bis ans Ende meiner Tage begleiten und an meiner Seite sein? Dann sage *Ja*.«

Stille.

Alles schien den Atem anzuhalten. Selbst Garçon hatte sein Nasenzucken im Griff.

»Ach Simon«, sie zog ihre Hände zurück und griff nach der Handtasche. »Ehrlich gesagt, nein.«

Er zuckte zusammen. »Nein? Wie meinst du das?«

»Wie sie es sagt, Sohn.«

Heribert wurde ihr sympathisch.

»Stimmt, Simon. Ich will dich nicht heiraten. Mehr noch, ich will dich überhaupt nicht mehr.« Sie machte Anstalten, aufzustehen.

»Aber ...., warum?«

»Warum?« Sie setzte sich wieder. »Das müsstest du am besten wissen. Im Übrigen ist Can Curreu ein absolut hervorragendes Hotel. Sie haben einen einzigen Tagungsraum und das Meer konnte ich von meiner Terrasse in der Ferne gerade noch erkennen. Die Zimmer sind ein Traum. Leider verdammt teuer. Und leider warst du nicht dort, ebenso wenig wie irgendein anderer deiner Firma. Ungeachtet dessen habe ich den kurzen Aufenthalt sehr genossen.«

»Du bluffst.« Seine Mundwinkel zogen sich spöttisch nach unten.

Wie armselig. Traute er ihr ernsthaft zu, seine Wahl der Mittel wären auch ihre?

Sie stand auf und drückte die Tasche an sich. »Ich wünsche dir die perfekte Frau an deiner Seite, Simon. Nimm doch einfach die, die mit dir auf Ibiza war.«

»Das hat überhaupt nichts mit Sophie zu tun«, brüllte er ihr hinterher.

Ihre Hand verharrte auf der Klinke, langsam drehte sie sich um und blickte ein letztes Mal zurück.

Heribert und Anneliese starrten ihren Sohn an, der in diesem Moment ein Glas Champagner auf Ex hinunterschüttete.

Vor dem Restaurant blieb sie stehen. Mit unbekannter Leichtigkeit floss der Sauerstoff durch ihre Lungen und ihr Körper war wie energetisiert. Die Spannung ließ sich kaum aushalten. Sie wollte springen, schreien, jubeln und Purzelbäume schlagen. Sie zog sich das Gummiband aus den Haaren, schüttelte den Kopf und marschierte los.

Noch auf dem Weg zum Auto wählte sie Maikes Nummer.

»Ich hab Schluss gemacht«, schrie sie ins Telefon. »JA. Ja, tatsächlich. Und Maike? Es fühlt sich so verdammt gut an, so, als hätte ich endlich das Richtige getan. Weißt du wie das ist? Das ist wie, wie … als wenn dir ein höllisch schwerer Rucksack abgenommen wird, oder ein Gebirge vom Herz fällt, oder dir ein Stein aus dem Magen genommen wird, oder … was? Ja, hat er. Tatsächlich. Inklusive Brillantring. Und seine Eltern haben vielleicht Augen gemacht, du kannst dir nicht vorstellen … . Ach, Maike, nie hätte ich gedacht, dass sich das so irre anfühlt. Was hatte ich eine Heidenangst. Wie? Angst vor Veränderung, ja, das wird es gewesen sein. Mensch, ich kann es noch gar nicht glauben. Aber jetzt wünsch ich dir einen tollen Aufenthalt in Italien. Drück Marcello von mir und sag ihm, dass er dich nie wieder loslassen soll, sonst bekommt er es mit mir zu tun. Was? Ja, hab dich auch lieb.«

Juliane Lobenstein war gestorben. Es lebe Jule. Frisch und bunt, spontan und voller Energie. Ab sofort kein Warten mehr, kein Verströsten, kein Bangen und Rätseln. Wie spät war es eigentlich? Wie? Erst kurz nach sieben? Wunderbar. So lag der Sonntagabend noch vor ihr.

Im Radio spielten sie den Song *Who says* von John Mayer. Jule drehte auf volle Lautstärke und sang lauthals mit.

»Who says, i can´t be free?«

Wer sagt, ich kann nicht frei sein? Meine Geschichte wird jetzt neu geschrieben.

Mit quietschenden Reifen fuhr sie vom Hof.

Eine Frau muss strahlen

Elisa saß vor der Mikrowelle und biss in eine dick mit Butter beschmierte Scheibe Dinkelbrot. »Ehrlsch nisch?«

»Nein, hast du in der kurzen Zeit bereits vergessen, dass wir im Himmel weder Hunger noch Durst verspüren.«

Sie schluckte runter, nicht nur den Bissen, sondern auch Gottes Worte. »Das ist schade. Es schmeckt fantastisch, du solltest es unbedingt probieren.«

»Und führe mich nicht in Versuchung«, mahnte er und schmunzelte. »Aber noch einmal, Elisa. Gratuliere zu deinem ersten Erfolg. Du kannst dich für die Rückkehr vorbereiten.«

»Aber ...«

»Gut, iss das Brot noch auf und dann pack die Koffer und setz dich auf die Toilette. Um alles andere kümmern sich die Aufräumer.«

»Das meine ich nicht.«

»Was denn dann?«

»Ich brauche noch Zeit. Nur noch heute. Zwei, drei Stündchen. Bitte.«

Was hatte er gesagt? Sie solle sich aufs Klo setzen? Was bitteschön war einem Engel unwürdiger, als auf einer Kloschüssel die Dimensionen zu wechseln?

»Es sei dir gewährt. Finde dich pünktlich um dreiundzwanzig Uhr mit deinem Gepäck an besagtem Ort ein. Die bekannt rote Flüssigkeit steht auf der Ablage bereit.«

»Okay, einverschtandn.«

»Könntest du bitte mit dem Essen aufhören, wenn wir reden?«

»Verzeihung, aber auch das ist das letzte Mal für fünfzig Jahre.«

Der Herr verdrehte die Augen, als sie sich die Finger ableckte.

»Herr? Auch wenn das jetzt unpassend ist, aber mich quält die Frage, warum Gabriel nur zwei Jahre bekommen hat. Jetzt mal ehrlich, so von Gott zu Engel, dafür gibt´s doch normalerweise mehr, stimmt´s? Also, nicht falsch verstehen. Ich freu mich für Gabriel, dass es nur zwei Jahre sind, aber …«

»Mein lieber kleiner Engel«, sagte er und lächelte sie belustigt an, »Ich habe meine Gründe. Jeder, ob Engel oder Mensch, bekommt seine ganz individuelle Strafe. Die dreihundert Jahre sind nur ein pauschaler Anhaltspunkt, mehr nicht.«

»Aha.« Jetzt war sie zwar immer noch nicht schlauer, aber gut, damit musste sie sich wohl zufriedengeben.

»Eine letzte Frage. Wenn ich wieder zurück bin, werden sich Jule und die anderen an mich erinnern?«

»Natürlich nicht.«

»Das ist schade.«

»Ja, aber unvermeidlich. Du wirst schließlich öfter zu Einsätzen geschickt. Und es wäre doch ziemlich seltsam, wenn eine Elisa Siebenwolk von heute auf morgen ohne Begründung verschwinden würde. Eine Löschung ist der schnellste und sauberste Weg.«

»Ja, sicher.« Dieser Gedanke hatte etwas Trauriges. Sie hatte Jule, Ulli und Maike in ihr Herz geschlossen.

»Warum willst du eigentlich noch zwei, drei Stündchen?«, fragte er sie, wahrscheinlich auch, um sie auf andere Gedanken zu bringen.

»Ha. Ha. Als wenn du das nicht wüsstest.«

»Stimmt. Aber dann solltest du jetzt aufbrechen. Bis nachher, Engelchen. Beeil dich.«

Oh, Mist. Er hatte Recht. Hastig steckte sie das letzte Stück Brot in den Mund, schlüpfte in die Badelatschen und verließ die Küche.

Auf dem Weg zu ihrem Wagen hatte sie einen weiteren genialen Einfall.

Noch im Gehen wischte sie ein *G* auf das Display. Was hatte sie schon zu verlieren? Sie braucht Gottes Hilfe und Fragen kostete schließlich nichts.

*

Das brauchte sie auch nicht mehr, dachte Jule und stopfte einen dunkelgrauen Blazer in den Müllsack zu den anderen aussortierten Kleidungsstücken. Hinter ihr standen zwei Säcke randvoll mit Klamotten. Alle ausnahmslos in Grau- und Brauntönen. Von jeder Farbe beließ sie zwei Outfits im Schrank und wunderte sich, wie wenig im Schrank hing. Nächste Woche würde sie einkaufen müssen.

Ächzend zerrte sie die Säcke in den Flur und zog einen neuen Müllsack von der Rolle.

Jetzt das Wohnzimmer. Prüfend wanderte ihr Blick umher und blieb an der Sandsammlung hängen. Kurzerhand beförderte sie alle Gläschen der letzten zwei Jahre, bis auf eine, in den Sack. Das Glas mit dem Sand aus dem ersten Urlaub mit Simon durfte bleiben.

Ach ja, die Bilder von sich und Simon. Wo war die Kiste mit den Fotografien? Sie hatte sie doch neulich erst … ah da. Sie hob die Kiste von der Kommode und stellte sie aufs Bett. Obenauf lagen alle zusammengeklebten Simon-Jule-Aufnahmen. Einige warf sie weg, andere legte sie zurück auf den Stapel jahrzehntelang gesammelter Fotografien. Irgendwann würde sie alle einkleben, beschriften, sortieren.

Nicht einmal jetzt verspürte sie Bedauern oder leises Zweifeln. Nachdenklich betrachtete sie auf einem Foto ihr und Simons Lachen, eng umschlungen vor einem Leuchtturm auf Menorca. Die Klebestelle ging deutlich sichtbar mittendurch.

Sie konnte ihn nicht mehr lieben, und dieser Abschied tat irgendwie ein bisschen weh. Der Abschied von einem Weg, den sie gemeinsam gegangen waren, von einer Vorstellung, einem Wunsch, einem Traum.

Jule legte das Bild in die Kiste zurück. Eines war ihr in den vergangenen Tagen klar geworden, sie brauchte kein Heiratsversprechen, keinen Mann um sich vollständig zu fühlen.

Aber schön wäre es schon, jemanden zu haben, dachte sie und schälte eine Banane. Die gelbe Schale wies an einigen Stellen braune Flecken auf, aber sie schmeckte gut, reif und süß. Jule lehnte an der Küchentheke und kaute.

Reif und süß. Blonde Wuschelhaare. Grasflecken auf der Jeans. Deine Haare riechen nach Frühling.

Quittierte der Magen mit seinem Ziehen dankbar die Entgegennahme von Nahrung, oder flog da ein Schmetterling im Slalom?

Mit einem Male sehnte sich nach seiner Gegenwart, seinem jungenhaften Lachen, seiner Natürlichkeit. Wie hatte sie davor die Augen verschließen können? Sein Geschenk! Sie hatte das Kästchen noch nicht geöffnet. Auch so eine Vermeidungshaltung von ihr.

Sie stürmte ins Wohnzimmer und griff sich die Box, riss die Schleife ab, klappte den Deckel auf und war sprachlos. Neben einer vertrockneten Rose ruhte ein kleines Glas, gefüllt mit Sand, in der Schachtel. Dahinter ein Zettel. Vorsichtig hob sie das Glas heraus, stellte es auf den Tisch und begann zu lesen:

Meine liebe Jule,

in diesem Gläschen ist kein Sand von den Malediven, den Seychellen oder Lanzarote. Er stammt aus dem Sandkasten hinter unserem Haus, denn hier haben wir uns kennengelernt, in diesem Haus.

Lieben Dank für die »erste gemeinsame Nacht« mit dir. (Auch wenn ich nur auf dem Sofa gepennt habe.)

Darf ich mir wünschen, das zu wiederholen?

Dein Daniel

Ihr Herz klopfte und der Zettel zitterte in ihrer Hand. Auf einen Schlag stülpten sich die Erinnerungen über sie, rasten vor ihrem inneren Auge vorbei. Daniel auf der Bank im Park, als die Dogge ihm das Brötchen aus der Hand riss. Daniel hinter ihrem Auto vor der Ampel. Daniel, der die Bretter fallen ließ, als sie zusammenstießen, Daniel mit einer schwarzen Katze im Arm, Daniel auf ihrem Sofa. Sein leises Schnarchen. Sie hatte ihn zugedeckt.

Eine Welle der Zärtlichkeit erfasste sie. Sie musste etwas tun. Sofort.

Kurzerhand sprang sie auf und rannte in den Flur, stolperte über die Müllsäcke, fing sich und stoppte erst vor Daniels Tür.

Sie klingelte.

Ihr Herz klopfte. Keine Ahnung, was sie sagen sollte, wie sie es sagen sollte.

Hallo Daniel, danke für Dein Geschenk. Hat mich sehr gefreut. Übernachte doch heute bei mir. Am besten in meinem Bett?

Nein.

Hi, eben habe ich Dein Geschenk geöffnet. Was eine süße Idee. Willst du mit mir gehen?

Also wirklich. Nein!

Daniel. Ich machs kurz. Ich glaube, ich möchte öfter mit dir Federball spielen. Ich bin nämlich in dich verliebt.

Auch nicht. Egal, sie würde die passenden Worte finden, wenn er vor ihr stand.

Sie klingelte erneut.

Stille. Selbst ihr Herz schien bewegungslos zu horchen.

Daniel war nicht zu Hause.

Sie legte das Ohr an die Tür. Nichts. Kein Laut.

Jule schlich in ihre Wohnung zurück, verpasste den Säcken einen Tritt, und ließ sich auf das Sofa plumpsen. Dann stand sie wieder auf, griff sich die Tüten und wuchtete sie auf die Schultern.

Zum Glück hatte das Haus drei große Gemeinschaftscontainer. Sie schob die Klappe auf und schmiss die Müllsäcke hinein, als sie hinter sich ein Lachen hörte.

An der Bushaltestelle gegenüber saß ein Bettler, lachte, hob die Flasche und prostete ihr zu. War sie ihm nicht schon einmal begegnet?

Unvermittelt brüllte er sie an. Kurioserweise standen seine Worte im kompletten Gegenteil zu dem, wie er sie hinauskrakeelte. »Glatte Worte und einschmeichelnde Mienen sind selten gepaart mit Sittlichkeit. Haha, du hast es erkannt, Mädel. Und der alte Konfuzius war ein schlaues Kerlchen. Ja, ja, ja.«

Mit ungelenken Bewegungen stemmte er sich hoch und humpelte davon.

Jule starrte ihm hinterher und zuckte die Schultern. Ein Verrückter.

Die letzten Stufen übersprang sie immer zwei auf einmal. Oben klingelte ihr Telefon.

»Lobenstein«, meldete sie sich atemlos.

»Jule, du musst sofort kommen.« Huch? Ulli klang beunruhigt. Was war passiert? Sie überlegte nicht lange. Wenn Ulli diesen Ton anschlug, musste es etwas Ernstes sein.

»Wohin?«

»Ans Neckarufer an den Bänken zwischen der Buche und dem Kiosk. Jetzt gleich.«

»Bin schon auf dem Weg.«

Ohne langes Überlegen stellte Jule den Wagen direkt am Ufer unter der Brücke ab. Tagsüber hielten sich dort Skater und Waveboarder auf und es herrschte absolutes Parkverbot. Jetzt, in der Dämmerung, war es unter der Brücke wie ausgestorben. Unwahrscheinlich, dass hier Strafzettel verteilt würden. Und wenn, wäre es ihr auch egal.

Jule unterdrückte den Impuls zu rennen und marschierte zügig Richtung Kiosk. Von weitem sah sie die weißen Mauern der Bude, etwas weiter entfernt eine Clique, die auf der Wiese bei Kerzenschein im Kreis saß. In der Nähe des Flusses noch eine. Hier und da lagen verliebte Pärchen im Gras.

Wo war Ulli?

»He, wo willst du denn hin, Jule?«

Was? Sie drehte sich um, suchte mit den Augen die Wiese ab und sah Ulli wild winkend auf sich zukommen.

»Komm. Wir warten schon auf dich.« Ulli zog sie mit sich.

»Wer ist wir und warum wartet ihr auf mich?« Mit ausgestrecktem Arm und ohne eine Antwort zu erhalten, stolperte Jule hinter ihr her.

Die hat ja einen Schritt wie ein Soldat.

An den Bänken angekommen, traute Jule ihren Augen nicht.

Alle waren sie versammelt. Ulli, Elisa, Maike. Brenner? Was wollte der hier? Marcello war auch da? Und Daniel.

»Wie konnte ich nach Italien fahren an diesem Tag, deinem Tag, Jule? Hä? Verrate mir das. Wenn ich ehrlich bin, haben wir auf deinen Anruf gewartet. Wir ahnten schon so etwas in dieser Richtung, was Elisa?«

»Richtig.« Elisa kam mit einem Glas Prosecco auf sie zu und drückte es ihr in die Hand, »Prost Julchen. Auf deinen Mut und die neuen Wege, die vor dir liegen. Du musst sie nur gehen.«

Jule kamen die Tränen. Jedoch dieses Mal vor Rührung. »Ach, ich weiß gar nicht, was ich sagen soll. Ihr seid einfach klasse, Freunde.«

Brenner trat auf sie zu. »Prost, Frau Lobenstein. Darf ich auch Jule sagen? Weil, eigentlich bin ich ein Netter, frag Ulli. Also, ich bin ab sofort der Martin. Zum Wohl, Jule.«

Frag Ulli? Sie suchte ihren Blick, fand ihn und bemerkte, dass ihre Kollegin sie breit angrinste.

Ulli und Brenner? Offenbar war sie zu sehr mit sich selbst beschäftigt gewesen, um diese Romanze zu erkennen.

»Bella Juliana, was soll ich sagen?« Marcello kam mit ausgebreiteten Armen auf sie zu und drückte sie kurz an sich. »Du bist eine wundervolle Frau, aber nicht für mich bestimmt. Ich brauch eine wie Mama.« Er grinste und Maike knuffte ihm in die Rippen.

Blieb nur noch …

»Hey.« Daniel trat als Letzter vor sie. Flüchtig bemerkte sie, wie die anderen sich auf mehrere Decken in den Schein der Kerzen zurückzogen.

Die Daumen in die Hosentaschen gesteckt, lächelte er sie an und verlagerte dabei sein Gewicht von einem Fuß auf den anderen. Wie niedlich.

»Hey, Daniel. Ich …«

»Ich …«

Haha. Zeitgleich.

»Du zuerst«, sagte er.

Sie holte tief Luft. Sollte sie? Egal. »Ich hatte vorhin bei dir geklingelt.«

»Ja, ich war schon hier.« Er hob die Schultern und legte den Kopf schief. »Sorry.«

Plötzlich fiel ihr ein, was ihr auf der Seele brannte. »Wo ist eigentlich Barbie?«

»Wer?«

»Oh, verzeih. Ich meinte Stella.«

»Warum sollte sie hier sein?«

»Seid ihr nicht zusammen, du und Stella?«

Er schüttelte wild den Kopf. »Um Gottes willen, nein. Wie kommst du darauf? Ich sagte doch, wir sind Kollegen.«

Unangenehm. Warum hatte sie das nur gefragt? Sie wand sich um die Antwort herum.

»Na ja, ich meinte, weil ihr … Ich habe euch die letzte Zeit ziemlich oft zusammen gesehen, und da dachte ich … Ihr seid also kein Paar?«

»Nein, wahrlich nicht. Wir betreuen zusammen eine Sportgruppe und müssen uns gelegentlich treffen, um die Trainingspläne aufzustellen.«

»Ah. Das ist … schön.«

Das ist schön. Na toll. Was Intelligenteres fiel ihr nicht ein?

»Ja, das ist schon schön schon«, grinste er und nahm sie bei der Hand. »Wollen wir uns auch setzen?«

Setzen? Wohin? Ah ja, Decke. Klar. Setzen war okay.
Alles war okay, wenn er nur in ihrer Nähe war.

Mit verschränkten Beinen saßen sie nebeneinander und ihre Knie berührten sich leicht. All ihr Denken und Fühlen sammelte sich seitlich ihrer rechten Kniescheibe. Nur verhalten nahm sie an den Gesprächen teil. Sie bemerkte erst, dass Maike sich verabschiedet hatte, als diese die Arme um sie legte und ihr einen feuchten Kuss auf die Wange drückte.

Bis auf Elisa empfahl sich einer nach dem anderen. Schließlich müsse man am nächsten Tag früh raus. Montag, schrecklich und unvermeidbar.

»Jule? Erinnerst du dich noch, was ich dir auf unserem ersten Spaziergang sagte?« Elisa kniete sich zu ihr, beugte sich nach vorn und flüsterte ihr ins Ohr. »Wenn eine Frau geliebt wird und diese Liebe erwidert, dann strahlt sie. Erinnerst du dich?« Ja, jetzt entsann sie sich. »Du strahlst, Jule. Du strahlst wie eine weiße weiche Wolke im Licht der aufgehenden Sonne. Behalte dieses Leuchten. Versprichst du mir das?«

Jule wusste nicht warum, aber heiße Tränen liefen ihr mit einem Male die Wangen hinunter und sie hatte das dringende Bedürfnis, Elisa festzuhalten. Sie nahmen sich in den Arm und Jule heulte los. In der Ferne erklang Musik. Ein Song, den sie nicht kannte, der sie jedoch tief im Inneren rührte. *I had an Angel on my shoulder.*

Nach einer Weile löste sich Elisa aus der Umarmung, lächelte und drückte ihr einen Kuss auf die Stirn. Anschließend stand sie wortlos auf, nickte ihr zu, drehte sich um und ging.

Jule sah ihr eine Weile hinterher und ein seltsames Gefühl der Endgültigkeit befiel sie. Sie starrte selbst dann noch in die Dunkelheit, als Elisas Umrisse längst darin eingetaucht waren.

»Ein wunderschöner Song«, vernahm sie Daniels Stimme wie durch Watte.

»Ja, ein irre schöner sogar. Kennst du ihn?«

Er nickte. »Meine Mutter hörte ihn oft. Ich glaube, die Sängerin heißt Nathalie Cole und ich hab sogar noch eine CD.« Jule seufzte auf. Der Abend war so wunderbar, er sollte nie enden. Von den fünf Kerzen vor ihnen brannte nur noch eine.

Daniel rückte ein Stück näher an sie heran, hob eine Hand, zögerte kurz und wischte unglaublich sanft eine letzte Träne von ihrer Wange. Er war so nah bei ihr, dass sie seinen Atem spürte. Ihr Herz klopfte bis zum Hals und ihre Finger spreizten sich wie unter Strom ab. Wie eine sanfte Dünung umspülte diese eine Berührung ihre Sinne und zog sie behutsam mit sich. Überwältigt schloss sie die Augen. Er kam näher. Sie hielt den Atem an und bebte, als Daniel unglaublich zärtlich ihr Gesicht in seine Hände nahm. Mit der Nasenspitze berührte er vorsichtig ihre Stirn, dann fühlte sie seine Lippen, seinen warmen Atem. Er hauchte ihr einen Kuss auf die Stirn, wanderte hinunter über ihre Brauen, ihre Lider. Er küsste ihr die verbliebene Nässe unter den Augen weg und berührte schließlich ihre Lippen, die in diesem Moment brannten wie ein Feuer, das nur er zu löschen vermochte.

Es musste bereits weit nach Mitternacht sein, als sie eng umschlungen vor ihrer Wohnungstüre standen und nicht voneinander lassen konnten.

Letztendlich meldete sich ein kläglicher Rest von Vernunft und bewog sie, sich sanft aus seiner Umarmung zu schälen.

»Wir sollten schlafen gehen«, hauchte sie und wollte eigentlich nichts mehr, als diesen Moment für immer festzuhalten.

Daniel nickte. »Okay.« Kurz darauf vergrub er sein Gesicht in ihrem Haar und drückte sie so fest an sich, dass ihr die Luft wegblieb.

»Hey, nicht totdrücken«, lachte sie, entwand sich ihm vollends und fischte den Schlüssel aus ihrer Handtasche.

»Wir sehen uns. Morgen, übermorgen. Ab jetzt jeden Tag, Jule.«

»Ja.« Sie warf ihm eine Kusshand zu und schlüpfte in ihre Wohnung.

Atemlos lehnte sie sich von innen gegen die Tür und schloss die Augen. Innerhalb von zwei Wochen hatte ihr Leben sich von Grund auf geändert. Sie konnte es immer noch nicht richtig greifen. In ihren Beinen floss Gummi statt Blut, ihr Herz schlug Saltos und die Schmetterlinge in ihrer Magengrube flatterten unaufhörlich.

Sie wollte nicht schlafen, wollte diesen Abend behalten, ihn für immer in sich einschließen und nie wieder hergeben. Daniel Rose. Sie sang den Namen und tanzte durch das Wohnzimmer, schüttelte die Schuhe von den Füßen und drehte sich mit ausgestreckten Armen, bis ihr schwindelig wurde und sie aufs Sofa plumpste.

Heute würde sie einfach unabgeschminkt ins Bett fallen, den Abend nicht mit einer nüchternen Zeremonie beschließen.

Mit einem Lächeln auf den Lippen öffnete sie die Schlafzimmertür und schlug vor Schreck die Hände vor den Mund.

Was war denn hier passiert?

Mit offenem Mund setzte sie vorsichtig einen Fuß auf den edlen rotschimmernden Holzboden, der vor wenigen Stunden noch nicht da gewesen war. Das Erste, was ihr ins Auge stach, war ein riesiges Himmelbett. Gott, was war das nur für ein traumhaftes Bett? Jule stieß einen spitzen Schrei zwischen ihren Fingern hervor. Gedrechselte Holzstäbe streckten sich bis zur Zimmerdecke und hielten federleichte rotgoldene Vorhänge. Auf dem Bett lagen Unmengen von Kissen und Polstern. Sie blickte sich sprachlos um. An den Wänden und vor ihrem Bett prangten marokkanische Teppiche in satten Rot- und Brauntönen, in einer Ecke stand ein mit rotem Samt bespannter Sessel, davor ein rundes Messingtablett auf einem Metallgestell. An der Seite ein mit Sicherheit antiker und unglaublich wertvoller, zweitüriger Schrank aus dunklem Holz, über und über mit Schnitzereien versehen.

Sie stellte sich rücklings vor das Himmelbett und sich mit ausgestreckten Armen fallen.

Das musste ein Traum sein. Sicher war sie auf dem Sofa eingeschlafen und träumte nur von diesem Raum aus 1001 Nacht. Es konnte gar nicht anders sein. Sie lachte und heulte gleichzeitig.

Unter ihrem Po knisterte etwas, sie zog es hervor. Ein Brief?

Liebe Jule,

genieße Dein Traumzimmer, Du hast es Dir verdient. Und es ist das Einzige, was ich Dir geben kann. Ich bin stolz auf Dich, dass Du den Trank nicht benutzt hast und Dein Herz Dir den Weg gewiesen hat. Denn merke, wenn Du das Richtige tust, kommen die Dinge zu Dir. Behalte Dein Strahlen für alle Zeit, die Euch bleibt.

Deine Samara

Samara, der Zaubertrank, das Zimmer. Das durfte sie niemals jemanden erzählen. Na, vielleicht doch. Jule lächelte in sich hinein. War das nicht ein wunderbares Märchen für kleine Mädchen? Nein, es war auch ein bezauberndes Märchen für große Mädchen.

Für sie. Jule Lobenstein.

Dieser Brief würde einen besonderen Platz erhalten. Sorgfältig steckte sie das zarte Papier in den Umschlag zurück. Aber erst morgen, solange musste er in der Fotokiste einen Platz bekommen. Wo war die Schachtel eigentlich? Ah, da stand sie neben dem Bett.

Jule hob die Kiste hoch, legte den Brief obenauf und stellte sie wieder runter. Oh, ein Foto war herausgefallen. Schnell zurück damit. Alles brauchte seinen Platz.

Sie stutzte, drehte das Bild um und für einen Augenblick versank sie darin. Ein Hochzeitsfoto ihrer Eltern. Sie liebte dieses Bild, und doch hatte sie es lange nicht mehr zu Gesicht bekommen. Zärtlich streichelten ihre

Finger über den im Lauf der Jahre leicht verblichenen Schriftzug, der die unverkennbare Handschrift ihrer Mutter trug:

In Liebe
Gabriel & Josie

Ich hoffe, Dir hat dieser Roman gefallen, und ich würde mich wahnsinnig über Deine Meinung freuen. Denn Dein Feedback hilft nicht nur anderen Lesern, Neues zu entdecken, sondern auch mir, um nachvollziehen zu können, was aus Lesersicht in diesem Buch gefallen oder weniger gut gefallen hat. Nur so kann ich mich als Schriftstellerin weiterentwickeln. Darüber hinaus sind Deine Erfahrungen, Erkenntnisse und Eindrücke als ehrliches Leser-Feedback eine immense Wertschätzung. Dabei müssen es nicht viele Worte sein.

Ich Danke dir bereits im Voraus, wenn du dir zwei bis drei Minuten Zeit nimmst und eine kleine Bewertung zum Roman bei Amazon verfasst.

Abonniere gerne auch meine **Neuigkeiten** und erfahre so als Erste von Neuerscheinungen, Autorennews und exklusiven Buch-Gewinnspielen.

Die Autorin

Die Leser lieben ihren Witz, der in keinem Roman fehlt. Denn wenn Jo Berger zu ihrer Feder greift, dann meist mit viel Humor und Herz. In ihren Romanen geht es um die ganz große Liebe, um Lebenslust, Glück und große Gefühle. Natürlich immer mit Happy End. Es geht um Frauen in den Achterbahnen des Lebens, um Traummänner, beste Freundinnen und Lebensträume.

Und eines ist garantiert: Lachen, weinen und seufzen, wunderbare Bilder im Kopf und große Gefühle. Ganz einfach Bücher, die sich wie gute Kinofilme vor dem inneren Auge abspielen und ein gutes Gefühl hinterlassen.

Jo Berger lebt mit ihrem Mann und einer Tochter in der Metropolregion Rhein-Neckar.

Buchvorschau

Glück ist Liebe, Honey

#1 Kindle Bestseller in Liebesromane & Bildbesteller

Verliebt, verlobt … verheiratet!?

»Das Leben ist bunt. Mach es mohnblumenrot, ozeanblau, giftgrün, lila, pink und zitronengelb. Und dann streu Glitzer drauf.«

Er ist ein Womanizer aus einem Adelsgeschlecht. Seine Beziehungen überdauern meist nur eine Nacht. Tiefe Gefühle lehnt er ebenso ab wie das Vorhaben seines Vaters, ihn mit der Tochter eines Geschäftspartners zu verheiraten.

Sie möchte eigentlich ihren Verlobten heiraten, doch die richtige Vorfreude auf die Hochzeit will sich weder bei ihr noch bei ihrem Liebsten einstellen.

Als Mascha von einer Stammkundin überraschend auf eine Kreuzfahrt eingeladen wird, geht das Gefühlschaos erst so richtig los. Nicht nur, dass ihr Verlobter sich mit einem Male seltsam benimmt - an Bord lernt Mascha einen heißen Akrobaten kennen und auch der Manager David bringt ihr Blut verbotenerweise in Wallung. Oder winkt ihr das Schicksal gerade heftig zu?

Noch während sie hin- und hergerissen ist, nimmt die Reise urplötzlich eine dramatische Wendung, mit der Mascha niemals gerechnet hätte.

Wenn man erkennen muss, dass man nichts planen kann. Erst recht nicht die Liebe.

Late Summer Hope
Highland Gentleman

… wenn die Grenzen zwischen Kopf und Herz verschwimmen.

Calan McGrant ist ein steinreicher, arroganter und selbstverliebter Macho, der jedes Frauenherz schmelzen lässt. Mag sein, aber nicht das von Annie Fairfield! Die Männer liegen ihr zu Füßen, nicht umgekehrt.

In seiner Gegenwart allerdings bekommt die selbstbewusste Redakteurin und Hobby-Poledancerin plötzlich weiche Knie. Doch das Letzte, was sie tun wird, ist, auf so einen Typen reinzufallen. Was daraus werden kann, sieht sie ja an ihrer Schwester Mella.

Zu allem Überfluss trifft sie den überheblichen Kerl auf der Märchenhochzeit ihrer Kollegin in den schottischen Highlands wieder. Dort wird er ihr auch noch als Earl of Chesire vorgestellt und ist in Begleitung einer blonden Giftspritze. Na, die passt ja zu ihm! Annie ist heilfroh, dass Mr Arrogant in festen Händen zu sein scheint. Doch muss er ständig ihre Nähe suchen und ihr auf die Nerven gehen? Bereits am Hochzeitsabend fliegen zwischen Annie und Calan die Fetzen. Allerdings ahnt sie nicht, welche tiefgreifenden Konsequenzen das haben wird.

Der Roman ist eine in sich abgeschlossene Geschichte.
Taschenbuchseiten: 340

Mit Mandelkuss und Liebe

Die attraktive Ella ist Single und träg ihr Herz auf der Zunge. Neben ihrem losen Mundwerk hat sie eine eklatante Schwäche: Macarons.

Als sie bei einem Waldspaziergang mit ihrer süßen Hündin Flocke dem smarten Manager Sam, nebst dessen Dogge, zum ersten Mal begegnet, ist ihr der überhebliche Schönling sofort unsympathisch. Dann geraten auch noch die Hunde aneinander, und es kommt zum Streit. Trotzdem ist Sam sich ziemlich sicher, dass die hübsche Ella ihn vom ersten Treffen an verzaubert hat. Doch Ella weist ihn ab und beginnt eine Beziehung zu ihrer Jugendliebe Niklas.

Plötzlich zerbricht Ellas heile Welt, und alles droht zu platzen, als die Großbäckerei McBread eine Filiale genau gegenüber ihrem Café plant. Wenn McBread eröffnet, ist Ella pleite! Zeitgleich steht der Hochzeitstag ihrer besten Freundin bevor.

Die Lage spitzt sich zu und die Ereignisse nehmen eine Wendung, die Ellas ganzes Leben verändert. Hat sie sich in beiden Männern tatsächlich so getäuscht?

Mit Mandelkuss und Liebe ist ein abgeschlossener Roman voller Romantik und Humor um eine Frau zwischen zwei Männern, und dass es immer anders kommt, als man denkt.

Du und ich und das
Haus am Meer

»Du liegst hier neben mir und in meiner Brust ist ein Gefühl, als müsse ich sterben, so bezaubernd bist du.« (Leonardo)

Anna beginnt ein ganz neues Leben mit Leonardo in Italien. Doch Annas Mutter ist mit der Entscheidung ihrer Tochter gar nicht einverstanden. Zu allem Überfluss sieht das Annas Ex-Freund Marc ebenso. Er lässt Anna einfach nicht in Ruhe. Dem nicht genug, bringt ein schlichtes Schild gehörig Tempo in Leonardos und Annas Leben und sorgt dafür, dass die Jungverliebten kaum Zeit füreinander finden.

Ist Anna tatsächlich bereit für eine neue Liebe?

Eine Geschichte über den Mut einer jungen Frau, über die Liebe und ihre Kraft.

Leserstimme: Ich bin von dieser romantischen Liebesgeschichte verzaubert. Mit leisem Humor und auch ein bisschen Melancholie erzählt Jo Berger diese heitere und ruhige Geschichte über die wahre Liebe, deren Grundpfeiler Vertrauen, Nähe, Zärtlichkeit, Wahrhaftigkeit und Treue sind. (vrost)

Jo Bergers Romane:

Late Summer Hope – Highland Gentleman

Glück ist Liebe, Honey

Spring Love Touch – Highland Dream Boy

New Year Love – Nottingham Bad Boy

Mit Mandelkuss und Liebe – Traummann Undercover

Du und ich und das Haus am Meer

Zwei Herzen im Regen (Kurzgeschichte, ca 60 Seiten)

Schneeflockenküsschen

Himmelreich mit Herzklopfen

Himmelreich und Honigduft

Kick Off – Fünf Ladys auf Abwegen (Krimikomödie)

Ein Engel für Jule

Manhattan Millionär - Luxus oder Liebe?

Hummeln im Bauch

Das liegt am Wetter (humorige, kurze Texte aus dem Frauenleben)

Ich hoffe, Dir hat dieser Roman gefallen, und ich würde mich wahnsinnig über Deine Meinung freuen. Denn Dein Feedback hilft nicht nur anderen Lesern, Neues zu entdecken, sondern auch mir, um nachvollziehen zu können, was aus Lesersicht in diesem Buch gefallen oder weniger gut gefallen hat. Nur so kann ich mich als Schriftstellerin weiterentwickeln. Darüber hinaus sind Deine Erfahrungen, Erkenntnisse und Eindrücke als ehrliches Leser-Feedback eine immense Wertschätzung. Dabei müssen es nicht viele Worte sein.

Ich Danke dir bereits im Voraus, wenn du dir zwei bis drei Minuten Zeit nimmst und eine kleine Bewertung zum Roman bei Amazon verfasst.

Abonniere gerne auch meine **Neuigkeiten** und erfahre so als Erste von Neuerscheinungen, Autorennews und exklusiven Buch-Gewinnspielen.